KB053608

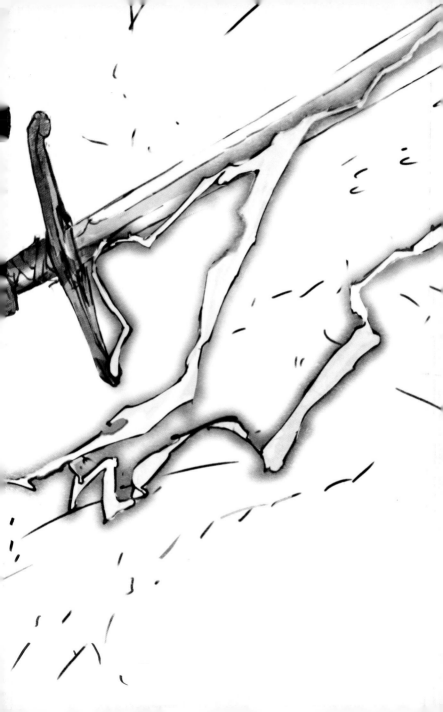

모험가가 되고 싶다며
도시로
떠났던 딸이
S랭크가 되었다
MY DAUGHTER
GREW UP TO
“RANK S”
ADVENTURER.
1
모지 카키야
MOJIKAKIYA
toi8
ILLUSTRATION

CONTENTS

서 장

제 1 장

특별 수록 번외편

서장

MY DAUGHTER
GREW UP TO
"RANK S"
ADVENTURER.

17년 전

때때로 잃어버린 오른 다리에서 통증이 솟구치곤 한다. 환지통(幻肢痛)이라고 부르는 증상이다.

어느 검은 마수에게 물려서 찢겨 나가던 순간의 타오르는 듯한 아픔. 벌써 8년 가까운 햇수가 흘렀는데도 불현듯 덮쳐들 때가 있다. 진절머리가 난다.

그날도 벨그리프는 새벽 무렵에 벌떡 일어났다. 이제는 있지도 않은 오른 다리가 타오르는 느낌이었다.

남아 있는 넓적다리를 꽉 내리누르고 진땀을 흘리면서 가만히 견딘다. 본인에게는 몇 시간처럼 느껴지는 몇 분간이 흘러간 끝에 통증이 떠나갔다.

"제길……."

벨그리프는 탄식하며 몸을 일으켰다. 이미 졸음은 싹 달아났다.

창밖을 보면 어스레하게 하늘이 밝아오고 있다. 그러나 아직 별들은 멀리서 반짝거리고 하늘만 밝아, 근방이 공연히 더 어둡게 느껴지는 듯싶기도 했다.

침상 옆쪽에 놓아뒀던 의족을 꼼꼼하게 착용한 뒤 일어섰다. 뚝뚝, 바닥을 쳐서 단단하게 고정되었는지 확인한다. 이제는 걸어

다니는 데도 지장이 없었다. 긴 재활 훈련을 거쳐서 지금은 검을 쥐고 전투에 나설 수도 있었다. 그러나 모험가로 생활하기에는 다소 불안한 게 사실이다.

모험가라는 이들이 있다. 수준이 낮은 이는 약초를 비롯하여 다양한 소재 수집을 하고, 어느 정도 실력을 지닌 이들은 마수라고 불리는 존재와 싸우는 것을 생업으로 삼는 자들이다. 길드가 알선해주는 의뢰에 의존할 수밖에 없는 하루살이 직업이지만, 실력 있는 모험가는 강력한 마수를 토벌함으로써 부와 명예를 한 몸에 누린다.

결코 안정된 직업은 아니었다. 착실한 직업을 가져 먹고살 수 없게 된 인물들, 무뢰한들이나 할 법한 일이라고 야유하는 사람도 많다. 그럼에도 이미 사회에 없어서는 안 될 존재였고 아직껏 모험가가 되고자 하는 지망자 또한 끊이지 않았다.

「저 녀석들은 인생 자체가 모험이다」라는 발언은 누군가가 빈정대며 꺼낸 말일지언정 분명히 진실의 일부를 담고 있다. 죽음과 쾌락이 항상 이웃하는 생활. 그것이 모험가였다.

벨그리프는 7년쯤 전에 고향 마을 톨네라로 돌아왔다. 지금은 스물다섯 살이다.

부모를 일찍 여의고, 열다섯 무렵 꼭 고향에 금의환향하겠다며 올펜으로 떠나갔었다. 하지만 모험가가 된 지 2년 남짓 지났을 무렵, 마수에게 물려 오른 다리가 무릎 아래쪽까지 찢겨 나갔다.

그럼에도 한동안은 재활 훈련을 하며 약초 채집 등 자질구레한 일을 맡아서 처리했지만, 도중에 본인 스스로 가망이 없겠다며 단념하고 고향으로 돌아왔다. 그 이후 이 작은 마을에서 밭일을 중심으로 다양한 일을 하며 살아왔다.

집 밖으로 나왔다. 서늘하고 맑은 공기가 폐를 채웠다. 포근하게 부는 바람이 짤막하게 자른 붉은 머리카락을 흔든다.

닭이 곳곳에서 울고 있었다. 일찍 일어나는 농부는 이미 일하러 나갈 준비를 하는 시간이다. 양치기들은 양에게 풀을 먹이기 위해 울타리를 열어서 마을 바깥의 방목지로 데리고 간다. 양과 염소들은 요란스럽게 매매 울면서 한 덩어리로 뭉쳐 걸어갔다. 그 주위를 기운차게 뛰어다니는 양치기 개가 보인다.

점점 주위가 밝아지면서 저 멀리 너머의 산 능선이 선명하게 형태를 내보이고 있다. 아침이었다.

걸어가다가 밭에 나가는 차림의 농부 케리와 마주쳤다. 같은 나이이고 어린 시절에 함께 놀았던 사이다. 케리가 씩 웃으면서 손을 들어 보였다.

"어이구, 벨. 안녕하신가."

이 애칭은 여자 같아서 조금 신경 쓰였지만 벨그리프는 이미 체념했다.

"좋은 아침이다, 케리. 오늘도 열심이군."

"암, 양파를 심어야 하거든. 시간 괜찮으면 좀 도와줄 수 있겠어?"

"기꺼이. 돕고 싶기는 한데 내일은 안 되겠나? 오늘은 카이야 할머니의 부탁 때문에 약초를 채집하러 가야 하거든."

"오오, 도와만 준다면 고마울 따름이지. 그나저나 너도 참 바쁘구나. 너무 무리하지 않아도 된다만."

"뭘, 별 대단한 일도 아니잖아. 내일도 일이 남아 있거든 말해줘."

"하하하, 좋아. 꼭 좀 부탁하자. 이만 간다."

"또 보자고."

케리는 밭 방향으로 갔다.

마을에 막 돌아왔을 즈음엔 벨그리프는 숫제 웃음거리가 됐었다. 그렇지만 지금은 매사에 의지가 되는 유지 중 한 명으로 대우받는다. 귀향한 이후 쭉 사람들이 꺼리는 일거리를 솔선하여 맡았고, 모험가 시절에 익힌 지식을 활용하여 약초를 채집하거나 불쑥 나타나는 마수를 퇴치했다. 밭일을 거들기도 했고 사냥으로 잡은 짐승의 고기를 마을 주민들에게 대접하는 날도 많았다. 지금에 이르러서는 마을 주민들도 모두 벨그리프의 역량과 성품을 알고 신뢰해준다.

아침 산책 겸 마을 안을 돌아보며 마수의 낌새는 혹시 없는지 확인하고 집으로 돌아온 벨그리프는 검술 훈련과 아침 식사를 마친 뒤 도시락을 준비해서 산에 올랐다.

"가을이구나……."

해가 떠오른 하늘은 높고 푸르다. 차츰 붉은색이며 노란색으로 물드는 나무들을 보면 한 달쯤 이전의 여름 더위가 마치 거짓말 같다. 그러나 속 편하게 보낼 시기는 아니었다. 마음을 푹 놓는 사이에 곧 겨울이 다가들 테니.

지면을 살피면서 나무에 휘감기는 덩굴과 거기에 달린 열매를 찾아 줄곧 돌아다녔고, 벨그리프는 목적했던 약초를 차례차례 발견하여 바구니에 집어넣었다.

"알메아 풀, 토우 열매, 가을달 풀……. 음, 벌써 머루가 열렸군."

벨그리프는 작은 머루를 한 알 따서 입에 넣었다. 달콤새큼한 맛이 났다.

"맛있군. 아이들이 좋아하겠어."

딱히 요청을 받지는 않았으나 벨그리프는 약초 말고도 머루나 으름덩굴 열매 따위를 모아 바구니에 넣었다.

산일은 제법 위험하다. 마수와 맞닥뜨리는 경우는 물론이고 야생 동물의 출몰도 인간에게는 충분히 위협이 되는 요소였다. 마을과 가까운 숲에서는 나무꾼들이 벌목을 할 때도 있지만, 더 깊숙한 산간 지역쯤 되면 마을 주민들은 출입을 주저했다.

그러나 모험가 출신 벨그리프는 산짐승이나 마수 상대로 싸울 능력이 있다. 마을로 돌아온 이후 쭉 단련을 거른 적이 없었다. 비록 오른쪽 다리를 잃어버린 까닭에 불편함은 있지만 근방에 출몰하는 마수 상대로 낭패를 당할 실력은 아니었다.

오전 중 약초를 잔뜩 채집한 벨그리프는 볕이 잘 드는 장소에 앉아서 점심 식사를 했다. 딱딱하게 구운 빵에 염소 치즈를 껴 넣은 간편식이지만, 아까 모아 둔 머루와 으름덩굴 열매를 곁들였더니 제법 혀가 즐거웠다.

빵을 먹고 수통에 담긴 물을 마신 뒤 숨을 내쉰다. 상쾌한 가을 공기 덕에 잠시간 취한 휴식으로도 기력이 가득 솟는 기분이었다.

"좋아, 이대로 가면 오후에는 케리의 일을 거들어줄 수 있겠군."

목적했던 약초를 예상보다 더욱 빨리 발견한 덕에 오후에는 마을로 돌아갈 수 있을 듯싶었다.

벨그리프가 기지개를 켜고 일어섰을 때 문득 희미하게 울음소리가 들렸다. 벨그리프는 즉시 허리에 매단 검집으로 손을 가져가서 눈을 가늘게 뜨며 주위를 둘러봤다. 마수의 기척은 아니다. 하지만 집중하면 분명 울음소리가 들린다. 마치 갓난아기의 울음 같았다.

"……이런 산속에서?"

갓난아기와 비슷한 소리를 내는 마물도 있다. 픽시라는 마물이다. 전투력은 높지 않으나 갓난아기의 울음소리를 흉내 내거나 마법으로 방향 감각을 어그러뜨리는 고약한 마물이었다.

제집 드나들듯 자주 찾았던 이 산에서 픽시를 만난 경험은 없지만, 무릇 경계해서 손해를 볼 일은 없는 법이잖은가. 벨그리프는 칼자루에 손을 얹은 채 천천히 울음소리가 들리는 방향으로 다가갔다.

"이런, 세상에……."

수풀을 밀어 헤치고 벨그리프는 놀라서인지 어이없어서인지 모를 소리를 흘렸다. 거기에서 본 소리의 정체는 픽시가 아닌 틀림없는 인간의 갓난아이였기 때문이었다.

아기는 등나무 덩굴로 짠 바구니에 뉘여 있었다. 배가 고파서일까, 다른 이유 때문일까. 큰 소리로 울어 젖힌다. 이토록 큰 소리가 울려 퍼지는데도 야수에게 먼저 발견되지 않았다는 것이 기적 같았다. 겨울에 대비하여 먹이를 가득 먹어 두는 곰이나 들개, 늑대 따위에게 발견됐다면 큰일이 났을 테지.

벨그리프는 가까이 다가가서 갓난아이를 찬찬히 바라봤다. 이 주변에서는 드문 검은색 머리카락이다. 벨그리프가 안아 들자 아기는 울음을 멈추더니 검고 큰 눈동자로 가만히 마주 바라봤다. 눈동자에 자신의 모습이 작게 비쳐 보였다.

저절로 눈살이 찌푸려진다. 도대체 누가 버렸을까.

최근 톨네라에서 누군가가 아이를 낳았거나 낳을 예정이라는 이야기는 들은 적이 없었다. 작은 마을이다. 그런 소식이 돌았다면 벨그리프의 귀에도 들어온다.

혹여 산 너머 다른 마을에서 태어난 아기일까? 귀가 뾰족하지 않고 평범하니 엘프는 아니었다. 구태여 깊은 산속까지 와서 갓난아이를 버리는 부모란 어떤 인물일까. 상상한들 헛일이었다.

"어떻게 할까……."

잠시 망설였지만 제 품에 안기자마자 안심한 듯 얌전해지는 아기를 보고 있자니 내버려 둘 수도 없겠다는 마음이 솟아났다. 더구나 마치 신뢰가 담긴 듯한 눈빛으로 자신을 가만히 바라보고 있지 않은가.

벨그리프는 살며시 갓난아기의 머리를 쓰다듬어줬다. 아기는 이제 푹 마음을 놓고 잠들었다.

얌전한 아이구나.

바구니 속에는 낡은 헝겊이 겹겹이 깔려 있었고, 마물을 막아준다고 알려져 있는 약초를 말려서 넣어 놓았다. 미운 마음으로 버리지는 않은 듯했다.

"……음, 어쩔 수 없군."

벨그리프는 바구니와 함께 갓난아이를 안아 들고는 산을 내려갔다.

5년 전

"이야아아아앗!"

짧게 자른 흑발의 소녀가 목검을 번쩍 치켜들더니 벨그리프에게 휘둘러 친다. 발놀림이 훌륭하다. 마치 미끄러지듯 다가들어 벨그리프의 방어가 약한 부분을 노렸다.

그러나 벨그리프는 지팡이처럼 의족을 축으로 삼아 가볍게 몸을 비틀어 소녀의 목검을 피한 뒤 오히려 소녀의 머리를 손에 든 목검으로 딱 두드렸다. 소녀는 「꺄웅!」소리 지르며 웅크렸다. 벨그리프는 목검으로 자기 어깨를 툭툭 두드리면서 말했다.

"뻔히 보이는 빈틈에 너무 덥석 달려드는구나. 상대의 움직임을 더 신중히 예측해야지."

"으으……. 아빠가 진짜로 때렸어……."

소녀는 눈물로 젖은 시선을 벨그리프에게 보냈다. 벨그리프는 당황했다.

"음? 아니, 그게, 네가 진짜로 해달라고……."

소녀는 뚱한 표정으로 두 팔을 내밀었다.

"……안아줘."

"거참……. 몇 살을 먹어도 어리광쟁이구나, 안제는."

벨그리프가 안아 올리자 소녀는 기쁜 기색으로 마주 안았다.

산에서 갓난아기를 주운 뒤 12년이 흘렀다.

안젤린이라고 이름을 지어준 흑발의 아기는 작고 어여쁜 소녀로 자라났다. 은퇴 모험가인 벨그리프의 등을 보고 자랐던 까닭인지 어느 틈인가 본인도 모험가를 동경하게 됐다. 문득 깨달았을 때는 매일 단련하는 벨그리프를 옆에서 보고 열심히 따라 목검을 휘두르고는 했다. 자세가 꽤 능란할뿐더러 소질도 제법 괜찮았다.

가만 놔두기 아까워서 벨그리프가 호신을 목적으로 유년기 시절부터 가르쳤던 검술은 이제 마을 어른들도 못 당할 만큼 뛰어난 실력이 됐다. 다만 아버지이자 스승인 벨그리프에게는 아직 한 번도 맞힌 적이 없다만.

한편 품속에 안긴 채 안젤린은 벨그리프의 가슴에 제 이마를 꾹꾹 문질러 대고 있었다.

"아빠한테 좋은 냄새가 나……."

"웬 엉뚱한 소리인지……. 저녁밥이나 먹을까?"

"응."

벨그리프는 안젤린을 안아 들고 집 안으로 들어갔다. 이미 땅거미가 지고 있었다.

벨그리프는 올해로 서른일곱이 된다. 얼굴 곳곳에서 젊음이 자취를 감췄고, 턱은 붉은 빛깔의 수염이 뒤덮여 나이에 어울리는 중후함이 자연스럽게 배어난다.

이제 곧 마흔이 가까웠으나 몸은 아직껏 강건하여 여전히 산을 드나들면서 마수나 야수 따위도 퇴치한다. 의족을 다루는 데도 완전히 익숙해졌기에 오히려 젊은 시절보다 더 유연하고 굳센 몸놀림을 구사할 수 있었다. 우직하게 마을을 위해 활동해왔던 내력도 있기에 마을 주민들의 신뢰는 점점 더 두터워졌고, 지금에 이르러서는 거의 마을의 대표자 중 한 사람 비슷하게 대우받는다.

고기 조각과 야채를 넣어 소금으로 간한 스프, 딱딱하게 구운 빵에 염소 치즈로 저녁 식사를 했다.

디저트는 안젤린이 좋아하는 바위월귤을 듬뿍. 가을에 채집할 수 있는 바위월귤은 평소였다면 조금만 담아냈겠지만, 함께하는 저녁 식사 자리도 오늘로 마지막이었다. 이 정도 사치는 괜찮을 테지.

요즘 들어서 산짐승도 움직임이 활발해진 터라 벨그리프는 자주 안젤린을 데리고 산에 사냥을 하러 갔다. 그렇게 확보한 고기는 본인들도 물론 먹지만, 대부분을 마을 주민들에게 나누어 줬다. 그 덕분인지도 모르겠지만 마을의 영양 상태는 대단히 좋았다. 식육용 가축의 수가 적음에도 불구하고 마을 주민들은 모두 혈색이 양호하고 기운차게 일한다.

사냥을 다니는 까닭은 고기 확보를 위함이기도 했지만, 안젤린의 특훈을 목적으로 하는 측면도 있었다. 만약 모험가가 된다면 산야에서 인간이 아닌 생물을 상대하며 쌓은 경험은 결코 헛되지 않을 터이다.

탁자 맞은편에서 맛있게 빵을 베어 먹는 안젤린을 본다. 검 휘두를 때가 아니면 그야말로 평범한 열두 살짜리 소녀로 보인다.

처음 안젤린이 모험가가 되고 싶다고 말했을 때는 벨그리프도 난색을 보였다. 그러나 자신 또한 모험가였던 이력이 있다. 시골에 틀어박힌 채 지내는 대신 도시로 나가 자신의 힘을 시험해보고 싶다는 젊음이의 꿈을 가로막고 싶지 않았다. 그래서는 과거의 자신을 부정하는 셈이나 마찬가지였기에.

그러나 딸이란 존재는 어쨌든 마냥 귀여운 법인지라 위험한 데에 내보내고 싶지 않았고, 곁에 두고 귀여워해 주고 싶다는 것 또한 틀림없는 본심이었다.

한참 고민한 끝에 결국 지금은 안젤린이 어엿한 모험가가 될 수 있도록 도와주고 있다. 모험가가 되기로 결심한 이상 위험은 피할 수 없는 노릇이다. 그렇다면 가능한 한 제대로 실력을 길러줌으로써 조금이라도 덜 위험하도록, 또한 위험과 맞닥뜨려도 헤쳐 나올 수 있도록 만들어주는 것이 좋겠다. 나아가서는 자신의 힘에 취하지 않고 약한 사람을 배려할 줄 알도록 하자. 이것이 벨그리프가 내린 답안이었다.

그러나 실력은 제법 갖췄을지언정 안젤린은 아직도 어리광쟁이다. 과연 이런 녀석이 모험가로 버티고 살아갈 수 있을는지 벨그리프는 다소 불안감은 품었으나 어리광 받아주는 것이 싫지는 않았다. 안아달라고 조를 때마다 자신도 모르게 싱글싱글 웃으며 안아 들어주게 된다.

부모의 마음과 모험가이자 스승의 마음이 항상 맞싸우는 꼴이었지만, 대부분의 경우는 부모의 마음이 이기고는 했다. 결국 벨그리프도 사람이었고, 또한 부모였다.

"잘 먹었습니다."

"잘 먹었어요……."

딸가닥딸가닥 식기를 쌓아 부엌으로 가져간 뒤에 물독의 물을 길어 설거지를 하려는데 안젤린이 소맷자락을 꾹꾹 잡아당겼다.

"아빠……."

"응, 불렀니?"

"내가 할래……."

"아니, 뭘. 괜찮아. 아빠가 할 테니까……."

벨그리프가 말하는 중에 안젤린을 고개를 획획 흔들었다.

"내일은 도시로 가야 하는걸……. 그러면 집안일도 더는 못 거들고……."

"……하하, 알겠다. 그럼 부탁 좀 하자."

벨그리프는 안젤린의 머리를 벅벅 쓰다듬었다. 안젤린은 기쁜 기색으로 미소 짓고, 그다음은 벨그리프와 교대하여 접시를 닦기 시작했다.

착한 아이로 자라줬다. 내심 뿌듯했다. 육아는 물론이고 아내를 맞아들인 적도 없었다. 딸을 막 주웠을 무렵에는 자신이 아이를 제대로 기를 수 있을까 불안했다. 그러나 눈앞의 안젤린을 보면 자신이 틀리지는 않았다는 생각이 든다.

내일 안젤린은 도시로 떠나갈 예정이다. 조금씩 채비를 갖췄기에 이미 준비는 전부 끝났다. 영영 작별할 거란 생각은 털끝만큼도 없다지만, 그럼에도 작별은 작별이었다. 섭섭한 마음을 주체할 수가 없다. 지나치게 작별을 아쉬워하면 괜히 더 슬픔이 북받칠 것 같아서 벨그리프도 안젤린도 특별한 자리를 만들지 않고 평소와 같은 일상을 보냈다. 기껏해야 바위월귤을 실컷 먹은 게 전부였다.

"세월 참 빠르군······."

접시를 닦는 안젤린의 뒷모습을 바라다보면서 벨그리프는 중얼거렸다. 어느새 열두 살이 되었다. 짧게 자른 머리카락이 남자아이 같아도 용모는 여자아이답게 예쁘장했다. 굳이 모험가가 되려고 들지 않는다면 분명히 아름다운 신부가 되리라는 생각을 떠올리다가 벨그리프는 고개를 저었다.

"나도 참 미련이 많아."

쓴웃음 짓는 벨그리프에게 설거지를 다 끝낸 안젤린이 와락 달려들었다.

"으앗."

"아빠······. 꼭 안아줘······."

"젖은 손부터 닦지······. 이 녀석도 참."

벨그리프가 꽉 부둥켜안자 안젤린은 고양이처럼 어리광 부렸다.

"······나, 열심히 할게."

"그래."

"혼자서도······. 꼭 열심히 힘내서 약한 사람을 지킬 수 있는 훌

륭한 모험가가 될 거야."

"그래."

"그리고, 언젠가 아빠한테 한 방 먹여줄 거야."

"하하, 알겠다. 기대하마."

벨그리프는 무릎에 앉힌 안젤린을 쓰다듬으며 말했다.

"숲에서 길을 잃었을 때는?"

"은룡초를 찾을 것. 큰 꽃잎은 반드시 북쪽을 향하니까 그걸로 방위를 확인하면 돼."

"식수를 찾을 때는?"

"귀신잇새 미나리의 냄새를 쫓아가면 돼. 깨끗한 물이 있는 장소에서만 자라니까."

"마수를 상대할 때 주의할 사항은?"

"주위에 다른 마수가 있는가. 자신이 유리한 지형을 차지하고 있는가."

"이기지 못할 상대와 마주쳤을 때는?"

"당장 도망칠 길이 보이면 도망칠 것. 당장 도망칠 길이 안 보일 때는 도주를 염두에 두고 퇴로를 확보하면서 상대의 허를 찔러 움직임을 저지해야 돼. 그리고 나서 도망치고."

"그래."

벨그리프는 만족스럽게 고개를 끄덕였다.

"그러면 된다. 모험가는 어찌 되었든 살아남아야 하는 직종이니까. 절대 무모한 행동은 하면 안 된다."

"응······. 알았어."

안젤린은 끄덕끄덕 고개를 흔들다가 벨그리프의 턱수염에 꾹꾹 볼을 비볐다.

"까슬까슬해서 기분 좋아······."

"또 엉뚱한 소리를······. 자, 내일은 일찍 일어나야지. 이만 자 자꾸나."

"아빠······."

몸을 일으키는 벨그리프의 옷자락을 안젤린이 붙잡았다.

"오늘은 같이 자도 돼······?"

"음? 혼자 자는 연습은 괜찮은 거냐?"

"······심술쟁이."

뚱하게 입을 삐죽거리는 안젤린을 보고는 벨그리프가 껄껄 웃었다.

"농담이야. 이리 오렴."

"만세······!"

안젤린은 희색이 돌며 벨그리프의 팔을 꼭 껴안았다.

제 1 장

MY DAUGHTER
GREW UP TO
"RANK S"
ADVENTURER.

1 좋은 날씨다. 초여름의 햇살이 다소 강하기는 하나

좋은 날씨다. 초여름의 햇살이 다소 강하기는 하나 아직은 무더위가 심하다 말할 정도는 아니었다. 밭에 심은 야채들은 햇빛을 가득 받아서 쑥쑥 자라고 있다. 닭이 이리저리 뛰어다니고, 목동은 개를 데리고 염소와 양을 풀어놓은 근처 초원으로 나간다.

고랑에 쪼그려 앉아 잡초를 뽑고 있었던 벨그리프는 일어서서 기지개를 켰다. 이마에 땀이 흘렀다.

"아, 덥구나……."

아직 본격적인 여름이 아님에도 불구하고 몸을 움직이면 더위가 찾아들었다. 햇볕이 거기에 박차를 가한다.

케리의 아들 번스가 다가와서 어이없어하며 소리 높였다.

"뭐, 뭘 하는 겁니까, 벨 아저씨!"

"응? 번스냐? 뭘 하긴, 잡초 뽑기를……."

"에잇! 그런 건 저희 일꾼들이 하니까 괜찮다고요!"

"아니, 짬이 좀 나서……."

"그러면 저희 쪽에서 할 일이 없어지잖아요!"

"음, 뭐, 그야 그렇기는 한데……."

"가시죠, 아버지가 불러오랍니다. 빨리, 빨리요."

번스에게 채근을 받아 벨그리프는 쓴웃음 지으면서 정자의 그늘 아래로 들어갔다.

정자에서는 케리가 앉아 장부를 보고 있었다.

살집이 꽤 붙어서 통통해졌고, 풍채가 좋은 몸에 질 좋은 옷을 걸쳤다. 이제는 경영자다운 풍모가 잡혔다. 실제로 본인이 직접 밭일을 하러 나가는 날은 점점 더 줄어들었다.

벨그리프가 잡초를 뽑고 있었던 밭은 케리의 농장에 속한 곳이다. 케리는 현재 마을에서 제일가는 부농으로 알려져 있다. 드넓은 밭을 일구고 있을뿐더러 양이 백오십 마리에 염소는 백 마리를 돌보는 데다가 실잣기 공방 및 치즈 제작 공방을 운영하면서 마을 주민들에게 일거리를 제공해준다. 벨그리프는 케리에게 고용된 입장은 아니다. 그저 자기 몫의 밭일이나 산일을 하는 짬짬이 다른 사람들의 농사를 거들어주는 때가 많았고 케리의 밭도 개중 한 군데였다.

케리는 벨그리프를 보고는 히죽 웃었다.

"어이구, 벨. 보아하니 우리 밭에서 잡초를 뽑고 있었군?"

"그렇지, 뭐. 워낙 잡초가 많길래 잠깐……."

"핫핫하, 못 당하겠군! 이봐, 벨. 딱히 밭일 따위를 할 필요는 없잖나? 자네 한 사람 먹을 식량쯤 마련하기야 별일도 아니라고. 마수 퇴치에 산일, 아이들 교육까지 다들 얼마나 고마워하는데."

케리의 말에 벨그리프는 겸연쩍어하면서 머리를 긁적였다.

"별로 고마워하라고 맡아보는 일은 아닌데 말이다."

"우하하하, 그런 부분이 자네의 좋은 구석이지! 이놈아, 번스! 와인 가져와라! 그리고 새 치즈도!"

고함 소리를 들은 친구의 아들이 빠른 걸음으로 달려간다.

"이 친구야, 대낮부터 술 마시자고?"

"평범한 술판이 아닐세. 치즈는 새 제조법을 써서 만들었어. 얼마 전 마을에 왔던 행상인에게 살짝 들었거든."

"오호⋯⋯. 와인은?"

번스가 갖고 온 와인병을 보면서 벨그리프가 물었다. 아무 라벨도 붙어 있지 않았다. 케리는 히죽 웃었다.

"실은 몇 년 전부터 포도나무를 키웠거든? 마을의 새 산업으로 괜찮지 않나 싶어서."

"⋯⋯아, 설마 그 개간지였나!"

"정답일세!"

케리는 웃음 지으면서 유리잔에 와인을 따랐다. 심홍색 액체가 유리잔 내부에서 찰랑거린다.

6년 전 케리는 마을 근처의 황무지를 개간하겠다는 계획을 세웠었다. 토질은 나쁘지 않았지만, 개간 도중에 도마뱀 마수가 발생했던 터라 계획은 좌절되는 듯 여겨졌다.

그러나 벨그리프와 안젤린이 마수를 퇴치했고, 그 후에 황무지는 순조롭게 개간되어서 훌륭한 밭이 만들어졌다. 설마 포도밭으로 쓸 줄은 예상하지 못했다만.

와인은 떫은맛이 다소 강하지만 맛이 진해서 꽤 구미가 돌았다.

"맛있군."

"그러냐? 어때. 돈 받고 팔 수 있겠어?"

벨그리프는 한 모금 더 머금고 입속에서 혀를 굴렸다.

"떫은맛이 살짝 강하기는 해도 나쁘진 않아. 조금만 개량하면 충분히 좋은 상품이 되겠군."

그 평가를 듣고 케리는 희색을 띠며 웃었다.

"그렇다면야 안심이군. 아직 포도도 작고 숫자도 적지만, 올해는 조금 더 묘목을 많이 심어보려고. 그때는 좀 도와다오."

"물론이지. 음, 치즈도 맛있군그래."

"그래, 맛있지? 많이많이 먹어라."

그렇게 사십 줄 남자 둘이서 마주 보며 치즈를 베어 먹고 와인을 홀짝였다.

문득 떠올랐다는 듯이 케리가 입을 열었다.

"……안젤린은 건강하게 지내고 있다던가?"

"글쎄다? 작년부터는 편지도 자주 안 와서 말이야."

"아이고, 이 친구야. 거 괜찮은 거야?"

"무소식이 희소식이라고 말들 하잖나."

"그런가……. 어지간히도 그 아이를 신뢰하는 게로군."

"하하. 그야 작년에 S랭크가 됐다고 편지가 오지 않았나. 그다음부터 소식이 없으니까 말이야. 분명 꽤 바빠졌을 테지."

"S랭크, 많이 대단한 건가?"

"맞아, 모험가 길드에서 매기는 등급으로 치면 으뜸이지."

"산속에 버려졌던 애가 말이지……. 정말 대단하군."

"맞아……. 자랑스러운 딸이지."

안젤린이 도시 올펜으로 떠난 지 어느덧 5년이 흘러갔다.

벨그리프는 올해 마흔두 살이었다. 상당히 살이 찐 케리와 대조적으로 날렵하고 탄탄한 체구는 세월에 따른 쇠퇴가 일절 느껴지지 않았다. 그러나 얼굴의 선은 움푹 깊어졌고, 머리카락도 꽤 자랐기에 머리 뒤쪽으로 묶어 내렸다. 턱을 뒤덮은 수염은 머리카락과 같은 적색으로 점점 더 짙어져 간다.

그때 번스가 또 분주하게 달려왔다.

"아버지, 상단이 왔어! 그리고 벨 아저씨 앞으로 편지! 안제한테!"

"오오! 이거 멋지군! 시기를 아주 잘 맞췄어. 어때, 벨."

"하하, 마치 딱 노린 것 같군."

벨그리프는 쓴웃음을 지으며 번스에게서 편지를 받아 봉투를 뜯었다. 케리와 번스도 조마조마한 표정으로 편지를 읽는 벨그리프를 지켜봐줬다.

"흠, 흠……."

"뭐, 뭐래? 어떻대? 잘 지낸다나?"

벨그리프는 얼굴을 들고 씩 웃었다.

"월말, 장기 휴가를 내서 들르겠다는군."

"오오……!"

케리가 벌떡 일어섰다.

"이리도 반가울 수가. 어떻게 환영을 해줘야 하나."

"이 친구야, 별로 호들갑 떨 일도 아니잖나."

"무슨 소리냐, 벨. 5년 만에 다시 만나는 건데. 너도 더 많이 기뻐해라."

"하하, 이상하게 실감이 안 들어서 말이야."

그러나 상상해본다. 5년이나 지난 만큼 안젤린도 이제 열일곱 살이다. 분명히 키가 많이 자랐을 테지. 짧게 잘랐던 머리카락은 어떻게 했을까? 얼굴 생김새도 어른스럽게 바뀌었으려나. 혹여나 남자 친구를 만들지는 않았을까.

아이의 성장이란 바라만 봐도 기껍다.

마을의 아이들을 봐도 흐뭇한데 자신의 딸이라면 더욱 각별하다. 그렇게 생각하니까 정말이지 기대하는 마음이 자꾸 솟는다.

고양되는 기분을 달래지 못한 벨그리프는 쓴웃음 지으면서 유리잔에 와인을 따라 붓고 치켜들었다.

"건배. 안제에게."

"그래. 정령과 주신 뷔에나의 가호가 있기를!"

낮술도 제법 정취가 있다 싶어서 벨그리프는 피식 웃었다.

○

도시 올펜, 번화가의 한쪽에 있는 모험가 길드 접수처에서 흑발의 소녀가 보란 듯이 노기를 드러내며 서 있었다. 접수원은 핼쑥하게 질려서 몸을 떨었다. 건물 내부에는 모험가들이 많이 모여 있었지만, 그들 모두가 긴장해서 숨죽인 채 입을 다물 뿐이다.

흑발 소녀는 움직이기 편한 경장 갑옷을 몸에 걸쳤고 허리 벨트에는 검을 꽂아 놓았다. 모험가였다.

허리에 닿을 만큼 긴 흑발은 대충 묶어 놓았고, 살짝 졸린 듯 쳐진 눈매의 눈동자는 머리카락과 같이 검었다. 그 검은 눈동자가 분노를 감추려고도 하지 않고 불타오르면서 숫제 찔러버릴 기세로 접수원에게 날카로운 시선을 쏟아붓고 있었다.

으르렁거리는 목소리가 새어 나온다.

"……나는 내일부터 장기 휴가를 내겠다고 말했을 텐데."

접수원은 횡설수설하면서 답했다.

"아, 아뇨, 물론, 휴가가 예정되어 있기는 했습니다, 그럼요. 다만 가루다 지역 주변에서 재해급 마수가 출몰했다는 보고가 들어온지라……. 안젤린 씨가 아니면 토벌에 나설 만한 인력이……."

그렇다, 흑발 소녀는 안젤린이다. 톨네라 마을에서 떠나온 지 5년. 이제 나이가 열일곱이 되는 소녀는 키도 부쩍 자랐고 얼굴 생김새도 어딘가 앳된 구석은 남아 있을지언정 제법 어른스러운 태가 났다.

안젤린은 언짢은 내색을 감추려고도 하지 않고 으르렁거렸다.

"왜 내가 아니면 인력이 없어. 고작 재해급 따위, A랭크 이상이면 어떻게든 되잖아. 귀중한 내 휴가를 취소하면서까지 S랭크를 억지로 차출하겠다고? 횡포잖아……!"

"그, 그, 그게요. 먼저 AA랭크의 파티가 토벌을 나간 적이 있습

37

니다만, 실패하는 바람에…….”

안젤린은 주먹으로 접수처 카운터를 후려쳤다. 대리석 카운터에 금이 가면서 바닥까지 쫙 갈라졌다. 접수원은 정신을 잃을 뻔하다가 간신히 견뎌 냈다.

“이리도 무능할 수가……. 어디에 사는 어떤 놈이야……. 왜 불쑥 실패해서 내가 끌려 나오게 만들어……!”

거무칙칙한 오라를 내보내면서 안젤린은 중얼중얼 저주 비슷한 불평을 쏟아냈다.

“S랭크가 되고 이제껏 쉴 틈도 없이 잇따라 어려운 의뢰만 쪽……. 아빠한테 편지를 쓸 짬도 없어. 이래서야 귀성은 아예 어림없잖아! 겨우 만들어 낸 여유도 급한 의뢰에 밀려나고……! 1년 가까이 줄곧 싸웠는데도 어째서 자꾸 재해급 마물만 잔뜩 나오는 거야……! 그리고 어째서 처리를 못 하는 거야……! 다른 모험가들은 뭘 하는 건데!”

안젤린은 그렇게 말하는 한편 로비에서 묵묵히 몸을 움츠리고 있는 모험가들을 돌아봤다. 모험가들은 거북해하며 슬금슬금 등을 돌리거나 눈을 피하는 등 외면했다. 안젤린은 거칠게 코웃음을 치고 또다시 카운터를 두드렸다. 틈이 더 커졌다.

“한심하기는!”

“자, 잠깐, 안제. 진정하자!”

“그, 그래. 애꿎은 사람 잡아봐야 뭔 소용이라고.”

이제껏 조마조마한 표정으로 대화 나누는 둘을 지켜보고 있던

소녀 둘이 나서서 안젤린을 말렸다. 안젤린은 크게 한숨을 쉬고 접수원을 돌아봤다. 고함질렀다.

"상세 정보! 빨리!"

"네, 네엣!!"

접수원은 허둥지둥 의뢰의 상세 정보가 기재된 종이를 안젤린에게 건넸다. 안젤린은 흥, 콧소리를 내더니 즉시 발길을 돌렸다.

"미리, 아네. 우리 단골 주점에 가 있을게."

그러더니 건물에서 나간다. 쥐 죽은 듯이 조용했던 길드 내부에서 이제 숨이 좀 트이며 웅성거리는 소리가 났다. 접수원도 가슴을 매만지면서 거하게 심호흡했다.

"무, 무서웠어⋯⋯. 안젤린 씨가 저렇게 화낸 건 처음이에요⋯⋯."

"미안. 평소에는 저렇게 화낸 적이 없는데 말야. 그렇지? 아네."

연보라색 곱슬머리를 만지작거리며 삼각 모자와 청색을 기조로 하는 로브로 차려입은 보들보들한 분위기의 소녀가 말했다. 밀리엄이라는 이름의 AAA랭크 마법사이다. 안젤린보다 한 살 많은 열여덟 살이지만, 키가 작은 까닭도 있어 가장 어린 나이로 보였다.

"응⋯⋯. 저런 안제는 나도 처음이야."

옆쪽에 서 있던 밤색의 단발 소녀가 고개를 끄덕였다. 움직이기 편한, 그럼에도 단단한 옷을 몸에 걸쳐 입었고 활과 화살을 소지하고 있다. 소녀의 이름은 아넷사. 역시 AAA랭크의 모험가이고 특기는 궁술이다. 파티의 최연장자로 열아홉 살. 침착한 성격인지라 곧잘 폭주하는 안젤린과 밀리엄의 제어 역할을 담당했다. 두 사람은 안젤린의 파티 멤버였다.

두 사람은 접수원을 달래준 뒤 함께 길드에서 나와 안젤린이 기다리고 있을 주점으로 향했다.

주점에서는 안젤린이 여전히 언짢아하는 분위기로 오리를 구운 요리를 먹고 있었다. 심상치 않은 분위기가 쏟아져 나오는 까닭인지 그쪽 주위만 한산하게 손님이 없다. 두 사람은 쓴웃음을 짓고 맞은편에 자리를 잡아 앉았다. 안젤린은 입을 삐죽거렸다.

"늦어."

"미안, 미안."

"저기, 그렇게 이번 장기 휴가가 중요했던 거야?"

S랭크 모험가를 데리고 있는 파티는 고위 마족의 상대 및 희소한 소재 채집, 난이도 높은 던전 공략 등등으로 여기저기에서 섭외하고자 야단이다.

본래 모험가란 절반쯤 자유업이기에 휴가든 일이든 직접 결정하기 나름이지만, S랭크쯤 되면 사정이 달라진다. 고위 랭크가 아닌 한 대응이 거의 불가능한 마수도 있는 법이니까.

마수에게도 등급을 매기는 체계가 있어서 A랭크 이상의 마물이 출몰할 경우에는 재해급이라고 불리며 B랭크 이하의 모험가들은 감당을 하지 못했다. 그러면 결국 A랭크 이상의 모험가가 나설 수밖에 없었다.

그런 까닭에 랭크가 올라가면 직접 의뢰를 선택하기보다는 길드에서 일감을 일방적으로 배당해주는 경우가 많았다. 요컨대 반쯤 길드 소속으로 근무하는 형태가 되는 셈이었다. 따라서 A랭크 이상에게는 휴가라는 개념이 존재한다.

다만 지금은 도무지 장기 휴가를 낼 수가 없는 게 실상이었다. 요즘 들어서 이전과 비교하여 재해급 마수의 발생률이 급증했기 때문이다.

예전에는 별달리 양이 많지 않았기에 유사시 고위 랭크의 모험가를 동원하는 제도는 유명무실했던 터라 휴가를 내기도 간단했다. 애당초 올펜처럼 제법 규모가 큰 길드에서는 S랭크 모험가도 다수를 보유하고 있는 만큼 한 사람이 자리를 비운다고 특별히 문제가 일어나지는 않아야 했다. 그렇지만 지금은 그런 소리를 할 여유도 없을 만큼 마수의 수가 늘어난 상황이었다.

그럼에도 안젤린은 꽤 전부터 휴가를 내겠다고 호언했었고, 실제로 잇따라 어려운 토벌 의뢰 및 공략 의뢰를 처리했다. 그렇게 예정을 전부 해치우자마자 상황이 이리된 만큼 물론 언짢은 기분을 주체할 수가 없겠지. 하지만, 그렇다 쳐도 도가 지나치다는 것이 두 사람의 생각이었다. 썩 길게 알고 지내온 사이는 아니지만, 이런 식으로 화내는 안젤린은 두 사람의 기억 속에 없었다.

안젤린은 무척 짜증스럽다는 듯이 오리고기를 입안 가득히 욱여넣고 와인으로 난폭하게 삼켜 넘겼다. 그리고 거창하게 숨을 내쉰 뒤 낙담 가득한 분위기로 탁자에 푹 엎드렸다.

"드디어 아빠랑 만날 수 있을 줄 알았는데……."

"아빠……?"

"안제가 가아끔 그런 소리를 했었지? 안제의 아버지는 어떤 분이셔?"

"……무척 다정하고 강하고 멋있어. 아빠는 내 자랑이야."

말하는 안젤린의 눈이 살며시 감상에 젖어 들었다. 감격하는 듯 보이기도 했다. 밀리엄과 아넷사는 쓴웃음 짓고 종업원이 가져다 주는 음료를 손에 들었다.

한 모금 마시고 밀리엄이 물었다.

"그러면 아버지도 모험가시겠네?"

"맞아……. 검도 모험가의 기초도 아빠한테 배웠어. 그래도 아직 단 한 번도 아빠를 때려본 적이 없어……."

"어어……?"

"저, 정말?"

밀리엄과 아넷사는 뜻하지 않게 얼어붙었다.

안젤린은 5년 전 길드에 나타났을 때 작은 소녀라는 이유로 반쯤 놀림감 삼아 시비 걸던 모험가 집단을 홀로 때려눕힌 전력이 있다.

이게 전부라면 특별히 대단할 것도 없는 소동이겠으나 그 모험가들은 B랭크의 파티였다. 명색이 B랭크라면 고위 랭크를 한 걸음 앞에 둔 위계이다. 엄연히 중견에 해당하며 동네 불량배나 싸움깨나 한다는 녀석들 따위는 상대가 되지 않는 실력자였다.

그러나 그런 B랭크의 모험가들이 아직 길드에 등록 절차도 밟지 않은 열두 살짜리 소녀에게 거의 속수무책으로 격파당하고 말았다. 이 사태에는 올펜의 모험가들도 간이 떨어지도록 놀랐고,

그때부터 이미 이 소녀는 실력을 인정받는 존재가 됐다.

이후 소녀는 1년도 걸리지 않아 B랭크로, 4년차에는 S랭크로 뛰어 올라갔다. 또한 소녀의 칭호, 『흑발의 여검사』는 공국령— 아니, 제국의 전 영토까지 소문이 날 만큼 유명해졌다.

요컨대 열두 살의 나이로 길드에 나타난 시점에서 안젤린의 실력은 이미 여간내기가 아니었던 셈인데, 그런 안젤린을 상대로 한 번의 공격도 허용하지 않는 실력자라면 아버지라는 인물도 평범한 사람은 아닐 터이다.

"괴, 굉장하구나. 안제네 아버지……."

그렇게 밀리엄이 말하자 안젤린은 반짝반짝하는 눈으로 끄덕끄덕 고개를 움직였다.

"맞아. 굉장하셔. 그래도 단지 강하기만 한 게 아니라 정말 다정하거든……."

"그럼 꽤 이름이 알려져 있는 모험가였던 거 아니야?"

아넷사가 묻자 안젤린은 이때만 기다렸다는 듯이 가슴을 펴고 대답했다.

"맞아, 울던 아이도 울음을 뚝 그치는 『적귀』 벨그리프. 그게 우리 아빠야."

"……그, 그렇구나."

"와, 와아……."

누구야?

내심 밀리엄도 아넷사도 의아해했지만, 안젤린이 이토록 자신만만하게 말하는 데 모르겠다고 말하기도 거리껴졌다. 본인들이 모를 뿐이고 분명 유명한 모험가가 아니겠냐고 두 사람은 스스로를 납득시켰다. 외국에서는 유명하고 공국에는 별로 알려지지 않은 실력자도 있을 테니까.

그러나 물론 방금 전 발언은 안젤린의 허풍이었다. 아니, 본인은 아주 몹시 진지하니까 허풍이라는 생각을 안 하지만.

칭호는 대단한 활약을 펼친 모험가에게 주위에서 붙여 부르는 법이었다. E랭크로 은퇴한 벨그리프는 당연히 칭호를 가진 적이 없다. 그러나 안젤린은 아버지의 붉은 머리카락과 검을 휘두를 때의 기백 넘치는 모습을 보고 만약에 칭호를 붙인다면『적귀』밖에 없겠다고 항상 생각했었다. 요컨대 그토록 강하고 다정하고 뭐든 다 아는 아버지가 시골에서 빛을 못 보는 현실은 용납할 수 없다는 안젤린의 살짝 엉뚱한 효심이 발휘된 결과였다.

아버지 자랑으로 다소 기분이 나아진 안젤린은 의뢰 관련 서류를 펼쳐 읽었다. 지도를 보며 밀리엄이 중얼거렸다.

"이번에는 가루다 지방이구나. 마차로 사흘쯤 걸리려나?"

"으음……. 게다가 와이번인가. 귀찮네. 어떤 작전으로 해치울까, 안제……."

그렇게 안젤린을 돌아봤던 아넷사는 저절로 숨이 멈춰졌다. 귀신처럼 무서운 표정을 지은 채 안젤린이 의뢰 관련 서류의 와이번 삽화를 노려보고 있었다.

"……이 자식이 감히 내 휴가를 망쳤겠다……. 용서 못 해. 갈기

갈기 찢어서 돼지 먹이로 던져주겠어……!"

또다시 검은 오라로 몸을 감싼 채 안젤린은 씩씩하게 일어섰다.

"자, 빨리 가자……. 날아다니는 도마뱀 따위, 눈 깜짝할 사이에 처리해주겠어……!"

두 친구는 아무 말 않고 고개만 끄덕거릴 따름이었다.

그리고 1주일 뒤, 가루다 지방을 공포로 몰아넣었던 와이번은 돌연히 나타난 흑발의 모험가에게 일격에 목이 떨어졌다.

2 오늘, 오늘도 역시 벨그리프는

"……언제 오려나."

오늘, 오늘도 역시 벨그리프는 마을 입구에 서 있었다. 오른쪽 의족으로 지면을 툭툭 걷어찬다.

지난주 받은 편지에 따르자면 안젤린은 이미 도착했어야 하는 시기인데도 전혀 소식이 없었다. 이제는 월말이 어쩌고 하는 정도를 넘어서 이번 달 마지막 날이 됐다. 내일부터는 다음 달의 1일이었다.

편지를 막 받았을 무렵에는 실감이 안 나서 여유가 좀 있었다. 그러나 월말이 가까워짐에 따라 벨그리프는 점점 안절부절못하며 안젤린이 집에 오면 뭐라고 말을 건네야 할까, 무엇을 먹여야 할까, 무엇을 해줄까, 매일매일 조바심을 내며 고민에 휩싸였었다.

그리고 예정일에는 케리의 주선으로 성대한 환영회를 준비했지만, 안젤린은 나타나지 않았다. 그때 안젤린은 와이번을 사냥하러 가루다 지방으로 이동 중이었으니까.

벨그리프가 낙담하는 모습은 차마 필설로 형용할 수가 없는 지경이었지만, 마을 주민들은 호화로운 식사 덕분에 입을 쩝쩝거리며 만족했다.

그 이후에도 벨그리프는 쭉 일하는 시간을 제외하면 항상 마을의 입구에 서서 안젤린을 기다렸다. 적잖이 애수를 자극하는 모습인지라 마을 주민들도 말 건네기를 망설이는 형편이었다.

"……괜찮으려나. 어디 다쳤으면 어쩐담……. 설마 죽은 건……."

머릿속에서 상상이 나쁜 방향으로 쏠리는 통에 벨그리프는 저도 모르게 얼굴을 덮어 가리고 쭈그려 앉았다.

"오오……. 안제……."

벨그리프가 비탄에 잠겨 있을 때 달각달각 마차 달리는 소리가 들렸다.

벨그리프는 퍼뜩 놀라서 얼굴을 들어 올렸다. 저편을 보니 행상인이다. 안젤린이 함께 타고 있지는 않나 싶어서 눈을 가늘게 뜨고 내다봐도 딸과 비슷한 동행인의 모습은 보이지 않았다.

"……쓸쓸하구나."

벨그리프는 어깨를 축 늘어뜨렸다. 왠지 몰라도 오른쪽 다리의 환지통이 또 욱신거리는 기분이 든다.

행상인은 마을의 입구까지 와서 생글생글하며 벨그리프에게 말을 붙였다.

"안녕하세요, 여기가 톨네라 마을 맞습니까?"

"예……. 그렇습니다……."

"다행이다. 아, 그리고 벨그리프 씨라는 분은 어디에 살고 계신답니까? 편지를 받아 왔는데 말이죠."

벨그리프는 놀라서 얼굴을 들어 올렸다.

"벨그리프는 저입니다만……."

"어이쿠, 운도 좋군요."

마차에서 내린 행상인이 가방 속에서 편지를 꺼내 벨그리프에게 건넸다.

"아는 분 맞습니까?"

받는 사람이 분명 벨그리프로 되어 있었다. 보낸 사람의 이름을 보고 벨그리프는 기뻐했다. 거기에 안젤린의 이름이 쓰여 있었다.

행상인이 마을 광장으로 떠나가는 사이에 벨그리프는 재빨리 편지 봉투를 뜯었다. 꼬불꼬불한 글자를 쭉 훑는다. 짧은 편지였다.

"흠……. 그렇군, 급한 의뢰가……."

읽은 뒤 가슴을 쓸어내렸다. 몸을 다친 것도, 하물며 죽은 것도 아니었다.

편지에는 갑자기 와이번 토벌 의뢰가 들어와서 가루다 지방으로 가야 하니까 이번 귀성은 어렵겠다, 조만간에 다시 휴가를 내서 꼭 집에 가겠다고 쓰여 있었다.

안젤린은 쓰고 싶은 말이 많아서 오히려 무엇을 써야 하나 갈피를 못 잡고 결국 간결한 내용으로 마무리 짓는 경우가 많은 듯했다. 이제껏 받은 편지도 마찬가지였다.

"다행이다……. 건강하구나……."

마음을 푹 놓은 벨그리프는 가뿐한 발걸음으로 귀가했다. 조금씩 여름 햇살이 더한 위세를 떨치고 있는 터라 양달을 걷기만 해도 땀이 배어난다. 길가에 베어 산처럼 쌓아 둔 초록 풀에서 물씬 내음이 피어올랐다.

집 앞쪽에서는 여러 나잇대의 아이들이 목검을 휘두르고 있었다. 아이들은 벨그리프가 오는 것을 보고는 와아, 소리 높였다.

"앗, 벨 아저씨다."

"오늘은 수업할 수 있어요?"

"그래, 편지가 왔거든. 덕분에 기운이 나는구나. 걱정 끼쳐서 미안하다."

안젤린이 독립한 이후 벨그리프는 희망하는 아이들을 모아서 호신을 위한 검술 및 약초의 지식, 산속에서 활동하는 방법 등등을 가르쳐왔다.

모험가를 동경하는 아이도 아주 없는 건 아니지만, 대다수는 단순히 검을 다룬다거나 산에 들어가는 데 동경심을 갖고 있는 경우가 많았다. 모험이나 칼싸움이 멋있게 보일 나이였다.

그러나 지난 며칠 동안은 벨그리프가 안젤린을 기다리는 쪽에 몰두했었던 터라 수업도 미루고 있는 중이었다. 대신 아이들이 자기들끼리 알아서 목검을 휘두르며 연습에 힘썼다.

벨그리프는 새삼 아이들을 정렬시킨 뒤 목검을 휘두르게 하여 군더더기가 달린 움직임 및 몸을 놀리는 방법 따위를 살짝살짝 바로잡아줬다. 이제 막 여섯 살이 된 남자아이도 제법 모양이 잡힌 자세로 검을 휘두른다.

아이들은 배우는 속도가 빠른 법인지라 벨그리프가 가르쳐주는 대로 개인차는 있을지언정 순조롭게 흡수했다. 소년 소녀들이 다 자라 성장할 무렵에는 산의 혜택을 더욱 많이 누릴 수 있을 터이고, 마수나 야수를 필요 이상으로 두려워할 필요도 없을 것이다.

벨그리프는 만족스럽게 고개를 끄덕였다.

"음, 다들 많이 좋아졌군."

"정말?"

"있잖아, 벨 아저씨. 다음에는 언제 산에 올라갈 거야?"

"글쎄다……. 먼저 너희들 부모님과 상담을 해야 하니까 좀 더 걸리겠군."

벨그리프가 말을 흐리자 아이들은 툴툴거리며 불평을 늘어놓는다. 산속 모험은 소년 소녀들에게 몹시 근사하고 자극이 있는 행사였다. 벨그리프는 쓴웃음을 지었다.

"가고 싶은 마음은 알겠는데 산은 위험한 곳이잖냐? 놀러 가는 게 아니라는 정도는 잘들 기억 할 테지, 요 녀석들아."

벨그리프의 물음에 아이들은 조금 겸연쩍어하며 말을 멈췄다. 다들 놀러 가자는 기분이었으니까.

그러나 산에서는 야수뿐 아니라 불쑥 마수가 발생하는 경우도 있다. 마수는 야수보다 월등하게 위험한 인간의 적이었다. 놀러 가는 기분이어서는 위험하다.

조용해지는 아이들을 보고 벨그리프는 턱수염을 쓰다듬으면서 웃었다.

"놀러 가는 게 아닌 줄 알면 괜찮다. 되도록 빨리 산에 가보도록 하자."

"정말?!"

"언제?! 오늘?!"

"오늘내일은 좀 힘들고……. 뭐, 출싹거리지 않고 내가 말하는 대로 잘 따르는 아이들만 데리고 갈 테다."

그렇게 말하자 아이들은 예의범절을 무척 잘 아는 아이처럼 금세 얌전해졌다.

○

잔뜩 사들인 선물을 다시 한 번 가려 뽑으면서 안젤린은 콧노래 소리와 함께 짐을 꾸리고 있었다.

"아빠가 마음에 들어 해줄까……. 아, 케리 아저씨는 이게 좋겠네……."

와이번을 토벌한 뒤 정신없는 틈을 노려서 길드가 들이밀었던 자잘한 일거리도 전부 정리한 끝에 간신히 휴가를 낼 수 있었다. 오늘 오후쯤 승합 마차에 올라타서 도합 9일에 가까운 여정을 거쳐 톨네라 마을로 돌아갈 예정이다.

고향에 가면 뭘 할까.

먼저 아빠랑 꼬옥 포옹을 한 다음 머리를 잔뜩 쓰다듬어달라고 하자. S랭크가 됐다는 말을 내 목소리로 들려주면 잘 해냈다고 칭찬해주실 거야. 함께 밥을 먹고, 함께 침대에서 잠들고. 아, 맞다.

이번에는 꼭 아빠한테 한판을 따내고 싶어.

안젤린은 이런저런 상상을 부풀리면서 칠칠맞지 못하게 표정이 풀어진 채 갈아입을 옷이며 휴대 식량, 선물 따위를 재빨리 가방에 욱여넣었다. 욱여넣고 나서 또 생각이 바뀌어 선물을 도로 꺼낸 뒤 다른 선물을 넣는다. 아까부터 줄곧 반복된 행동이었다.

리더가 휴가를 내는 관계로 자연히 한가해지게 된 밀리엄과 아넷사는 이 광경을 보고 어이없어했다. 차마 평소에는 과묵하고 의젓한 면모를 보여줬던 안젤린 같지가 않다.

밀리엄은 살래살래 흔들거리며 아넷사에게 가만히 귓속말했다.

"대체 아빠를 얼마나 많이 좋아하는 거람?"

"응······. 뭔가 의외네······."

"맞아. 세상에, 안제한테 이런 일면이 있었어."

두 사람은 안젤린과 파티를 맺은 지 아직 1년도 안 지났다. 안젤린은 본래 쭉 솔로로 활동해왔다. 이 또한 안젤린의 대단한 점 중 하나이기도 했다. 다른 사람들은 보통 몇 명씩 파티를 짜서 랭크를 올려 나가기 때문이었다.

밀리엄과 아넷사는 본래 같은 파티였는데, 다른 멤버와 의견 차이가 발생하여 파티에서 탈퇴했다. 이제 어떻게 할까 궁리하던 때에 길드 쪽에서 안젤린과 파티를 짜는 게 어떻겠냐고 제안을 했다. 길드의 입장에서도 의뢰를 보다 확실하게 수행하기 위하여 안젤린이 언제까지나 솔로 활동을 하도록 둬서는 안 되겠다고 판단했던가 보다.

처음 잠깐은 안젤린을 고고한 존재인 줄 여기며 조심했던 두 사람과 굳이 말하자면 과묵한 편인 안젤린은 서로 어긋나는 경우도 있어 다소는 삐걱거렸다. 하지만 안젤린 역시 말수가 적다 뿐이지 딱히 대인관계를 싫어하는 성격은 아닌 데다가 특별히 구도자의 삶을 추구하지도 않았다. 무엇보다도 한창때의 여자아이끼리 모인 만큼 오래지 않아 마음을 터놓을 수 있었고 이제는 몹시도 사이좋은 파티가 됐다. 몇 번이고 어깨를 나란히 하여 싸웠던 덕에 신뢰감도 단단하게 자라났다. 다만 안젤린의 별난 아버지 사랑은 최근 들어서야 드디어 판명된 사실이었다. 두 사람도 역시 아직은 적응이 안 됐다.

안젤린은 주변의 반응 따위는 전혀 아랑곳 않고 알려지지 않았던 일면을 여봐란듯이 사방에 선보였다.

"집에 가야지~ ♪ 집에 가야지~ ♪ 아빠랑 만나러 간다~ ♪"

이제야 갖고 갈 선물을 결정했는지 안젤린은 마치 춤추듯 방 안을 걸어 다니다가 퍼뜩 떠올랐다는 듯이 두 사람을 돌아보며 물었다.

"있잖아, 너희는 정말 안 올 거야?"

"아니, 응. 그야 우리는 다른 파티와 잠시 협력해서 의뢰를 처리하는 게 안제가 휴가를 받는 조건이었고……."

"맞아, 맞아. 뭐, 안제의 아버지가 어떤 분인지 궁금하기는 궁금한데 말이야."

"쳇……. 아빠를 소개해주고 싶었는데. 뭐, 어쩔 수 없지. 의뢰 힘내."

만면의 미소와 함께 엄지손가락을 척 세우는 안젤린을 보고 두 사람은 탄식했다. 아버지와 관련되면 이 아이는 살짝 푼수데기가 되는 듯했다. 어떻게 보면 나름대로 친근감이 들긴 든다만, 왠지 모르게 복잡한 심경이었다.

그리고 점심이 지나 안젤린은 승합 마차 정류소로 향한 뒤 북부로 떠나는 차편을 물색했다. 밀리엄과 아넷사도 배웅을 하러 함께 따라왔다. 내일부터 다른 파티의 보조 인원으로 들어갈 예정이지만 오늘은 한가하니까.

"와아, 여전히 사람들 엄청 많구나."

"콜록콜록, 먼지도 엄청 많아. 안제, 아직 못 찾았어?"

"으음……. 너무 많아서 자꾸 헷갈려……."

우왕좌왕하는 안젤린과 두 친구들의 근처로 인파를 밀어 헤치고 누군가가 허겁지겁 다가왔다. 길드의 직원이다. 두리번두리번 주변을 둘러보다가 안젤린을 알아보고는 곧장 달려왔다.

"앗! 찾았다! 안젤린 씨, 큰일 났습니다!"

"어……? 뭐야……?"

길드의 직원은 숨을 헐떡이며 온 모양새였다. 엉거주춤한 자세에서 호흡을 가다듬고는 급하게 떠들어 댄다.

"아스테리노스 지방에 재해급 마수가 발생했습니다! 포위당한 상태이고 상주 모험가들이 저지하고 있기는 한데, 아무쪼록 원군으로 가주실 수는 없겠습니까?"

안젤린의 눈살이 치켜 올라갔다.

"웃기지 마……! 나는 벌써 휴가를 냈단 말이야……! 당장 아빠를 만나러 톨네라로 갈 거야……!"

길드 직원은 안젤린 앞에서 무릎 꿇고 애원했다.

"이렇게 빕니다! 제발! 다른 S랭크의 분들은 모두 다 부재중입니다. 벌써 사망자까지 나왔어요! 아무쪼록 부탁드리겠습니다!"

"끄응……."

입술을 깨물고 있는 안젤린의 어깨를 아넷사가 토닥거렸다.

"안제, 마음은 알겠지만 우리가 안 가면 아스테리노스는 괴멸이야."

"맞아, 안제. 유감이지만 한 번만 더 미루자, 응?"

안젤린은 잠시 말없이 못 박혀 서 있었지만, 이윽고 선물이 가득 든 가방을 길드 직원에게 떠넘겼다.

"아……? 저, 저기, 이 가방은……."

"맡아줘……. 마수의 종류는?"

"기, 기가 앤트의 무리이고, 여왕도 목격됐습니다. 앗, 맡아주시렵니까?!"

"후……. 후후, 후……. 벌레 같은 놈들…… 몰살이다……!"

안젤린은 흡사 수라와 같은 처절함으로 포효했다.

○

앞길을 막는 자는 모조리 쓸어버렸다.

유약한 인간 따위야 별것도 아니었다.

모든 것은 무리의 번영을 위함이었고, 더욱 쾌적한 소굴을 만들 수 있는 장소를 목표로 하는 행군이다.

눈앞에 있는 인간의 터전 따위는 장해물조차 되지 못한다. 그래야 했다.

그런데, 어찌 된 일인가?

기가 앤트의 여왕, 퀸 앤트는 앞쪽에 서 있는 괴물을 보며 전율했다. 저 기백, 살기, 두려움. 전부가 느낀 적 없는 압박이었다.

이제까지도 자신에게 맞서 싸우고자 나타난 인간은 있었다.

그러나 그들 누구도 자신에게 대항할 만한 무력도 없는 어리석은 약자뿐이었다. 오히려 좋은 영양원을 저쪽에서 멋대로 마련해 주는 기특한 녀석들이라고 여겼다.

그러나 지금 눈앞에서 동포를 거듭 도륙하고 있는 인간은 과거의 누구와도 달랐다.

저자는 인간이 아니다. 공포였다. 명확한 공포가 형태를 지닌 채 자신을 죽이고자 다가든다.

저 흑발의 사신은 최정예로 따로 편성한 친위대를 아무렇지도 않게 베어 갈랐다. 그리고 저자의 검은 눈동자가 자신을 주시하고 있다. 눈동자에 비친 자신의 모습이 겁에 질려서 작아지고 말았다. 이것이 여왕의 지위에 있는 자신의 모습인가? 퀸 앤트는 재차 전율했다.

멀리서 마법 폭발하는 소리가 난다. 저 사신의 동료가 바깥쪽의 동포를 죽이고 있는 증거였다.

한 걸음, 또 한 걸음 흑발의 사신은 여왕에게 다가들었다.

여왕은 두려움에 휩싸여 반광란 상태가 됐다. 거구를 흔들어서 산(酸)을 흩뿌린다.

그러나 저자에게는 전혀 통용되지 않았다. 마치 유령과 같이 흔들흔들하는 발놀림으로 산도 팔도 전부 피해버렸다.

"너야…… 네 잘못이야…… 눈치도 없이 튀어나와선…… 개미 주제에……!"

사신이 무슨 말을 중얼거린다. 여왕은 이제 광기의 집합체였다. 절규를 터뜨리고, 손발을 휘두르고, 어떻게든 눈앞의 공포를 떨쳐 내고자 필사적이었다.

불현듯 쓱, 몸을 무엇인가가 치고 지나가는 감촉이 들었다.

이미 베여 있었다.

시야가 추락한다. 무슨 일이 일어났는가 알지 못한 채, 정신을 다시 차리지도 못한 채 퀸 앤트는 절명했다.

"왜 방해하는 거야…… 원망하려거든 스스로를 원망해라……."

사신은 중얼중얼 말을 늘어놓다가 더 이상 흥미도 없다는 듯이 떠나갔다.

이렇게 본래 A랭크 이상의 파티가 다수 합동으로 토벌하는 것이 보통인 기가 앤트 무리는 분노에 불타오르는 흑발의 소녀와 동료들에 의해 전멸의 참사를 당하고야 말았다.

3 짐승길을 일렬로 서서

짐승길을 일렬로 서서 나아가는 집단이 있다.

선두는 열네 살 정도의 소년이고 뒤쪽에는 여러 연령대의 아이들이 열 명쯤 줄지어 이동 중이다.

후위를 담당하는 자는 붉은색 머리카락과 턱수염을 길러 둔 장년의 남자였다. 물론 벨그리프다.

"다들 발치는 물론이고 주변에도 주의를 기울여야 한다. 피트, 앞쪽은 상황이 어떻지?"

피트라고 불린 선두의 소년은 두리번두리번 주위를 둘러보고 나서 어깨 너머로 뒤돌아봤다.

"전부 숲이야."

"뻔한 소리나 늘어놓지 마라. 주의 깊게 관찰해야지. 시각뿐 아니라 오감을 전부 사용해라."

피트는 눈살을 찌푸리고 유심히 앞을 바라봤다. 바람을 느끼며 귀를 기울인다.

"……물 흐르는 소리가 들려. 그리고, 뭔가 가슴이 후련해지는 상쾌한 냄새도 나고."

벨그리프는 그래그래, 만족스럽게 고개를 끄덕였다.

"그게 귀신잇새 미나리의 냄새란다. 이 풀은 깨끗한 물이 있는 장소에서만 자라지. 근처에 식수가 있다는 뜻이다."

아이들이 감탄하면서 떠들어 댔다.

"좋아, 식수를 찾아보자. 냄새와 소리를 더듬어 가면 된다. 단 거기에 너무 집중하면 안 된다? 식수를 찾는 데 정신이 팔렸다가 야수나 마수와 불쑥 마주치면 험한 꼴을 못 면할 테니까 말이다."

아이들은 「네~」 대답을 하고 저마다 코를 벌름거리거나 귀를 기울이면서 식수의 위치를 탐색했다.

그런 광경을 보며 벨그리프는 안젤린과 산에 올랐을 때를 떠올렸다.

안젤린은 뭐든 한 번만 하면 익히는 아이였다. 약초 및 들풀의 종류, 자라난 식물을 살펴 방위를 파악하는 방법, 기척을 지우는 요령, 기척을 탐지하는 방법, 여러 기술들을 안젤린은 순식간에 습득한 뒤 금세 익숙하게 활용했다. 지금 돌이켜보면 아이는 본래 흡수력이 높다는 말로 넘길 수준은 아니었던 듯싶다.

안젤린은 재능의 집합체였다. S랭크가 된 것이 좋은 증거다. 햇병아리 시절에 진즉 실패했던 은퇴 모험가의 아이가 S랭크라니. 이래서야 진부한 이야깃거리도 못 되겠다.

질투하는 것인가? 자신의 딸을?

벨그리프는 자조하며 웃었다.

나 역시 오른쪽 다리만 멀쩡했다면.

거기까지 생각하다가 고개를 가로젓는다. 과거로 돌아갈 수는 없다. 게다가 다리를 잃고 톨네라로 귀향하지 않았다면 안젤린과 만날 기회도 없었다.

"세상사 전부 순리대로 되는 법이지."

벨그리프는 중얼거렸다. 흡사 자기 자신을 타이르는 어조였다.

그때 피트가 벨그리프에게 소리쳤다.

"벨 아저씨! 찾았어! 저기에 냇물!"

"오호, 찾아냈나."

정신을 차린 벨그리프는 대열에서 떨어진 녀석은 없는지 주의 깊게 살펴보면서 아이들을 재촉하여 냇가로 이동했다.

과연 조그맣게 맑은 물이 흐르고 있었다. 물가에 잔뜩 자라난 귀신잇새 미나리에서 코를 찌르는 강렬한 냄새가 풍겨 나온다. 물속에서는 토렌 풀이 자라서 하얀 꽃을 피우고 있다. 귀신잇새 미나리는 말려서 달이면 약효가 있는 풀이다. 가슴 주변 및 코 등 기관과 관련된 부분에 잘 들었다. 토렌 풀은 눈에 띄는 약효는 없지만, 꽃잎을 씹었을 때 단맛이 난다.

벨그리프는 아이들에게 말해서 귀신잇새 미나리를 모으도록 했다.

아이들은 토렌 풀 꽃잎을 씹으며 귀신잇새 미나리를 모았다. 벨그리프의 말대로 너무 과하게 채집하지 않게 주의하면서.

"혼자서 멀리 막 나가면 안 된다."

"네~."

"당연하죠~."

대답만큼은 언제나 기운 넘친다. 벨그리프는 피식피식하며 어깨를 으쓱거렸다. 그리고 근처에 쓰러져 있는 나무에 걸터앉았다.

고요하다. 물 흐르는 소리, 바람이 나뭇가지를 흔드는 소리, 아이들 까불거리는 소리 말고는 들리지 않는다. 게다가 신기하게도 서늘한 느낌이 든다. 물가가 가까이 있기 때문인가?

벨그리프는 가만히 눈을 감고 있었다. 그때 불현듯 묘한 기척을 감지했다. 결코 좋은 기척은 아니다. 벨그리프는 눈을 뜨고 재빨리 일어섰다.

"다들 제대로 있나?"

까불거리던 아이들은 벨그리프의 무섭도록 진지한 음색에 놀라 허둥지둥 서로를 마주 바라봤다.

"라이너스가 없어."

피트가 급히 대답했을 때 비명이 터져 나왔다.

"으아아아아아아앗! 벨 아저씨!!"

일곱 살짜리 라이너스가 수풀 저쪽에서 달려오고 있다. 뒤쪽에 회색 체모를 지닌 늑대가 튀어나왔다. 그레이 하운드라는 마수였다. 명백한 적의 및 살의를 갖고 라이너스에게 덮쳐들려고 하는 와중이다.

방심했다!

벨그리프는 자신의 안이함에 혀를 차면서 지면을 걷어찼다. 오른쪽 의족을 디딤 발 삼아서 왼쪽 다리로 거듭거듭 땅을 박차서 놀랄 만한 속도로 도약한다.

그리고 라이너스를 안아 올리는 동시에 검을 뽑아 휘둘렀다. 그레이 하운드는 두 동강이로 절단됐다.

벨그리프는 즉각 주위의 낌새를 살폈다. 아마도 다른 마물은 없는 듯싶다.

안도감은 잠시뿐, 의족부터 착지한 돌이 젖어 있었던 터라 벨그리프는 성대하게 굴러서 물속에 첨벙 떨어졌다.

"아, 아저씨!"

"라이너스!"

"괜찮아?!"

아이들은 허겁지겁 물가 주위로 모여들었다.

수위가 낮아 별걱정은 없었다. 다만 거하게 엉덩방아를 찧은 데다가 흠뻑 젖고 말았다. 여름이니까 다행이기는 한데 갈아입을 옷은 당연히 갖고 오지 않았다.

라이너스는 목 놓아 울며 벨그리프에게 매달렸다.

"아주 볼품이 없군……."

벨그리프는 라이너스를 어루만져주면서 씁쓸하게 웃었다.

○

흔들리는 포장마차에 몸을 실었다.

기가 앤트가 아스테리노스 지방을 습격한 지 나흘, 도시 올펜에 돌아왔던 안젤린은 다시 또 짐을 꾸려서 이번에는 꼭 톨네라로 가기 위하여 출발했다. 휴가는 넉넉하게 한 달을 냈다. 갑자기 귀성해서 벨그리프를 깜짝 놀래주자고 생각했기 때문에 미리 편지를 보내지는 않았다.

S랭크 모험가가 한 달이나 부재한다는 상황에 길드는 물론 떨떠름한 태도를 취했지만, 이제껏 안젤린이 세운 공적을 감안하면 섭섭하게 대우할 수도 없었다. 인력 부족을 한탄하면서, 아무 사건도 안 일어나기를 기원하면서 모험가 길드는 안젤린에게 휴가의 허가를 알렸다. 여하튼 허가가 안 떨어지면 길드를 아예 박살 내서 날려버릴 기세인 터라 도리가 없었다.

마차는 느긋하게 시골길을 나아가고 있었다.

이제 주변은 변경이라고 말하기에 망설임이 없을 촌이었다.

살랑살랑 바람이 불자 돌보는 사람 없는 초원의 긴 풀이 흔들거린다. 햇볕은 훌쩍 한여름에 들어서서 쨍쨍 내리쬐지만, 바람이 상쾌한 덕에 특별히 땀이 나지는 않았다. 포장의 그늘 아래인 만큼 더더욱이다. 멀리서 야생 염소가 풀을 뜯는 광경이 보였다.

올펜을 떠난 지 이미 1주일이 흘렀다.

몇몇 도시와 마을을 경유하며 승합 마차가 있으면 거기에 타고, 없다면 같은 방향으로 향하는 행상인과 교섭을 벌여 호위 겸 승객으로 탈 자리를 만들었다. 지금 탄 차편은 이 주변에서 가장 큰 보르도라는 지방에서 만난 행상인의 마차였다. 한 군데 더 작은 마을에 들렀다가 다음은 톨네라에 간다.

어쨌든 이동 수단이 도보와 말밖에 없는 데다가 톨네라는 공국 북부의 엘프령과 가까운 곳에 위치하는 터라 당연히 이동 시간도 길어진다.

복귀 여정을 고려하면 톨네라에서 머무를 수 있는 시간은 기껏해야 사흘이나 나흘에 불과하지 않을까. 그러나, 그래도 상관없었다. 고향 마을의 공기를 마실 수 있고, 벨그리프를 만날 수 있다면야.

사실 말 한 마리로 쉴 새 없이 달려간다면 더욱 빨리 도착할 터이나 안젤린은 별로 승마에 자신감이 없었다. 아예 탈 줄을 모르는 것은 아니지만, 맹속력으로 내달리며 흔들리는 말에 몸을 맡겨야 한다는 것이 어쩐지 무서워서였다.

톨네라에는 승마 문화가 별로 활발하지 않았던 터라 가축은 양과 염소, 거기에 농경 및 화물 운반용 당나귀가 전부였다. 어릴 적부터 타고 다녔다면 혹시 익숙해질 수도 있었을 것이다. 하지만 기껏해야 느긋하게 걷는 당나귀를 탄 경험밖에 없는 안젤린에게는 달리는 말의 속도가 몸만 먼저 앞서갈 듯하여 꽤 조마조마했다. 무적이라고 여겨지는 S랭크 모험가에게도 약점은 있는 셈이다.

커다란 짐 안쪽에는 여러 선물이 가득 들어 있었다.

야채의 씨앗과 직물, 책, 향신료에 와인, 아울러 오랫동안 두고 먹을 수 있는 구운 과자 및 설탕 과자가 잔뜩.

이것들을 아버지와 함께 손에 들면서 이야기꽃 피우는 광경을 상상하고 안젤린은 싱글벙글 웃었다.

고삐를 쥐고 있는 푸른색 머리카락을 짧게 자른 여성 행상인은 방긋 웃으며 안젤린에게 말을 건넸다.

"아가씨, 꽤 기분이 좋은가 봐요."

"응······. 드디어 집에 가는 길이거든······."

"하하, 귀성길이에요? 모험가는 많이 바쁘죠? 요즘은 특히."

"맞아······. 급한 의뢰 때문에 자꾸 연기, 또 연기됐지만 드디어 아빠랑 만날 수 있어······. 혹시 알아? 『적귀』 벨그리프."

안젤린의 살짝 엉뚱한 효심은 계속된다.

행상인은 생글생글 웃으며 말을 몰았다.

"아뇨, 나는 견식이 짧아 모르겠지만 기억해 두죠. 무척 강한 모험가분이겠네요."

"응······. 아빠는 내 자랑이야. 꼭 기억해줘. 『적귀』 벨그리프야."

"『적귀』 벨그리프 씨란 말이죠? 알겠어요."

들은 적 없는 이름이라는 것이 행상인의 생각이었다만, 어쨌든 장사가 직업 아니겠는가. 전혀 내색조차 안 하고 생글생글 말을 받아줬다. 그러나 S랭크 모험가이자 『흑발의 여검사』 안젤린의 이름은 알고 있었다. 안젤린이 이토록 극구 칭찬하는 모험가라면 분명 세상에 나오지 않은 은둔 실력자가 아닐까. 그렇게 행상인은 홀로 납득했다.

이윽고 초월을 지나 산악 지대에 접어들었다. 일단 가도가 있기는 하나 사람들의 왕래가 별로 많지는 않은 편인지라 지면에 요철 및 돌이 많아서 마차는 덜컹덜컹 흔들렸다. 전복을 염려하는 탓에 속도가 나지 않는다.

천을 깔아 뒀지만 줄곧 앉아 있으려니까 엉덩이가 아팠다. 의뢰를 위해 여기저기 이동하는 여정은 익숙해졌지만, 지금은 걸어가는 편이 차라리 낫겠다 싶어 안젤린은 마차에서 뛰어내린 뒤 옆에서 걸었다. 마차의 속도는 빠른 걸음으로 쫓아갈 수 있을 만큼 완만했다. 행상인이 쓴웃음을 지었다.

"미안하네요, 길이 울퉁불퉁해서요."

"괜찮아……. 그쪽 잘못이 아니니까……."

걸음을 떼며 불현듯 시선 비슷한 기척을 느끼 안젤린은 재빨리 주위를 쓱 훑어봤다. 마수는 아닌 듯싶다. 거친 산 바위 뒤편 및 숲속 그늘에서 인기척이 난다.

걸어 나아가면서 행상인에게 물었다.

"……있잖아, 여기 근처에 마을이 있었던가……?"

"아뇨? 없는데요……."

틀림없이 도적이다. 시선에서 악의가 느껴진다. 이 주변에 도적의 근거지가 있다는 말은 못 들었지만, 최근 들어서 자리를 잡은 일당일 수도 있다. 혹은 근거지가 없는 방랑 도적이라든가.

안젤린은 마차에 훌쩍 올라탄 뒤 행상인에게 속삭였다.

"도적이 이쪽을 보고 있어……."

"네엣?!"

"쉿. 진정해……. 내가 지켜줄 테니까 괜찮아. 모르는 척 계속 나아가."

안젤린은 칼자루에 손을 가져다 대며 말했다. 행상인은 불안해하면서도 말하는 대로 마차를 전진시켰다. 그러나 역시 길이 고르지 않아 좀체 속도가 나지 않는다.

안달복달하던 때에 불현듯 바람 가르는 소리가 들렸다. 안젤린은 검을 뽑아 휘둘러 날아드는 화살을 쳐서 떨궜다. 행상인은 「흐악!」 작게 비명을 지르더니 조그맣게 성호를 그었다.

"오오, 주신 뷔에나여, 지켜주소서……."

"허튼짓 말고 관찰만 하면 봐줬을 텐데……."

안젤린은 불쾌하게 얼굴을 찡그린 뒤 마차에서 뛰어내렸다.

과거에 범죄 조직 및 도적 집단을 토벌하는 의뢰는 경험한 적이 있었다. 그러니까 살인은 처음이 아니었지만, 인간을 칼로 베는 것은 달갑지 않았다. 벤 다음 반드시 진저리가 나기 때문이다. 그러니까 큰 소리로 윽박질렀다.

"이봐! 내가 『적귀』 벨그리프의 딸, 『흑발의 여검사』 안젤린인 줄은 알고 부리는 수작인가! 죽고 싶지 않다면 썩 꺼져라, 이 도둑놈들아!"

다만 대답은 화살이었다. 안젤린은 몇 대가 한꺼번에 날아오는 화살을 모조리 쳐서 떨구고 소리쳤다.

"소용없다는 걸 보고도 모르겠나!"

이제야 조용해졌다. 시선이 흩어져 가는 느낌이 든다. 아무래도 포기한 듯싶었다. 안젤린은 흥, 코웃음 치고 검을 검집에 갈무리했다.

그때 도적들이 있는 쪽에서 「살려줘요! 살려주세요!」 하고 비통한 부르짖는 소리가 터져 나왔다. 놀라서 그쪽으로 눈을 돌렸다. 모습은 안 보이지만 아마도 아이 같았다. 설마 납치당했나?

안젤린은 망설였다.

이제 곧 톨네라에 도착한다. 이제 와서 귀찮은 사건을 떠맡는 신세는 사절이었다. 그러나 지금 어려운 사람을 외면하고 톨네라에 가 봤자 벨그리프는 기뻐하지 않을 것이다. 물론 칭찬해주지도 않을 게 틀림없다.

곤경에 처한 사람, 약한 사람을 배려할 줄 아는 모험가가 되겠다. 벨그리프와 분명 약속했다.

안젤린은 입술을 깨물었다.

빨리 처리하고 길을 서두르자. 잠깐 이동을 멈추는 것쯤이야 별일도 아니잖아. 어서 해치우고 톨네라에 가야지.

"……잠깐 기다려."

"네? 아, 네."

행상인을 남겨 두고 안젤린은 지면을 박찼다. 놀라운 속도로 눈 깜짝할 사이에 도적들이 숨어 있는 장소까지 달려갔다.

갑자기 눈앞까지 나타난 안젤린을 보고 도적들은 몹시 당황하여 술렁거렸다.

직접 봤더니 도적들은 대략 열다섯 살짜리 안경 낀 소녀의 몸을 옴짝달싹 못 하게 붙들어 놓고 재갈을 물리려고 하는 중이었다. 소녀는 버둥버둥 저항하고 있었다. 청색을 기조로 하는 질 좋고 아름다운 옷을 입었다. 귀족인지도 모르겠다.

안젤린은 도적들에게 검을 겨눴다.

"죽고 싶지 않다면……. 그 아이를 놓아두고 썩 꺼져……."

도적들은 당황하는 기색이었으나 안젤린의 목적이 자신들이 붙잡아 놓은 소녀임을 알아차리자마자 즉시 소녀에게 나이프를 들이밀었다.

"이년! 누구인가 모르겠는데 함부로 움직이면 이 녀석의 목숨—."

그러나 말을 꺼내던 목이 휙 날아갔다. 무슨 일이 벌어졌는지도 알 수 없었다. 머리가 있던 자리에는 아무것도 남지 않았다. 피가 뿜어져 나와 분수처럼 사방에 쏟아졌다.

"나는 기분이 나빠……."

어느 틈인가 소녀를 인질로 잡아 놓았던 도적의 옆쪽까지 이동을 마친 안젤린은 망연자실하는 소녀를 한쪽 팔로 끌어안은 채 유령과 같은 발놀림으로 스르륵 움직였다.

"이제 됐어……. 뷔에나의 자비도 세 번이 끝이랬지. 나 안젤린을 우습게 본 선택을 실컷 후회해봐……!"

이어진 전투는 전투라는 말로 표현할 수 있는 광경이 아니었다. 그야말로 학살이었다.

스물 가까이 있던 도적들은 속절없이 유린당했고, 불과 몇 분이 채 지나기도 전에 주위에는 형용할 수 없는 송장이 잔뜩 굴러다니게 됐다. 한바탕 일을 마친 다음에 또 욕심이 났겠지. 행상인과 호위까지 고작 두 명이었던 터라 모르고 보면 절호의 사냥감이었을 것이다. 그래서 방심한 채 습격을 가한 놈들의 실책이었다. 사냥감의 정체는 괴물이었으니까.

압도적인 실력으로 위험을 겪지 않고 승리했지만, 안젤린은 지긋지긋하다는 듯이 탄식했다.

"아…… 싫어라. 살인 따위……. 제정신으로 할 짓이 아니야……."

안젤린은 휙 검을 휘둘러 피를 떨친 뒤 검집에 거둬들였다. 그러고 나서 인질 소녀의 재갈 및 손을 묶어 둔 밧줄을 풀어줬다.

"괜찮아……?"

"콜록……! 가, 감사합니다……."

소녀는 손목에 난 밧줄 자국을 쓸쓸하게 바라보면서 말했다. 아름다운 소녀였다. 하프 업 형태의 백금색 머리카락은 지저분하기는 해도 윤기가 있었고, 피부도 햇볕에 타지 않았다. 역시 고귀한 신분일 테지.

"어쩌다가 이런 놈들한테 붙잡혀버린 거야……?"

"……그게요."

소녀는 셀렌이라고 이름을 밝혔다.

보르도 영주의 딸이며, 지방 순찰차 돌아다니던 와중에 아버지가 병상에 누워 위독하다는 소식을 받고 급히 말을 달려서 돌아가던 중 도적에게 습격받았다. 마차를 타면 속도가 나지 않기 때문에 소수 호위만 데리고 직접 말에 올라타서 이동하겠다는 결정이 안 좋게 작용한 셈이었다. 험로에서 기습을 받아 호위는 전멸, 소녀도 어쩔 도리가 없이 붙들리고 말았다.

"……한심하네요. 이래서는 결국 아버님께 문병을 갈 수도 없어요."

셀렌은 주먹을 꼭 부르쥐었다. 비록 눈물은 안 흘렸다지만, 본인의 내면은 격한 분노와 슬픔으로 뒤죽박죽일 것이 틀림없었다.

"……아버지를 만나러 가는 길이었어?"

"네……. 그래도, 어쩔 수 없겠네요. 말도 없고요, 이제부터 보르도로 걸어가려면 아무리 서둘러도 나흘은 넘게……. 이것도 운명이에요."

셀렌은 힘겹게 미소 지었다. 안젤린은 울컥 화가 치밀어 셀렌의 팔을 붙잡고 일으켰다. 셀렌의 푸른 눈동자가 뒤흔들렸다.

"앗, 저기요, 안젤린 님……?"

"벌써 포기하겠다고……! 소중한 아버지를 두고……! 운명이란 말을 가볍게 꺼내지 마!"

안젤린은 셀렌을 안아 들고는 아래쪽에서 기다리고 있을 행상인의 위치로 미끄러지다시피 하여 돌아갔다.

기세 좋게 마차로 휙 올라타자 행상인은 놀라서 펄쩍 뛰었다.

"으아앗, 깜짝이야! 어떻게 된 거예요, 아가씨. 도적은요?!"

"퇴치했어. 있잖아, 상품 전액에 더해서 위약금도 내줄게. 손해는 끼치지 않을 테니까 되돌아가주면 좋겠어……."

"무, 무슨 일인데요?"

행상인은 안젤린과 셀렌을 번갈아 보며 쩔쩔맸다. 셀렌도 상황을 미처 다 받아들이지 못하고 입만 뻐끔거렸다. 안젤린은 당황하는 셀렌을 끌어안으면서 대답했다.

"이 아이는 병에 걸린 아버지를 어서 꼭 만나야 해……. 부탁이야……."

"……알겠습니다. 정말로 전액 다 보전해주는 거죠!"

"응."

행상인은 탄식하더니 마차 방향을 뒤로 돌렸다. 울퉁불퉁한 길을 올 때보다 조금 빠른 속도로 내려간다.

안젤린은 어깨가 축 처졌다. 지금 보르도로 돌아가면 톨네라까지 다시 갈 수는 없었다. 휴가의 일수가 부족하다. 또다시 벨그리프를 만날 수 없게 되었다. 그러나 분명 벨그리프는 안젤린이 셀렌을 내버린 채 자신을 만나러 온들 기뻐하지 않을 것이다.

문득 돌아봤더니 셀렌이 울고 있었다. 감정을 억누르고 씩씩하게 처신하던 소녀가 지금 안젤린의 품에 의지한 채 하염없이 눈물 짓는다. 안젤린은 탄식했다. 그러나 잘못된 선택이라는 기분은 들지 않았다.

미안해, 아빠. 그래도 다음에는 꼭, 집에 돌아갈 테니까.

마차는 산길을 따라 내려갔다.

4 본격적으로 한여름에 들어설 무렵, 안젤린에게서

본격적으로 한여름에 들어설 무렵, 안젤린에게서 길고 긴 편지가 도착했다. 이제껏 쓰지 못했던 내용을 전부 쓰려는 듯한 긴 편지였다.

벨그리프는 그 긴 편지를 넉넉하게 시간을 들여 읽었고, 그다음에도 또 넉넉하게 시간을 들여 처음부터 다시 읽었다.

"……글쓰기도 좀 가르쳐야 했나."

잘못 쓴 부분이 많은 데다가 글씨 또한 빈말이라도 예쁘단 말은 못 해주겠다. 그러나 전하려고 하는 마음은 흘러넘치도록 가득 담겨 있었다.

"열심히 살고 있구나……."

귀성하려다가 세 번이나 실패를 한 사연에는 벨그리프도 무심코 웃고 말았지만, 자신도 역시 안젤린이 오지 않는다는 데 상당히 허둥지둥했던 기억이 떠올라서 살짝 얼굴을 찌푸렸다.

그리고 와이번 및 기가 앤트 무리를 어려움 없이 토벌해 내는 실력을 보면 더 이상 자신의 가르침은 별 도움이 되지 않겠다 싶어 살짝 섭섭한 기분도 들었다. 아이의 성장이란 비단 기쁨뿐 아니라 씁쓰레함도 동반함을 알게 되었다.

어찌 되었든 빨리 답장을 써줘야 한다.

벨그리프는 천천히 정성스럽게 답장을 썼다.

그동안은 편지 내용이 간결하기도 했고 괜히 향수를 자극할까 봐 조심한다고 편지를 삼갔지만, 이토록 긴 편지에는 정성이 담긴 답장을 보내주는 게 도리다.

마을에서 일어난 일, 머릿속의 생각, 격려의 말, 여러 내용들을 쭉쭉 써 내려갔다. 다 쓴 편지를 봉투에 넣은 뒤 벨그리프는 크게 기지개를 켰다. 그다음은 일어서서 바깥에 나갔다.

벌써 밤이다. 별빛이 주위를 비춰주기는 하나 어둡다.

집의 뒤편에는 숲이 있고, 그 숲의 여러 나뭇가지에 목편을 밧줄로 묶어서 달아 놓았다. 숫자는 대략 서른을 넉넉하게 넘어선다.

벨그리프는 목편의 한가운데로 발을 들여놓은 뒤 검집에서 빼내지 않은 검으로 천천히 목편 하나를 때렸다.

목편이 맞은편으로 날아가다가 밧줄에 묶여 있기 때문에 다시 돌아온다.

벨그리프는 잇따라 목편을 쳤다.

목편은 이리로 갔다가 저리로 갔다가, 그러나 전부가 다 벨그리프에게 되돌아온다. 그것들을 피하거나 검을 휘둘러 막고 받아넘겼다.

어둑어둑하기에 시력에 의지하지도 못할 터인데 벨그리프는 불규칙적으로 덮쳐드는 목편을 전혀 얻어맞지 않고 피해 냈다. 목편끼리 부딪혀서 갑자기 궤도가 바뀌어도 즉각 대응했다.

이윽고 목편의 기세가 누그러졌다. 움직임이 줄어들다가 끝내 멈췄다.

"……둔해졌군."

벨그리프는 한 군데 목편에 맞은 어깨 부위를 문질렀다.

"이래서야 안제가 보고 웃겠어."

벨그리프는 다시 목편을 때렸다. 지금도 검술 훈련은 매일매일 거르지 않는다만, 이렇듯 딴생각 않고 단련에 열중하고 있노라니 왠지 모르게 모험가가 막 됐던 시절로 돌아간 듯한 기분이 든다.

다음 날, 너무 열을 올렸던 대가로 얻은 근육통에 얼굴을 찡그리며 벨그리프는 밭으로 나갔다.

"제기랄, 역시 둔해졌군……."

그러나 아직 근육통이 내일 도지지 않았다는 데 안도도 했다. 동년배의 농부들은 근육통 및 신체 통증이 다다음 날이나 돼야 도진다면서 나이 먹은 사실을 두고 농담을 주고받지 않던가. 그에 비하면 아직 자신의 몸은 강건함을 잃지 않았다.

감을 되찾아야겠군.

실전이 필요하다.

이미 마흔을 넘겨 지긋하게 나이를 먹고도 젊은이처럼 자극을 바라다니. 나잇값도 못 하고 안젤린의 활약에 몸이 끓는가? 그렇게 벨그리프는 턱수염을 비비 꼬았다.

이마의 땀을 닦으며 밭일을 하던 때에 번스가 찾아왔다.

"벨 아저씨, 아버지가 불러요."

"케리가?"

앞장서는 번스를 따라 케리에게 갔더니 케리는 못마땅한 표정을 지은 채 앉아 있었다. 그 옆에는 신부 모리스가, 또한 안면이 있는 나무꾼도 몇 명 동석했다.

"무슨 일인가? 다들 모여서."

"아니, 그게 말일세, 벨. 듣자 하니까 근처 숲에 마수가 나왔다나 봐."

어이구, 벨그리프는 침음했다.

일전에 아이들과 산에 올랐을 때도 생각했는데 최근 들어서 마수가 늘어났다는 느낌을 받는다. 그 이후 아이들과 산에 오르는 행사는 잠시 중단했지만, 결국은 마을 가까운 곳까지 내려왔구나 싶어 벨그리프는 눈살을 찌푸렸다.

조우했던 사람은 나무꾼들이었다. 그때는 상대가 한 마리, 이쪽은 다수이고 도끼도 갖고 있었기에 어찌어찌 쫓아냈으나 이후부터는 숲에 들어서는 것이 꺼림칙하다는 설명이었다.

"거 뭐냐, 가을 수확제를 맞아 교회의 개축이 예정되어 있고 조만간 학교도 지을 계획이잖나? 그러니까 목재가 꽤 필요한데 이래서는 일을 할 수가 없다고."

"이봐, 벨. 매번 자네 한 사람한테 떠넘기려니까 무척 미안해. 그래도 우리들끼리 마수 상대는……."

벨그리프가 나무꾼들의 말을 제지했다.

"더 말할 필요 없어. 마수는 어떤 놈이었지?"

"회색 늑대야. 우리가 만난 놈은 한 마리였지만, 무리가 더 있을

지도 몰라."

그레이 하운드였다. 마수의 등급 체계로 보면 E랭크 정도이나 모험가가 아닌 마을 주민들에게는 충분히 위험한 대상이었다.

벨그리프는 고개를 끄덕거린 뒤 모리스 신부를 돌아봤다.

"모리스 신부, 혹시 모르니까 마물 퇴치 준비를 좀 해줄 수 있나?"

"알겠습니다."

모리스 신부는 예의 바르게 고개를 끄덕였다.

"다들 신부를 도와서 마을 주위에 대비 태세를 갖춰주게."

"……이봐, 벨. 정말 혼자서 괜찮겠어? 전투가 익숙하지는 않아도 머릿수는 맞출 수 있을 텐데……."

"맞네, 숲속이야 우리도 익숙하니까……."

나무꾼들의 의견을 벨그리프는 웃으며 사양했다. 등 뒤를 맡길 수 있는 모험가라면 또 모르겠으나 전투 경험이 없는 나무꾼들을 지키면서 행동하면 도리어 더 위험하다.

"괜찮아. 다른 사람들은 마을을 지키면 돼. 게다가."

벨그리프는 히죽 웃었다.

"때마침 나도 몸을 좀 움직이고 싶었거든."

평소에는 별로 볼 일이 없는 『모험가』 벨그리프의 얼굴을 보고 주민 일동은 저도 모르게 숨을 멈췄다.

집에 돌아온 벨그리프는 농작업복에서 움직이기 편한 옷으로 갈아입었다. 검을 장착하고 갖가지 도구가 들어 있는 허리 주머니를 벨트에 매달았다.

이런 식으로 마수 토벌을 위해 나가는 것도 오랜만이다. 톨네라로 돌아온 이후 몇 번인가 이런 사건이 일어난 적은 있지만, 그리 빈번하지는 않았다. 그때마다 앞뒤 가리지 않고 고양되는 자신이 어딘가에 있음을 깨닫는다. 어떤 방법으로 싸워야 할까, 무엇을 시험해볼까. 아직 열다섯, 열여섯 살에 불과한 자신이 이미 마흔을 넘긴 자신에게 말을 건네고는 한다.

벨그리프는 쓴웃음 짓고 혼잣말했다.

"놀러 나가는 게 아니란 말이다……."

─알고 있다고.

그렇게 소년의 자아가 퉁명스럽게 대답했다. 벨그리프는 웃으며 턱수염을 쓰다듬었다.

어깨를 돌리고 다리로 툭툭 바닥을 차 울리면서 몸 상태를 확인한다. 괜찮다. 제대로 움직일 수 있어.

"자……. 가볼까."

집을 나서서 숲 방향으로 향했다. 톨네라 마을은 산의 동편과 인접했다. 그 산의 앞쪽에는 숲이 울창하고, 숲은 산에 닿는다. 동쪽으로 평탄한 토지가 이어지면서 숲이라고 말하기는 어려울 만큼 작은 나무들이 드문드문 곳곳에 자라났다.

숲에 진입하자 묘하게 서늘한 공기가 주위에 가득했다. 일전에 아이들을 데리고 산에 올랐을 때보다 더 쌀쌀했다. 이미 한여름에 들어섰건마는 이상한 현상이었다.

"흠……."

벨그리프는 머릿속으로 마수의 형태를 상상하며 경계를 늦추지 않고 전진했다. 대충 예감은 했지만 아무래도 그레이 하운드 이상의 마수가 숨어 있는 듯했다.

점점 주위에서 기척이 느껴지게 되었을 무렵, 높다란 위치에서 그 녀석이 나타났다. 은색 체모를 지녔고 온몸에 냉기를 두르고 있는 늑대형 마수, 아이스 하운드였다.

"예상대로인가……. 아마 북쪽에서 내려왔겠군?"

벨그리프는 검을 뽑았다.

아이스 하운드는 C랭크의 마물이다. 놈의 모습은 그야말로 백은빛을 띤 거대 늑대라 표현하기에 모자람이 없었다. 몸에는 항상 냉기가 가득하며 입은 얼음 브레스를 토한다. 근방에 출몰하는 E 랭크 정도의 마수와는 격이 다르도록 위험한 놈이었다.

아마도 저 아이스 하운드가 내뿜는 마력에 이끌려서 그레이 하운드를 비롯한 여러 마수들이 차차 모여들었으리라고 벨그리프는 생각했다. 강력한 마수의 주변으로 하위 마수가 모여들면서 세력권을 형성하는 사례는 드물지 않다.

아이스 하운드가 울부짖었다. 그러자 주위의 기척이 빽빽해지며 이쪽을 향해 다가왔다.

그레이 하운드 무리가 나무 그늘에서 벨그리프에게 뛰어오른다.

벨그리프는 몸을 굽혀서 일단 가까운 위치의 한 마리를 베어 가른 뒤, 그다음은 의족을 축 삼아 빙그르르 돌아서 등 뒤의 한 마리를 처치했다. 곧장 왼쪽 다리만 써서 도약한다.

의족을 쓰게 된 이후에도 단련을 거른 적이 없었다. 이제는 통각이 느껴지지 않는 의족인 터라 비로소 가능한 움직임을 한껏 이용할 줄 안다. 사지가 멀쩡한 자와 비교해도 손색이 없는 몸놀림이었다.

벨그리프는 민첩하게 돌아다니며 머지않아 그레이 하운드를 모두 물리쳤다. 그리고 아이스 하운드를 노려봤다.

"강 건너 불구경이라니 여유롭군, 이봐."

아이스 하운드는 으르렁 소리를 질렀다. 사냥감이 아닌 쓰러뜨려야 하는 적으로 벨그리프를 인식한 듯싶었다. 비웃는 기색이었던 시선에 예리함과 적의가 들어차면서 벨그리프를 주시했다.

찰나, 눈사태처럼 기세를 더해 아이스 하운드가 높은 위치에서 뛰어 내려왔다. 몸에 두른 냉기가 확 퍼져 나오면서 마치 강렬한 북풍처럼 벨그리프에게 불어닥쳤다. 지면에, 여러 나무의 표피에 서리가 내렸다.

"크, 르르, 르, 르르르, 르르르."

포효와 함께 강렬한 브레스가 들이닥쳤다. 미리 예상했던 벨그리프는 여유를 갖고 피했다.

아이스 하운드는 브레스의 여파를 이용하려는 듯 곧장 덮쳐들었다. 예리한 발톱과 송곳니가 얼음처럼 반짝반짝 빛났다.

벨그리프는 이번에도 역시 사전에 예상하여 몸을 빼냈을 뿐 아니라 스쳐 지나가는 순간에 도구 주머니에서 꺼낸 작은 구체를 집어 던졌다. 주둥이를 벌려 벨그리프를 물어뜯으려고 했던 아이스 하운드의 입속으로 구체가 쏙 빨려 들어갔다.

곧장 아이스 하운드가 격렬하게 기침을 토한다. 그 구체는 고추 및 양파 등 자극이 강한 물품을 한데 반죽하여 만든 환약이었다.

"흠, 이게 C랭크에게도 잘 먹히는군."

마치 시험 삼아서 먹여봤다는 말투였다.

벨그리프는 오른 다리를 잃어버린 이후, 전투에서는 비록 짐 덩이 신세일지라도 다른 부문으로 모험가답게 살아가고자 했었다. 즉 지식의 부문으로 말이다. 의족을 달고 재활 훈련을 계속하는 한편 마수에 관한 문헌 및 도감, 과거의 전투 기록을 철저하게 섭렵하면서 머리에 넣었다. 또한 머릿속에서 대책 및 진형과 퇴치 방식 따위를 거듭거듭 시뮬레이션했다.

아이스 하운드의 정보도 머릿속에 들어 있었다. 한 손으로 꼽을 정도이지만 싸운 경험도 있다. 그러나 이 환약을 실제로 시험한 적은 이번이 처음이었다.

"……놀고 있을 상황이 아니잖냐."

다음에는 무엇을 시험해볼까 저도 모르게 도구 주머니를 뒤적거리고 있었지만, 벨그리프는 이런 방심이 가장 좋지 않음을 알기에 고개를 슬슬 흔들었다.

아이스 하운드는 분노로 불타오르며 벨그리프에게 달려들었다. 목을 당하여 브레스는 뿜지 못하는 기색이었으나 본연의 탄력적인 사지를 활용하는 돌진은 과연 C랭크의 마수다운 위력이 있었다.

그러나 벨그리프에게는 너무 직선적이었다.

"머리가 너무 달아올랐잖냐, 아이스 하운드 주제에……."

가볍게 몸을 비틀어서 충돌 직전에 회피한 벨그리프는 검을 치켜들었다가 타앗, 내리 휘둘렀다. 전신의 힘을 담아 번쩍이는 일격이 아이스 하운드의 목을 대번에 베어 낸다. 주검으로 화한 아이스 하운드의 몸은 돌진의 기세 그대로 저편에 날아가서 나무와 부딪친 다음 지면에 나뒹굴었다. 마력에 의해 몸에 감돌던 냉기가 안개처럼 흩어지면서 여름 볕기가 한꺼번에 흘러들었다. 주위를 둘러싼 서리가 녹아내리고 갑자기 뜨거워지는 통에 벨그리프는 얼굴을 찌푸렸다.

"거참……. 이러다가 감기 걸리겠군."

주위에 더 이상 마수의 기척은 느껴지지 않는다. 아이스 하운드를 퇴치한 이상 이 녀석에게 이끌리는 마수도 더는 나타나지 않을 테지.

마침 잘됐군, 모피를 벗겨 가져가기 위해서 벨그리프는 해체용 나이프를 꺼내 들었다. 아이스 하운드의 모피는 백은빛이어서 아름답다. 조만간 결혼할 예정에 있는 마을 아가씨에게 주면 분명 기뻐할 것이다.

신출내기 모험가 벨그리프가 만족스럽게 웃었다. 역시 딸의 활약에 자극받았을까. 벨그리프는 쓴웃음을 머금었다.

○

"에취!"

"뭐야, 미리. 감기 걸렸어?"

"아니…… 아까 가게가 냉방 마법을 너무 세게 틀었어……. 좀 추웠거든."

"온도 차이가 확 나네……. 진짜로 감기 걸리겠다."

도시 올펜의 번화가, 평소와 다른 레스토랑에서 나온 안젤린과 친구들 세 사람은 효과가 과한 냉방 마법에 불평을 늘어놓으며 길을 걷고 있었다.

결국 안젤린은 셀렌을 구한 뒤 집까지 데려다주기 위해 보르도로 돌아갔다. 다행히도 완전히 늦기 전 아버지와 만난 셀렌은 아무리 감사해도 모자라다며 안젤린을 환대하려고 했다. 하지만 안젤린은 저녁 식사를 대접받았을 뿐 다른 답례는 사절했다.

나머지 휴가 일수로 톨네라까지 갔다가 돌아오기란 불가능했다. 그러니까 안젤린은 올펜에 온 뒤 오로지 편지만 썼다. 그동안은 빈 시간에 쓰려고 하면 쓰고 싶은 내용이 너무 많아서 결국 간소해졌지만, 이번에는 쓰고 싶은 내용을 전부 쓰기로 결심했다.

그런 마음가짐으로 썼다가 지우고 썼다가 지우기를 반복하는 사이에 글쓰기가 익숙지 않은 것도 있어 1주일 가까이 걸렸다.

그래서 지금은 또 매일매일 부지런히 어려운 의뢰를 받아 바쁘게 다니는 중이다.

어제는 서쪽 해안 도시 엘브렌에 가서 거대 오징어 마수, 크라켄을 토벌하고 돌아왔다. 내일부터는 또 동쪽 지역으로 떠나야 한다. 그야말로 동분서주, 이리도 바쁠 수가 없었다. 고위 랭크의 모험가가 아니면 대응 불가능한 마수뿐인지라 어쩔 수 없기는 하지만.

어쨌든 간에 오늘 하루는 휴일이었다. 벨그리프를 만나러 갈 여유는 물론 엄두도 없겠지만, 파티 멤버이자 허물없이 지내고 있는 친구들과 보내는 시간도 싫진 않았다.

"그나저나 번 돈을 쓸 짬도 안 나네……. 쓸데가 딱히 있는 것도 아니지만."

그렇게 아넷사가 탄식했다. 밀리엄이 웃는다.

"그러면 오늘 잔뜩 써버리자. 내가 관심이 가는 제과점이 있거든."

"군것질 좀 한다고 얼마나 줄어들겠어……. 안제, 너는 뭐하고 싶어?"

"단것, 찬성."

"좋아, 2대1. 가자, 가자."

밀리엄은 기쁨이 묻어나는 발걸음으로 두 사람을 이끌었다.

제과점은 대로에 자리 잡은 큰 가게였다. 최근 막 문을 열어서 점내도 깔끔하고, 진열돼 있는 과자를 쟁반에 담아 각각 계산하는 시스템이었다. 구입한 과자는 점내 및 가게 앞쪽의 자리에서 먹을 수 있다.

각양각색의 과자를 앞에 두고 안젤린과 밀리엄은 눈을 반짝거렸다. 아넷사는 한 걸음 물러나 있었지만, 역시 단것은 좋아하는 듯 꿀꺽 침 삼키는 소리가 났다.

"와아, 굉장히 예뻐. 맛있겠다."

"미리……. 모조리 다 제패할 수밖에 없어……!"

"좋아! 힘내서 먹자!"

"저, 적당히 배탈 안 나게 먹어. 둘 다……."

안젤린과 밀리엄은 눈에 보이는 대로 과자를 쟁반에 휙휙 담았다. 아넷사 역시 흥미가 없는 태도를 보이면서도 관심이 가는 과자를 몇 개 골랐다. S랭크든 AAA랭크든 간에 세 사람 모두 한창때의 여자아이였다.

산처럼 쌓인 과자를 보고 굳은 얼굴로 미소 짓는 점원에게 대금을 치른 뒤 셋은 탁자를 차지하고 앉았다.

"으음, 좀 많이 샀을까?"

밀리엄은 눈을 끔뻑거리면서 산처럼 쌓인 과자를 바라봤다. 안젤린은 고개를 가로저었다.

"문제없어……. 차를 주문하자."

꽃차를 주문한 뒤 곧장 과자를 맛봤다. 무척 달콤하고 맛있다. 밀리엄도 안젤린도 칠칠맞지 못하게 표정이 풀어졌다.

"으흥, 맛있어라."

"최고……. 아네, 그거 줘."

"아니, 이건 내 거……. 그나저나 아까 막 점심을 먹은 참인데 둘 다 잘도 과자가 배에 들어가는구나."

아넷사가 기막히다는 듯이 말하자 안젤린도 밀리엄도 고개를

갸웃거렸다.

"단것 들어가는 배는 따로 있거든? 그렇지? 안제."

"숙녀의 소양……."

아니, 도대체 뭔 소리들이야. 그렇게 핀잔을 놓고 싶었지만, 결국 한숨만 쉴 뿐이었다. 그러나 아넷사도 막상 제 몫의 과자를 먹어보니까 맛있다. 예상 이상으로 맛있는지라 살짝 열중하게 된 모습을 안젤린과 밀리엄이 히죽히죽하며 바라보았다.

우물우물 벌꿀을 바른 과자를 먹으며 안젤린이 중얼거렸다.

"맛있어……. 아빠도 먹게 갖다주고 싶어……."

"아……. 저번에는 유감이었지."

"결국 집에는 못 갔댔지?"

"맞아……. 다음에는 언제 또 휴가를 낼 수 있을까……. 제행무상……. 우물우물."

서글픈 표정으로 과자를 입속에 가득 집어넣는 안젤린. 아넷사와 밀리엄이 얼굴을 마주 보면서 쓴웃음 지었다. 아넷사가 위로의 말을 건넨다.

"그래도 구한 사람이 보르도 백작의 딸이라면서?"

"……보르도 백작이 누군데?"

"엥……. 그야 톨네라도 포함해서 북부 지역의 대영주잖아. 북부의 유력 귀족이랑 연줄이 생기다니 대단한 거야."

"……그런 거 아무 관심도 없어……. 그래도 셀렌이 아버지를 만나서 다행이었어."

"그, 그렇구나……."

왠지 모르게 타산적인 소리를 늘어놓은 자신이 부끄러워져서 아넷사는 살짝 뺨을 붉혔다. 사실 모험가로서는 틀리지 않은 사고이긴 하다.

"그래도……!"

안젤린은 입에 가득한 과자를 찻물로 흘려 넣었다.

"다음에는 꼭 집에 갈 거야……! 지금 페이스로 의뢰를 소화하면 다음번 장기 휴가 신청도 길드에서 거절 못 할 테니까. 후, 후후, 훗……. 아네, 미리. 나를 잘 따라와봐……."

수상쩍게 웃음 짓는 안젤린을 보고 아넷사는 절레절레 고개를 흔들었다.

"쫓아다녀야 하는 우리 기분도 좀 알아줄래……? 뭐, 상관없지만."

"우후후, 나는 여기저기 다닐 수 있고 이것저것 맛있는 음식 먹을 수 있으니까 문제없음!"

밀리엄은 웃음 지으면서 과자를 덥석 입 한가득 넣었다.

현재 안젤린은 다음 휴가를 받기 위하여 들어오는 의뢰를 닥치는 대로 받아서 처리하고 있었다. 그 속도로 말할 것 같으면 평범한 모험가의 곱절에 가깝다. 더한 실적을 쌓아 나가면 휴가 신청을 거절하기 어려우리라는 것이 안젤린의 계획이었다.

부산물로서 — 본래 모험가의 목적은 이쪽이 맞긴 하다만 — 돈이 자꾸자꾸 쌓였다. 장비는 이미 새것을 맞출 필요도 없도록 좋은 물품을 갖춰 놓았다. 의뢰 짬짬이 이렇듯 열심히 돈을 쓰고 있지만, 그럼에도 쌓이는 속도가 더 빨랐다.

문득 아넷사가 중얼거렸다.

"돈 쓸 데가 없다면……. 고아원에 조금 기부해주는 것도 좋은 방법이 아니려나."

"아, 맞다. 수녀님이 기뻐하시겠어."

밀리엄이 맞장구쳤다.

처음으로 듣는 이야기였기에 안젤린은 고개를 갸웃거렸다.

"고아원……?"

아넷사는 쓴웃음을 머금고 볼을 긁적였다.

"아, 우리가 교회 고아원 출신이거든."

"수녀님이 어머니 대신이었달까? 그러니까 아버지는 따로 없었지."

"맞아. 돈에 쪼들리기도 했고, 그러니까 죽을힘을 다해서 모험가가 된 거야."

"응응. 맨 처음 파티는 고아원 식구끼리 짰었지."

"수녀님이 엄청나게 반대하셨지만 말이야."

아넷사는 쿡쿡 웃었고 밀리엄도 미소 지으며 또 과자를 집어 들었다.

그랬던 줄은 몰랐기에 안젤린은 눈이 동그래졌다. 그러고 보니 자신이 두 친구의 신상에 대해 거의 몰랐음을 깨달았다. 또한 자신의 사연도 거의 이야기한 적이 없다는 자각이 뒤따랐다. 바쁜 이유도 있었지만, 언제나 마수라든가 다른 모험가라든가 대화 주제는 그런 이야기뿐이었다.

덜컹덜컹 의자 위치를 고치고 안젤린은 새삼 두 친구를 마주 바라봤다.

"나는 고아였거든. 아빠가 산에서 주워줬어……."

"뭐?"

"와, 진짜야? 정말 진짜야?"

아넷사도 밀리엄도 흥미진진하게 몸을 내밀었다.

좋아, 오늘은 전부 이야기하자. 마을 이야기, 아빠 이야기, 나 자신의 이야기…….

그리고 전부 듣도록 하자. 두 친구의 어린 시절 이야기. 고아원 이야기. 수녀님 이야기.

꽃차를 한 잔 더 주문하고.

○

아버지에게

요즘 올펜은 무척 화창한 날씨가 이어지고 있어요. 요전에 동쪽 지방에서 큰 벌레랑 싸웠거든요? 겉모습이 좀 징그럽더라고요. 그 래서 B랭크로 올라갔어요. 만세. 기뻐라. 그러니까 조금 맛있는 식 사를 먹어보려고요. 오리고기 소테가 좋아요. 냠냠 맛있어요.

안젤린이

○

안젤린에게

힘차게 잘 지내는 것 같아 다행이다. 톨네라도 요즘은 쭉 날씨가 좋단
다. B랭크 승격 축하한다. 열심히 노력하는 모습 덕분에 아빠도 기뻐.
그래도 기쁜 때일수록 긴장을 늦추지 말도록 하렴. 올펜의 요리는 아주
맛있겠어. 아무쪼록 몸 건강히 지내려무나.

아버지가

○

아버지에게

**이번에 S랭크로 올라갔어요. 알고 지내는 사람들이 다들 축하해
줘서 무척 기뻤어요. 그래도 정말 바빠지고 말았어요. 이쪽은 눈이
팔랑팔랑 내리네요. 그럼 그쪽은 벌써 새하얗겠죠? 감기 걸리지 말
고요.**

안젤린이

○

안젤린에게

축하한다. 이제 당당하게 한 사람의 모험가가 되었구나. 무척 자랑스

럽다. 네가 마을을 떠난 지 벌써 4년이야. 편지를 받고 나서 네 성장한 모습을 상상하며 홀로 축하했단다. 많이 바쁘겠지만 너무 무리하지 않도록 조심하거라. 멀리서나마 응원할게.

아버지가

○

아버지에게

편지 못 보내드려서 미안해요. 엄청나게 바빴어요.

얼마 전 검을 새로 만들었어요. 동방의 철로 제작해서 무척 좋은 검이에요. S랭크가 된 다음은 강한 마수와 싸워야 하는 의뢰도 늘어나서 좋은 장비를 장만했어요. 역시 꽉 쥐었을 때의 감촉이라든가 휘둘렀을 때의 느낌이 전혀 달라요. 이제 안심이에요. 이런 게 장비 무환인가 봐요.

안젤린이

○

안젤린에게

충실한 나날이란 보람찬 법이지. 좋은 검을 만나게 되었다니 다행이구나. 목숨을 맡길 물건이니까 착실하게 관리해서 큰일에 쓰도록 하려무나.

톨네라는 벌써 겨울의 분위기가 나고 있단다. 올펜은 아직은 조금 따뜻하겠지? 그래도 방심하다가 감기 걸리지 않게 조심하렴. 그리고 장비무환이 아니라 유비무환이란다.

아버지가

○

아버지에게

월말에 휴가를 내서 툴네라의 집에 갈 예정이에요. 나누고 싶은 이야기가 잔뜩이에요!

안젤린이

○

아버지에게

집에 못 가서 죄송해요. 사실은 급한 의뢰가 들어오는 바람에 휴가가 취소됐어요. 와이번이라는 마수가 나타났다길래 가루다 지방에 가서 해치우고 왔거든요. 다시 휴가를 내서 다음에는 꼭 집에 갈게요. 꼭이요!

안젤린이

○

안젤린에게

　혹시나 안 좋은 일이 난 줄 무척 걱정했는데 별일 아니었다니까 안심이구나. 많이 바쁘겠지만 네 덕분에 도움을 받은 사람들이 있다는 사실을 잊지 말렴. 너는 몹시 훌륭한 일을 하고 있어. 조바심 내지 말고 언제든 집에 들르거라. 마음 편하게 기다리고 있으마.

아버지가

○

아버지에게

　집에도 한번 못 가는 처지가 자꾸 넌더리가 나요. 항상 쓰고 싶은 내용이 너무 잔뜩이라 뭘 써야 할까 고민하다가 결국 짧아지고 말았지만, 이번에는 쓰고 싶은 내용을 전부 써야겠다는 마음으로 펜을 쥐었어요. 그래도 어떤 말부터 써야 되나 갈팡질팡하는 중! 얘기하고 싶은 게 잔뜩 있어서 한 가지를 쓰려고 하면 다른 내용이 불쑥 얼굴을 내미니까 난감, 진짜로 난감!

　일단 왜 집에 못 가게 됐냐면요, 처음은 와이번 퇴치 때문이라고 편지에 써서 보낸 적 있죠? 그 뒤에 또 휴가를 내서 선물 잔뜩 싸 들고 집에 가려고 했어요. 이번에는 깜짝 놀래주자는 생각에 편지는 안 썼고요.

그런데 승합 마차 기다리는 곳에 갔더니 길드 직원이 달려와서 아스테리노스가 위기래요. 이제 집에 간다고 기대하는 참이었으니까 힘이 쭉 빠졌지만, 무시하고 집에 가 봤자 아빠도 칭찬해주지 않을 테니까 열심히 힘냈어요. 현장에 도착했더니 기가 앤트 무리가 마을을 포위했더라고요. 숫자는 많았지만 어차피 개미인걸요, 별로 대단한 녀석들도 아니었어요. 동료와 함께 해치웠죠.

그렇게 아스테리노스에서 서둘러 돌아온 다음 어떻게든 휴가 중 집에 가보려고 곧바로 올펜을 떠났어요. 승합 마차에 타거나 행상인에게 태워달라고 해서 순조로운 느낌이었는데요, 도중에 도적에게 붙잡혀 있던 여자아이를 구해줬거든요. 보르도에 있는 병 걸린 아버지를 만나려고 급히 달려가는 중이었다지 뭐예요. 그래서 집에는 못 가게 되더라도 왔던 길을 되돌아가서 데려다줬어요. 휴가 일수가 부족해서 어쩔 수 없이 귀성은 포기했지만, 셀렌(그 여자아이의 이름)이 무사히 아버지를 만났으니까 잘된 거죠. 굉장히 기뻐하길래 역시 도와주기를 잘했다는 생각이 들었어요.

결국 세 번 집에 가려다가 전부 다 실패한 거죠. 주신께서도 정령께서도 심술쟁이예요.

그래도 모험가 일은 즐거워요. 지금은 마수 퇴치만 하러 다니지만, 처음 무렵에 하던 약초 채집이라든가 던전 탐색이라든가 그런 의뢰를 또 하고 싶다는 생각도 가끔 들어요.

아빠가 가르쳐준 지식이며 요령이 무척 도움이 돼서 올펜에 막 왔을 때 약초 채집은 특기였어요! 귀신잇새 미나리도 알메아 풀도 짧은 시간에 잔뜩 찾아내서 접수원 언니를 깜짝 놀래줬어요. 뿌듯뿌듯.

다음은 친구 얘기를 쓸게요.

올펜의 길드에는 참 다양한 사람들이 있는데요. 평소에는 역시 사이좋은 친구랑 같이 지내요. 저도 S랭크가 된 이후 처음으로 파티를 짰습니다! 동료와 함께 싸우는 게 처음에는 얼떨떨했지만, 지금은 무척 든든해요.

아넷사라는 궁수랑 밀리엄이라는 마법사거든요, 나는 아네랑 미리라고 불러요. 아네는 제일 나이가 많고 언니라는 느낌. 의뢰인이랑 어려운 대화도 잘 나눠주고 성실해서 믿음직스러운데, 살짝 놀리면 얼굴이 막 빨개져서 귀여워요. 그래서 불쑥불쑥 놀리고 싶어져요. 활 실력이 굉장해서 일단 조준하면 백발백중이에요. 내가 앞에 나가서 싸울 때마다 적절하게 지원 사격을 날려주죠. 언제나 안심이에요.

미리는 나보다 한 살 많은데, 나보다 더 작아요. 그런데도 가슴은 나보다 크단 말이죠. 대체 왜. 분해라. 그래도 미래에 기대를 걸겠어요. 나는 성장 중이니까. 흥.

……맞다, 가슴 얘기가 아니라 미리 얘기를 하는 중이었는데.

미리는 보들보들한 분위기에 은근히 얼빠진 구석이 있어서 재미있고 대화 나누다 보면 즐거워요. 그래도 마법 실력은 굉장해요. 자기 키보다 더 큰 지팡이를 들고 다니는데 그게 또 제법 멋있고요. 번개 마법이 특기라서 잔챙이 떼는 순식간에 다 정리해줘요.

그리고 단걸 좋아하니까 나하고 말이 잘 통해요. 같이 아네를 놀리기도 하죠. 얼마 전 휴일 때는 셋이서 함께 단것을 먹으러 다녀왔어요. 설탕이 듬뿍. 꿀도 듬뿍. 엄청 맛있었어요. 언젠가 꼭 아빠도 먹게 갖다주고 싶어라.

앗, 맞다. 맛있는 식사 이야기, 단골 주점이 한 군데 있어요. 마스터는 무뚝뚝하고 별로 대화한 적은 없지만, 만들어주는 요리는 정말 맛있거든요. 오리고기 소테는 거기가 제일이라서 자주 먹어요. 옛날에는 가끔씩 먹는 진수성찬이었지만, 지금은 돈도 잔뜩이어서 먹고 싶을 때 먹을 수 있으니까 행복해요. 그래도 가끔 톨네라에서 먹은 시라기 새가 불현듯 그리워져요. 그 기름에 얇은 빵을 적셔 먹는 게 맛있으니까!

맞다, 아빠가 좋아하는 쿠리오 열매를 넣은 양고기 스튜도 그리워요. 올펜에서는 쿠리오 열매를 별로 못 보거든요. 맛있는데 어째서일까? 이상해라.

이런 내용을 쓰다 보니까 톨네라에서 먹은 식사가 자꾸 떠올라요. 아마 올펜이 더 호화롭기는 할 텐데, 아빠가 만들어주는 식사를 먹고 싶네요. 바위월귤도 먹고 싶어요. 머루랑 으름덩굴 열매랑 많이 많이 먹고 싶어요. 이쪽에는 건조 열매라든가 설탕 절임은 있지만, 역시 나는 막 채집한 열매가 좋아요.

집에 못 가게 돼서 정말로 분해요. 역시 편지가 아니라 직접 아빠랑 잔뜩 이야기하고 싶어라. 편지에 못 쓰는 얘깃거리도 정말 많아요. 답답해라. 보고 싶어요. 다음에는 꼭 집에 갈게요. 기다려주세요.

안젤린이

○

안젤린에게

편지 고맙다. 조금 걱정했었는데 어디 다친 게 아니라니까 무척 안심
되는구나. 아버지도 네가 괜히 쓸쓸해할까 봐 그러면 안 된다는 생각에
항상 편지는 간결하게 썼단다. 그렇지만 네가 이렇게 정성스럽게 편지
를 써서 보내준 만큼 아버지도 평소보다 더욱 길게 써보려고.

톨네라는 이제 한여름에 들어섰단다. 여기저기에서 짙은 녹색이 보이
고는 하지. 한창 양털을 깎는 시기이기도 하고. 우리 집에서는 양을 안
길러도 케리를 도우러 오갔으니까 알고 있겠지? 복슬복슬한 털을 깎아
주니까 양들도 산뜻하고 시원스러워 보이더라. 네가 처음으로 양털 깎
는 가위를 손에 쥐었을 때는 양이 날뛰어 도망치는 바람에 그 녀석을 다
시 잡는다고 고생했었지. 문득 옛 기억이 떠오르더구나.

얼마 전 레이크와 멜이 결혼을 했어. 너와 어릴 적에 놀아준 사람들이
니 기억할 텐데, 그때부터 두 사람은 사이가 좋았으니까 특별히 놀랄 일
도 아니겠지. 너도 멀리서나마 축복해주려무나.

두 사람의 결혼 축하 선물로 아이스 하운드 모피를 선물했단다. 얼마
전 숲에 나타나는 바람에 소소하게 소동이 일어났지만, 아버지가 간신
히 퇴치했지. 네 활약에 질 수는 없겠다는 마음이 솟았는지도 모르겠어.
이렇게 쓰고 보니까 조금 부끄럽구나.

세 번이나 집에 오려다가 실패했다는 이야기는 미안하지만 살짝 웃음
이 나고 말았어. 그래도 네가 내렸던 결정이 모두 다 훌륭했기에 아버지

는 정말 자랑스럽다. 모험가는 하루살이라서 자기 일이 아니면 관심도 안 주는 사람이 많다지만, 모험가처럼 힘 있는 사람은 마땅히 약한 사람을 지켜줘야 한다는 게 아버지의 생각이란다. 네가 그 뜻을 여태껏 지켜주고 있다는 것이 무척 기쁘다. 고맙구나.

좋은 친구가 생긴 것 같아 안심이야. 즐겁게 지내고 있구나. 그것만으로도 아버지는 만족스럽다.

톨네라도 아버지도 어디로 달아나지 않으니까 너무 조바심 내지 말고, 무리하지 말고 천천히 시간이 날 때 한번 들르거라. 그때는 쿠리오 열매 스튜를 만들어 먹자꾸나.

아무쪼록 아프지 않게 조심하고. 언젠가 만날 날을 기대하고 있으마.

아버지가

5 여름은 점점 한창때를 지나, 가을의

여름은 점점 한창때를 지나, 가을의 기운이 다가들었다.

아이스 하운드를 퇴치한 이후 벨그리프는 몇 번인가 숲과 산을 두루 돌아다니며 그레이 하운드를 몇 마리 처치했다. 아이스 하운드의 마력에 이끌려서 온 마수는 이제 완전히 사라졌다고 판단한 뒤 나무꾼들은 예전처럼 일을 시작했다. 나무를 여럿 베어다가 마을로 옮겨 목재를 만들고 가을 수확제를 맞아 교회를 깔끔하게 수리한 뒤, 옆쪽에다가 학교를 건설하는 작업에 착수했다. 모리스 신부가 제대로 체계를 갖춰 아이들에게 공부를 가르치려는 계획이다.

가을이 가까워지면 산의 결실도 풍성해진다.

벨그리프는 마수가 사라졌기에 또다시 아이들을 데리고 산에 올라서 머루와 버섯, 으름덩굴 열매, 바위월귤, 산나물 따위를 채집했다.

"이 버섯은 이쪽에 있는 종류와 꼭 닮았지만, 보거라, 찢으면 검은 얼룩이 생기지? 이 녀석은 독버섯이야. 먹으면 안 된다."

"벨 아저씨, 이건?"

"이건 색깔이야 제법 화려하지만 말이다, 맛있는 버섯이란다.

다들 독버섯도 살짝 깨물어서 맛만 기억하거라. 삼키면 안 된다? 몸으로 익히면 위험도 피할 수 있지. 감각을 단련하는 거야."

"네~."

"독버섯인데도 의외로 맛있구나."

"응, 맛있어."

"이 녀석들, 정말 삼키면 안 된다? 맛만 기억해야 한다?"

"네, 알았어요~."

바구니를 수북이 채운 일행은 기분 좋게 산에서 내려왔다. 이제는 산을 올라도 한여름처럼 땀투성이가 될 만큼 덥지는 않다. 물론 살짝은 땀이 나기도 하고 체질에 따라 옷이 피부에 달라붙을 수는 있겠지만, 서늘한 바람이 부는 덕분에 상쾌하다. 피부가 땀으로 젖은 만큼 더 시원했다.

마을에 도착한 뒤 아이들은 각자의 수확물을 들고 저마다 달음박질치며 집으로 돌아갔다. 가족에게 자랑하고 칭찬을 듣기 위해서였다. 의기양양하게 반짝반짝 빛나는 미소 띤 얼굴로 뛰어가는 아이들을 벨그리프는 싱글벙글 웃으며 배웅했다.

"자, 밭에 가볼까……."

귀가한 벨그리프는 작업복으로 갈아입고 뒤편의 밭에 나갔다. 고구마 덩굴이 기세 좋게 밭을 뒤덮었다. 대조적으로 여름 야채는 살짝 기세가 수그러들었지만, 아직은 열매가 달려 있었다.

잡초를 뽑고 고구마 줄기를 다시 심는다. 일전에 뿌린 순무와 푸성귀가 싹을 틔운 광경을 보고 안도했다.

"이곳도 흙이 아주 비옥해졌구나."

벨그리프는 해마다 조금씩이나마 밭을 넓혀왔었다. 이곳 일각은 3년쯤 전에 새로 개간한 밭이다. 처음에는 흙도 딱딱했고 싹이 터도 곧 벌레에게 뜯어 먹혔다. 하지만 인내를 갖고 정성스럽게 돌본 덕분에 지금은 쑥쑥 자라난 작물이 아낌없이 결실을 맺어주니까 보람도 제법 있었다.

톨네라는 자급자족이 기본이다. 주식이 되는 보리와 밀 종류는 면적이 넓기도 하여 마을 주민들이 공동 작업으로 관리하지만, 곁들여 먹는 야채 따위는 스스로 직접 길러 내야 했다.

한 해 동안 야채가 바닥나지 않도록 적당한 때에 씨앗을 뿌리고 혹시 시들면 뽑아서 제거하며 밭을 일군다. 남는 야채는 따로 가공하거나 행상인이 왔을 때 판매하기도 했다. 어쨌든지 간에 농사 일을 못 한다면 끼니도 제대로 못 때운다. 벨그리프도 훈련 및 순찰, 산과 숲에 들어갈 때를 제외하면 밭일에 대부분의 시간을 들였다.

얼추 밭을 다 둘러보면서 잡초를 뽑거나 버팀목에 가지를 묶어 매다는 등 손일을 마친 벨그리프는 집으로 돌아온 뒤 산에서 따왔던 바위월귤을 집어 먹으며 한숨 돌렸다. 이 열매를 먹을 때마다 안젤린을 떠올리게 된다.

"녀석이 이 열매를 많이 좋아하니까……. 도시에는 가공품밖에 없겠지만."

바위월귤은 생식하면 달콤새큼해서 맛깔나지만, 그다지 오래

보존이 되지 않았다. 도시 올펜의 주변에서는 바위월귤을 채집할 수 없기 때문에 가공한 잼과 설탕 절임, 건조시킨 열매가 판매되고 있었다. 이 마을에서도 겨울을 대비하기 위하여 저렇게 손을 써서 만들지만, 안젤린은 막 채집한 바위월귤을 좋아했다. 그 열매를 먹는 안젤린의 행복에 찬 표정은 벨그리프까지 행복한 기분이 들게 만들어줬다.

"언제쯤 집에 한번 들르려나……."

딸이 떠나간 지 벌써 5년, 불쑥 귀성을 기대하는 날은 거의 없었다. 아니, 기대하는 마음이 솟아나기 전에 내리눌렀다. 그러나 요즘 들어서는 안젤린이 먼저 귀성의 뜻을 전한 까닭에 벨그리프 또한 불쑥불쑥 의식하게 될 수밖에 없었다.

"팔불출이군……. 내가 봐도……."

턱수염을 비비 꼬면서 쓴웃음을 짓고 있으려니까 마당 쪽에서 갑자기 「계십니까!」라고 위세 좋은 목소리가 들렸다. 벨그리프는 깜짝 놀라서 저도 모르게 획 일어섰다.

들은 적 없는 목소리다. 여성의 음색이었다.

누구인가 의아하여 고개를 갸웃거리면서 바깥에 나가봤더니 등색을 띠는 질 좋은 직물을 써서 만든 복장으로 갖춰 입은 소녀가 한 명 우뚝 서 있었다.

나이는 대강 열일곱, 여덟쯤 되었을까. 백금색 머리카락을 뒤쪽으로 틀어 올려서 쪽을 찌어 놓았다. 이목구비가 수려할 뿐 아니라 눈매에서는 늠름함과 고귀함이 느껴진다. 허리에는 검을 찼다.

키는 벨그리프보다 머리 하나쯤 작은 듯싶었다. 키가 큰 벨그리프의 비교한 것이니까 여성치고는 제법 장신이라고 말할 수 있겠다.

전혀 알지 못하는 인물의 방문이었기에 벨그리프는 잠시 당황했지만, 애써 침착한 태도로 인사했다.

"안녕하십니까, 어디에서 온 분이신지요?"

소녀는 몸을 쭉 바로 세워서 정중하게 숙였다. 역시 기품이 느껴지는 몸동작이었다.

"미리 소식도 전하지 않고 불쑥 방문하게 된 무례를 아무쪼록 용서해주십시오. 이곳을 『적귀』 벨그리프 님의 자택으로 알고 왔습니다만 맞습니까?"

"예? 적귀……? 아니, 벨그리프는 제가 맞습니다만……."

칭호인가 별명인가 아리송한 명칭을 들어 곤혹스럽기는 하나 아무래도 자신에게 용무가 있어 온 사람은 맞는 듯했다. 소녀는 「오오」 감탄하면서 소리 높였다.

"과연, 분명히 『적귀』의 칭호에 걸맞은 훌륭한 적발입니다……."

"……아뇨, 뭔가 착각을 하신 게 아닙니까?"

"예? 벨그리프라는 이름을 쓰는 분께서 이 마을에 달리 또 계신 겁니까?"

"아니요, 제가 아는 한 저희 마을에서 벨그리프는 저 하나뿐입니다만……. 적귀라니요?"

그야말로 천만뜻밖의 말이었다. 도대체 누가 그런 칭호로 자신을 부른다는 말인가? 벨그리프는 고개를 갸웃했다. 소녀도 역시 의아하다는 표정을 짓고 있었다.

"저기…… . 벨그리프 님은 S랭크 모험가이자 『흑발의 여검사』라 불리는 안젤린 님의 춘부장이시라고 전해 들었습니다만…… ."

벨그리프는 입을 쩍 벌렸다.

"음…… . 뭐, 분명히 안젤린은 제 딸이, 맞기는, 맞습니다만…… ."

대답을 하는 도중에 이상하게도 자신감이 사라지는 기분이었다.

자신의 딸이 S랭크 모험가. 분명 자랑스러운 소식이기는 한데 동시에 진부한 옛날이야기 같다는 생각도 들어 현실감이 없었다. 말을 꺼낸 다음에야 살짝 부끄러워지기도 했다.

그러나 대답을 들은 소녀는 만족스럽게 「역시!」라며 홀로 납득해서 고개를 끄덕거렸다. 아직껏 뭔가 어긋났다는 느낌이 든다. 그러고 보니 눈앞의 소녀가 누구인지도 알지 못했다. 벨그리프는 입을 열었다.

"저기…… . 그래서, 당신은 누구십니까?"

소녀는 깜짝 놀라면서 입가에 손을 가져다 댔다.

"앗, 내가 아직껏 자기소개도 안 하는 실례를 저지르다니?! 이, 인사가 늦었습니다. 저는 보르도 백작가의 차녀, 사샤 보르도라고 합니다."

그 말을 듣고 벨그리프는 기겁했다. 허둥지둥 머리 숙인다.

"영주님의 따님이셨습니까…… . 설령 몰랐을지언정 제가 큰 실례를 저질렀습니다…… ."

"앗, 아니요, 아닙니다! 머리를 들어주십시오! 안젤린 님은 보르도 가문의 크나큰 은인! 그분의 아버님 되는 귀하께서도 마찬가지입니다!"

"아, 예에……. 음, 아무튼 막 바깥에 세워 놓을 분도 아니시고……."

벨그리프는 당황하여 어쩔 줄을 모르면서도 사샤를 집 안으로 안내했다. 허브티를 끓여서 바위월귤과 포도, 으름덩굴 열매를 접시에 담아 대접했다.

"이런 것밖에 없어 민망합니다만."

"아닙니다, 신경 쓰지 마십시오!"

사샤는 정중하게 머리 숙였다. 작위도 갖고 있는 영주의 여식이면서 이리 저자세로 나오는 까닭이 무엇인가 싶어 벨그리프는 오히려 의아했다. 안젤린이 보르도 가문의 크나큰 은인이라는 말도 도무지 모르겠다. 딸아이가 무엇을 어찌했길래?

맛있게 바위월귤을 집어 먹는 사샤를 바라보면서 벨그리프는 입을 열었다.

"그럼 여쭙겠습니다, 사샤 님께서는 어떠한 용건이 있어 오신 겁니까?"

바위월귤에 정신이 팔려 있었을까, 깜짝 놀라며 사샤가 얼굴을 들어 올렸다. 곧이어 뺨을 붉히면서 당황을 수습하고자 헛기침 한 번. 그다음은 또다시 머리를 수그렸다.

"벨그리프 님, 귀하의 따님 되시는 안젤린 님께서는 제 여동생인 셸렌 보르도를 도적의 손아귀로부터 구해주셨을 뿐 아니라 병상에 누워 계셨던 아버지 보르도 백작의 거처까지 몸소 데려다주셨기에 감사의 뜻을 이루 다 표현할 수도 없을 지경입니다."

"병상에……? 보르도 백작님께서는 무사하십니까?"

사샤는 살짝 씁쓸한 표정으로 미소 지었다.

"셀렌과 만난 덕분에 여한을 남기지 않고 주신 뷔에나의 곁으로 떠나셨습니다."

"그렇습니까……. 뷔에나의 가호가 함께하시기를……."

"감사드립니다."

둘은 조그맣게 성호를 그었다. 사샤는 고개를 숙여 답례한 뒤 이어서 설명했다.

"저는 하필 마수 토벌을 나가서 부재중이었기에 안젤린 님을 직접 만나 뵙지는 못했습니다만, 그분은 저희 가문의 사례를 전부 사절하신 뒤 정히 성의를 보이고 싶거든 아버님 되는 벨그리프 님께 전해달라고 말씀하셨습니다."

"허허……."

새삼 편지의 글줄이 떠올랐다. 도적에게 붙들린 소녀를 구한 뒤 아버지의 곁에 데려다줬다는 내용이 바로 이 말이었구나. 그런 큰 일은 자세하게 써주면 좋았을 텐데, 조금 아쉽다. 벨그리프 역시 딸아이의 공적이 싫을 리 없었다. 자꾸자꾸 입꼬리가 올라가려고 한다. 정말이지 장한 아이로 자랐다.

사샤는 품속에서 작은 자루를 꺼내서 탁자 위에 올려놓았다. 짤랑짤랑하고 금전이 들어 있는 소리가 났다.

"금화로 백 장을 넣었습니다."

"백 장이요……?"

"고작 이만한 사례밖에 드리지 못한다는 것이 민망할 따름입니다만, 저희 가문도 지금은 이래저래 어수선한지라……."

사샤는 부끄럽다는 듯이 눈을 내리깔았다. 금화 한 장이어도 톨네라의 주민은 1년 가까이 생활할 수 있었다. 벨그리프는 당황해서 자루를 되밀었다.

"과, 과하십니다. 이리 큰돈을 챙긴다면 벌을 받을 겁니다!"

"그, 그게 웬 말씀입니까! 셀렌의 목숨값은 금화 천 장일지라도 모자랍니다! 받아주시지 않는다면 보르도 가문의 명예가 땅에 떨어집니다!"

한동안 입씨름을 거듭하다가 결국 사샤의 기세에 눌린 벨그리프는 체념하고 받아 들었다. 그나저나 금화 백 장이란 큰돈을 대체 무엇에 써야 할지 상상도 되지 않았다. 도시 지역이라면 또 모르겠지만, 이곳은 행상인과 거래할 때를 제외하면 기본적으로 자급자족과 물물교환으로 거의 모든 물품을 마련하는 시골구석 톨네라이다. 금화를 본 적이 없는 마을 주민들도 꽤 있었다.

어쩔 수 없이 받기는 받았다만, 이 돈은 안젤린에게 주는 사례인 만큼 잘 간수했다가 딸아이가 집에 왔을 때 넘겨줘야겠다고 결심했다. 그때까지는 이 돈을 건드리지 않을 작정이었다. 굳이 필요하지도 않을 터이고.

사례를 건넸으니 사샤는 이제 돌아갈 거라 생각했지만 오히려 이제부터가 진짜 용건이라는 듯 몸을 내밀었다.

"벨그리프 님은 안젤린 님에게 검술 및 모험가의 기초를 직접 가르치셨다고 들었습니다!"

"예, 뭐……. 딸아이가 어렸을 적에 잠시."

"부끄럽지만 저 또한 모험가 행세를 하는 사람입니다. 아직 AA 랭크인지라 남부끄럽기 짝이 없습니다만……."

대다수의 모험가는 기껏해야 C랭크나 B랭크를 못 벗어나고 일생을 마치건마는 뭐가 부끄럽다는 말인가 난처했지만, 벨그리프는 적당히 웃으며 얼버무렸다. 분명 향상심이 강한 아가씨인가 보다.

사샤는 잠시 우물쭈물하다가 이윽고 결심을 굳혔는지 이쪽을 똑바로 주시했다. 예리한 시선이었기에 저도 모르게 벨그리프도 자세를 바로 세웠다.

"벨그리프 님!"

"네."

"뻔뻔스러운 부탁인 줄은 두말할 것도 없이 잘 알고 있습니다만……. 아무쪼록, 저 사샤 보르도에게도 『적귀』 벨그리프 님의 검을 한 수 가르쳐주십사 청합니다!"

사샤는 깊숙하게 머리 숙였다.

벨그리프는 잠시 망설였으나 결국은 대련을 해달라는 요청이었다. 그쯤이야 별일 아니다. 좋은 운동이 되겠다.

적귀라는 말은 잘 모르겠다만, 뭐, 상관없겠지. 벨그리프는 쓴 웃음을 지었다.

"누구를 가르칠 만한 실력은 못 됩니다만……. 굳이 원하신다면야."

사샤는 번쩍 얼굴을 들어 올렸다. 표정이 기쁨으로 빛난다.

"감사합니다……!"

"바깥으로 나가시죠."

벨그리프는 사샤에게 권하여 바깥으로 나왔다. 좋은 날씨였다. 해가 서쪽으로 기울어서 그림자도 길게 드리워졌다.

사샤는 허리의 검을 검집째 잡아 들었다. 서 있는 품이며 분위기를 본 벨그리프는 무심코 오호, 탄성을 쏟았다. 군더더기가 없는 아름다운 자세다. 상당한 실력자라고 판단했다.

재미있군.

벨그리프도 검을 검집째 잡아 들었다. 그저 우뚝 선 듯한 자세이나 의족에 살짝 체중을 실어 놓았고, 손에 든 검은 바짝 긴장감을 드러내면서도 사샤의 움직임에 따라 살짝살짝 흔들렸다.

두 사람은 마주 선 채 잠시간 간격을 가늠하며 서로를 주시했다. 사샤는 조금씩 다가들었지만, 벨그리프는 움직이지 않는다. 미세하게 좌우로 흔들거릴 따름이었다. 여름의 햇살 때문일까, 혹은 긴장감 때문일까. 이마에 바작바작 땀이 배어났다.

이윽고 이마의 땀이 방울이 되어 뺨을 타고 턱에 맺혀서 떨어졌을 때 사샤가 움직였다.

"흡——!"

훌륭한 발놀림으로 눈 깜짝할 사이에 벨그리프에게 바짝 다가

든다.

그러나 사샤의 일거수일투족을 주시하고 있었던 벨그리프도 제때 반응하여 즉각 검을 휘둘렀다. 두 자루 검이 맞부딪친다. 검집에 넣은 채였기에 물론 쇳소리가 나지는 않았다. 그러나 격하고 둔중한 소리였다.

첫 공격이 허사로 돌아갔음을 깨닫자마자 사샤는 곧장 두 번째 타격에 나섰다. 그러나 이번에도 벨그리프는 필요 최소한의 움직임으로 가볍게 받아넘겨버렸다. 이어서 세 번째, 네 번째 공격.

몇 합을 맞부딪쳤을까.

실력 있는 검사의 검격은 어찌 본다면 춤과 비슷하다. 서로가 서로의 움직임에 호응하는 듯 움직이는 두 사람은 달리고 뛰고 도약하여 종횡무진 돌아다니면서 검을 휘둘렀다.

사샤의 검은 빨랐지만, 벨그리프의 검은 빠르고 무거웠다. 일격, 일격을 막을 때마다 사샤는 검의 무게에 얼굴을 일그러뜨렸다. 게다가 벨그리프의 발놀림은 의족을 달고 있기 때문인가, 때때로 정석을 벗어나서 움직였기에 더더욱 사샤를 당황케 했다.

이윽고 피로를 못 이겨 무릎 꿇은 사샤의 목에 벨그리프가 검을 들이밀었다. 사샤는 힘겹게 숨을 내쉬면서 한 손을 들어 항복의 뜻을 표시했다.

"져, 졌습니다……."

"……후유. ……조잡한 검으로 실례를 저질렀습니다."

벨그리프는 미소 지으며 검을 거뒀다. 역시 호흡은 좀 가빴다

115

만, 사샤와 달리 만신창이 비슷한 꼴은 아니었다. 그러나 사샤의 실력은 까딱 방심하면 질 수도 있는 경지는 된다. 연장자의 체면을 세우고자 짐짓 여유로운 자세로 버티고 있었지만, 속마음은 용케 이겼다 싶어서 제법 두근두근했다.

집 안에 들어가서 물을 가득 길어다가 다시 나왔다. 아직 무릎 꿇은 채 호흡을 가다듬고 있는 사샤에게 벨그리프는 컵을 건네줬다.

사샤는 물을 단숨에 마셔버리더니 크게 심호흡한 뒤 벨그리프를 올려다봤다.

"감사드립니다……. 역시나, 훌륭하십니다……. 과연 안젤린 님의 아버지이자 스승이시군요……."

"아닙니다, 사샤 님이야말로 훌륭한 실력이었습니다. 저 또한 감탄했습니다. 잠시라도 방심했다면 위험했겠지요."

"후후, 겸손하시는군요. 어떻게든 일격은 맞히자는 것이 목표였습니다만, 건방졌던 자기 자신이 무척 부끄럽습니다……. 제가 비록 견식이 짧아 전해 듣지는 못하였으나 벨그리프 님께서도 현역 시절에는 필시 널리 이름이 알려진 모험가셨겠지요."

사샤가 기대에 가득 찬 눈으로 벨그리프를 바라본다. S랭크가 아니었겠느냐고 눈이 말하고 있다. 벨그리프는 민망함을 달래고자 쓴웃음 짓고 머리를 긁적였다.

"아뇨……. 저는 E랭크였습니다. 보시다시피, 신출내기 시절에 한쪽 다리를 잃어버려서 말입니다. 그 탓에 모험가 생활은 은퇴했었죠. 이후 쭉 톨네라 한곳에서 살았습니다."

그렇게 말한 뒤 오른쪽 의족을 보여줬다. 사샤는 눈이 동그래져서 숨을 멈췄다.

　실망했겠지, 벨그리프는 내심 생각했다. 그러나 괜히 과대평가를 받기보다는 실망이 차라리 낫다. 전직 E랭크 따위에게 패배했다는 것이 혹여 불쾌할 수는 있겠으나 앞으로 1년만 지나도 사샤가 더 강해질 테지. 오히려 이번 패배를 계기 삼아서 더욱 분발한다면 그것으로 족하다. 더한 성장을 이룰 수 있을 터이다.

　그러나 그런 벨그리프의 상상과 달리 사샤는 반짝반짝 눈을 빛내며 벨그리프의 손을 잡아 쥐었다. 뺨이 상기됐다.

　"감동했습니다!"

　"……예?"

　"의족을 달게 된 처지인데도 불구하고 이토록 뛰어난 실력이라니요……. 얼마나 고된 훈련을 쌓으셨겠습니까?! 게다가 이런 실력을 보유하고도 굳이 세상에 나서지도 않고 그저 일심으로 톨네라 마을을 쭉 지켜오셨다는 말씀이군요……!"

　"사, 사샤 님……?"

　"또한 결국은 몸소 S랭크 모험가를 길러 내셨습니다……! 자신의 명성을 좇는 대신에 그저 일심으로 후진의 육성과 작은 마을의 발전에 매진하셨던 마음 씀씀이……. 소생 사샤 보르도, 불현듯 개안을 하는 심정입니다!"

　"……아니요, 그게."

　"멋진 여행담이 생겼습니다……. 저 또한 더욱더 시야를 넓게 가져서 스스로의 명예만 좇는 사람이 되지는 말아야겠습니다. 벨그리프 님, 외람되오나 귀하를 부디 스승으로 받들고 싶사오니 모쪼록 받아주십시오!"

"잠깐, 잠깐만요……. 사샤 님? 제 말을 잠시만……."

"저같이 미숙한 자가 귀한 시간을 빼앗아 정말 죄송했습니다, 스승님! 조만간 또 검술을 갈고닦아서 다시 찾아뵙겠습니다!"

사샤는 벨그리프의 손을 붙들고 놓지 않은 채 휙휙 흔들더니 「이만 물러나겠습니다!」라면서 빠른 걸음으로 떠나갔다. 마치 폭풍 같았다.

한동안 벨그리프는 입을 떡 벌린 채 무슨 일이 일어났는가 이해를 못 하여 우두커니 서 있었다.

석양이 하늘을 물들이면서 그림자가 더욱 길어진다.

번스가 다가와서 말을 건넸다.

"벨 아저씨, 아버지가 같이 저녁 먹자고……. 뭐해요?"

"……내가 대낮에 꿈이라도 꾸었나?"

멍하니 중얼거리는 벨그리프를 보고 번스는 고개를 갸웃거리며 머리만 긁적였다.

6 갈라진 자국이 고스란히 남은

갈라진 자국이 고스란히 남은 대리석 카운터 앞쪽에서 안젤린은 찌푸리고 서 있었다.

"……의뢰가 없어?"

접수원은 곤란한 얼굴로 애매하게 미소 지었다.

"네. 지금으로서는 S랭크의 안젤린 씨 파티에 부탁드릴 만한 일이 없답니다……. 일단은 A랭크 정도의 모험가여도 어떻게든 처리할 수 있는 의뢰뿐이어서요."

물론 그런 의뢰를 S랭크가 받아서는 안 된다는 규칙은 없다. 하지만 되도록 많은 모험가에게 균등하게 의뢰가 할당되도록 조절하는 것도 모험가 길드의 업무였다. 게다가 안젤린 파티의 지난 의뢰량을 감안해도 이제 와서 구태여 낮은 랭크의 의뢰를 알선할 필요성은 거의 없었다. 안젤린 역시 일부러 그런 일거리를 받아서 수행할 만큼 금전이 궁한 처지는 아니었다. 오히려 남아돌아서 어디에 써야 하나 곤란할 정도다.

"톨네라 방면으로 가는 상단의 호위 임무는 혹시 없고?"

"그런 일감은 S랭크의 분들께 드릴 의뢰가 아니어서요……."

"……그러면 한 달간 휴가를 내도 돼?"

"아, 아뇨. 아무래도 좀……. 지금은 어떤 사건이 일어날지 모르는 상황이니까요……."

"쳇……."

어떻게든 기어이 집에 돌아가려고 하는 심사가 들여다보였기에 접수원은 쓴웃음을 지었다.

어쨌든 간에 오늘은 시간이 불쑥 비었나 보다. 그러나 장기 휴가를 낼 여유는 없었다. 그렇다면 어쨌든 휴일이니까 아넷사, 밀리엄과 놀러 가도 좋겠다.

발길을 돌리려다가 안젤린은 카운터에 남아 있는 갈라진 자국을 보고 눈을 찡그렸다.

"……여기, 슬슬 수리 좀 하지? 변상한다니까……."

접수원은 「후후」 살짝 장난스럽게 웃었다.

"이 자국은 말이죠, 『흑발의 여검사』 안젤린 씨의 전설 중 하나로 남겨 놓겠다고 길드 마스터가 결정 내리셨어요. 일종의 기념이라나요?"

"……그래."

소소하게 심술을 부릴 심산이지, 얄미운 자식. 어쨌거나 이 정도 짓거리는 별로 대수로울 것도 아니다. 안젤린은 로비에서 기다리고 있는 아넷사와 밀리엄의 곁으로 돌아갔다.

"오, 어땠어?"

"괜찮은 의뢰 있었어?"

"아니……. S랭크한테 맡길 의뢰는 없다더라. 그러니까 오늘은 휴일이야."

두 사람은 어머나, 하는 표정을 지었다.

"갑자기 노는 날 됐네⋯⋯."

"그러게 말야⋯⋯. 어떡할까?"

"나는 일단은 잠깐 돌아가서 옷 갈아입을래."

곧장 의뢰를 받아 나가게 될 줄 여겼던 터라 모험가의 복장이었다. 경갑을 갖춰 입은 채 거리를 돌아다니고 싶지는 않다. 아넷사도 고개를 끄덕거렸다.

"하기야. 그럼 늘 다니는 주점에서 다시 만날까?"

"응⋯⋯. 이따가 봐."

안젤린은 두 친구와 헤어져서 숙소로 돌아왔다.

안젤린은 번화가의 어느 한쪽에 위치하는 작은 숙박업소의 방을 하나 빌려서 쓰고 있었다. 평소 수입을 감안하면 훨씬 훌륭한 집에서 살 수도 있을 테지만, 안젤린에게는 주거에 대해 특별히 바라는 것이 없었기에 자기 손으로 구석구석 관리할 수 있는 조촐한 방이 차라리 편안했다.

옷을 갈아입은 뒤 침대에 걸터앉는다. 창밖은 완연한 가을이었다. 가로수는 붉게 물들었고 내리비치는 햇빛도 푸근했다.

벌렁 침상에 드러누워서 얼마 전 벨그리프가 보내줬던 긴 편지를 다시 읽었다. 읽을 때마다 기쁨이 솟아 히죽히죽하는 얼굴을 수습할 수가 없다.

안젤린은 다 읽은 편지를 정성스럽게 접어서 서랍에 고이 집어

넣고 또 벌러덩 누워 위쪽의 천장을 바라보다가 바위월귤을 먹고 싶어라, 하고 문득 입맛이 돌았다. 톨네라 마을에서 지냈을 때는 가을이 올 때마다 절로 기대하는 마음이 솟아났었다. 벨그리프가 산에 데려다주게 된 이후는 제일 먼저 바위월귤을 찾았다. 지금도 산속 여기저기의 군생지를 떠올릴 수 있다.

도시에 올라온 이후 설탕 절임이나 건조 바위월귤은 먹어봤지만, 역시 막 채집한 바위월귤처럼 달콤새큼한 맛을 선명하고 강하게 느낄 수는 없었다. 입에 넣으면 볼이 저절로 오므라지고, 하나를 먹은 다음에도 또 먹고 싶어서 자꾸 손이 움직였다.

응석 부리며 졸라 대면 아버지가 쓴웃음을 지은 채 바위월귤을 아앙~ 먹여줬더랬지⋯⋯. 가만히 추억에 잠겨 들었다.

"⋯⋯집에 가고 싶어라."

아무것도 할 일이 없으면 자꾸 향수가 강하게 솟아난다. 눈을 감으면 톨네라의 초가을 풍경이 떠올랐다. 봄에 씨앗을 뿌려서 점점 색깔을 입는 밀밭. 살짝 털이 자라난 양 떼. 그들을 쫓는 젊은 목동과 개들. 조각구름이 떠오른 높고 푸르른 하늘 아래에서 서서히 붉은색이며 노란색으로 물들어 가는 숲. 밤이면 파르께한 빛을 띠고 도드라지는 등화초. 머루와 으름덩굴 열매를 따려고 오른 나무에서 내다보였던 크고 작은 언덕들⋯⋯.

안젤린은 잠시 침대 위에서 대자로 누워 시간을 보내다가 기다리고 있을 아넷사와 밀리엄이 떠올라 몸을 일으켰다.

"도대체 나는 언제쯤이면 아빠랑 만날 수 있는 거야⋯⋯."

안젤린은 탄식하면서 방을 나섰다.

거리는 사람들로 가득했다.

도시 올펜은 인구가 많다. 교역의 요소를 점한 까닭도 있고, 넓은 거주 지역의 여기저기에 길드 지부가 위치하는 점도 있어 모험가의 숫자도 제법 많았다. 오가는 사람의 통행량은 근방 도시와 비교도 되지 않았다. 처음 도시에 올라왔을 때 안젤린은 이렇듯 많은 사람들이 있다는 데 압도되기도 했다.

인파를 피해 걸어가려면 고생스럽기는 해도 주점까지 별로 먼 거리는 아니었다. 대략 한 시간 만에 도착했다.

아직 한낮이건마는 주점에도 사람이 잔뜩 들어차서 왁자지껄 소란스럽다. 그러나 아넷사와 밀리엄이 자리를 맡아준 덕에 곧바로 앉을 수 있었다.

"안제, 얼굴에서 불만이 잔뜩 묻어나네."

밀리엄이 깔깔 웃었다. 안젤린은 뚱한 얼굴로 물을 마셨다.

"이렇게 뜨문뜨문한 휴일은 필요 없어……."

"에이, 아니지……. 그래도 모처럼 맞은 휴일이잖아."

아넷사가 난처해하며 볼을 긁적였다. 안젤린은 푹푹 한숨만 쉬며 고개를 가로저었다.

"휴일이란 내가 톨네라에 가서 아빠한테 어리광 부릴 수 있는 상태를 말하는 거야……."

"또 뭐래니……."

"어리광 부리고 싶어? 그러면 내가 받아줄 테니까 어리광 떨어봐. 꼭 안아줄게. 어서어서, 이리 와."

밀리엄이 싱글싱글 웃으며 안젤린에게 두 손을 내밀었다. 안젤린은 입을 삐죽거렸다.

"고작 미리가 아빠를 대신할 수 있겠어……? 가슴이 크다고 모성이 있는 줄 생각한다면 큰 착각이야."

"아앙, 안제가 너무 모질어."

밀리엄은 투덜투덜 불만을 늘어놓으며 의자 등받이에 몸을 기댔다. 항상 헐거운 로브를 입고 있어서 눈에 띄지 않지만, 그 안쪽에는 제법 훌륭한 가슴 님께서 숨어 계시다.

세 사람은 각자 좋아하는 메뉴를 주문한 뒤 두서없는 잡담으로 즐겁게 시간을 보냈다. 그럼에도 다들 모험가였다. 화제는 자연스럽게 마수 쪽으로 흘러갔다.

"요즘 들어서 마수의 움직임이 꽤 활발해졌어."

"맞아. 옛날 같았으면 마수가 자꾸 사람들 사는 곳을 습격하는 일도 없었을 텐데."

현재 안젤린과 동료들의 파티에 들어오는 의뢰 대부분이 거주 지역 근처에 나타나는 마수의 토벌이다. 그중에는 이미 습격이 개시된 탓에 원군으로 서둘러 달려가야 했던 경우도 있었다.

지난 과거에는 마수 사태가 지금처럼 많이 발생하지는 않았다고 한다. 고위 랭크의 마수는 대부분이 거주 지역과 떨어져 있는 장소에서 살았고, 그 마수가 지닌 소재를 원한다거나 주변 토지를 개척하기 위하여 고위 랭크의 모험가에게 토벌 의뢰가 들어오는

식이었다. 마수 자체에 현상금이 걸리는 경우도 있었기에 과거의 고위 랭크 모험가는 그런 마수를 사냥하는 작업이 주요 수입원이 었다던가. 재해급 마수쯤 되면 한 번의 토벌로 반년은 생활할 수 있는 의뢰금이 나왔다.

그러던 것이 지금은 고위 랭크의 마수가 인간의 거주 지역 가까운 곳에 출몰한다. 따라서 안젤린의 파티도 일거리의 양이 저절로 늘어났다. 고위 랭크의 마수가 변경이나 던전 깊숙한 위치에 잠복하고 있을 뿐이라면 S랭크 모험가도 굳이 길드에 내내 머무를 필요 없이 스스로의 페이스로 마수 토벌을 다닐 수 있을 터이나.

안젤린은 여전히 언짢은 기분으로 즐겨 먹는 오리고기 소테를 입안 한가득 넣고 씹었다.

"이옴이오 저옴이고 머이서 얌저아게 사면, 우물우물."

"먹고 나서 말해줄래······."

"우물우물······. 미안. 이놈이고 저놈이고 멀리서 얌전하게 살면 될 텐데······. 왜 굳이 사람들 사는 곳까지 튀어나오는 거야, 짜증 나······!"

"······뭐, 덕분에 일거리가 생긴다고 말할 수도 있지만."

"뭐가 덕분이야, 도가 지나치단 말이야······!"

"마왕이 부활했다는 게 혹시 진짜일까?"

밀리엄은 입술에 묻은 요구르트 소스를 핥아 먹으면서 말했다.

"마왕이라······."

아넷사는 손으로 턱을 받쳤다.

"미심쩍은 이야기이기는 한데 마수가 활성화된 게 맞기는 맞으니까⋯⋯."

"마왕이라면⋯⋯. 분명히 잔뜩 있었지⋯⋯?"

"맞아, 솔로몬의 72마왕이지. 물론, 전승이 진짜라면."

전승에 의하면 먼 옛날 솔로몬이라는 대마도사가 있었다. 그는 온갖 별의별 마법 및 연금술에 정통했었고 다양한 술식과 편리한 마도구를 만들어 냈다.

그러나 강대한 힘을 지닌 까닭에 차츰 권력욕에 사로잡혔던 솔로몬은 호문클루스라 불리는 불사의 인공 생명체를 만들어 냈다. 또한 그들을 사역하여 대륙의 정점에 올라섰지만, 만년에는 광기에 휩싸인 채 시공의 저편으로 사라졌다. 그리고 세상에 남겨지게 된 호문클루스들은 주인을 잃고 폭주했다. 그들이 바로 마왕의 정체라고 전해 내려온다.

마왕들은 여기저기에서 온갖 파괴를 저질렀다. 사람 및 가축을 죽이고 마을을 불태우고 도시를 무너뜨렸다. 멸망한 나라마저 있었다고 한다.

그 결과 솔로몬이 남긴 귀중한 술식의 자료 및 실제 제작된 건조물 등은 대부분이 실전되었다. 결국 솔로몬은 스스로 만들어 냈던 산물을 스스로 파괴해버렸다고도 말할 수 있겠다.

마왕들은 여신 뷔에나의 가호를 받은 용사에 의해 봉인당했고 현재도 대륙 각지에 잠들어 있다고 한다. 아울러 마왕이 발출하는 마력의 영향으로 마수가 발생하게 되었다는 것이 마왕과 관련된 전승이다.

"뭐, 어디까지나 전승이니까 진짜인지 아닌지는……."

"그래도 마력이 강한 장소가 있는 건 사실이니까……."

"하기야. 마왕의 혼을 진정시키기 위한 사당도 여기저기에 있잖아."

마왕은 전부 72개체가 있다고 전해진다. 대륙 각지에 마왕에게 제사를 올리는 사당이 흩어져 있기는 하나 어디까지나 진혼을 위해서이지 신앙의 대상으로 여기지는 않는다.

그런 화제에서 시작된 잡담은 마왕 및 마왕을 만들어 냈던 솔로몬을 숭배하는 사교(邪敎)가 요즘 들어서 활발하게 활동 중이라는 소문의 이야기로 옮겨 갔다.

"나쁜 일은 한꺼번에 쏟아지는 법이네……."

"그 사람들은 마왕 부활이 목표라고 했던가?"

"아마도. 어휴, 완전 민폐라니까."

진절머리를 내며 답하는 아넷사에게 안젤린도 응응, 고개를 끄덕거려 보였다.

"괜히 마왕이 부활하면 일거리가 더 늘어나잖아……. 휴가를 못 내는걸……."

"……아니, 그건 문제 인식이 좀 어긋났는데."

"후훗, 안제라면 마왕도 쓱싹 해치워버릴 거야!"

"못 이길 리가 없잖아……. 나는 『적귀』 벨그리프의 딸이자 『흑발의 여검사』 안젤린이야."

안젤린과 밀리엄은 꺅꺅 떠들어 댔다. 설령 마왕이 부활했어도 정말 그렇게 될 것 같아서 아넷사는 불현듯 등줄기가 싸늘하게 식는 기분이었다.

그때 주점으로 길드 직원이 숨을 몰아쉬면서 달려왔다.

"앗, 역시 여기에 계셨군요!"

안젤린은 눈살을 찌푸리며 직원을 돌아봤다.

"뭔데?"

"그게, 오르쿠스 근교의 평원에서 지룡이 나타나는 바람에……. 휴가 중이신데 면목이 없습니다만, 어서 출진해주시면 안 되겠습니까?"

세 사람은 얼굴을 마주 바라보면서 쓴웃음을 지었다. 마왕을 운운하며 농담 주고받을 틈도 없었다.

7 톨네라 마을은 겨울나기 준비로 바쁘고

　톨네라 마을은 겨울나기 준비로 바쁘고 분주했다.

　마을 여기저기에서 심어 놓았던 밤과 호두, 감, 사과, 배 등등이
수확의 시기를 맞이했다. 따자마자 베어 먹는 즐거움은 잠시뿐,
대부분은 말리고 끓여서 보존식을 만들거나 사과주를 담그기도
한다. 봄에 뿌렸던 밀도 수확의 시기였다. 벨그리프의 선도에 따
라 산에서 채집해 온 바위월귤과 머루도 말려다가 저장했다.

　늙은 염소와 양을 몇 마리 잡아서 건육과 염장육을 만든다. 강
에서 생선을 낚아 건어 및 훈제를 만든다. 감자며 고구마를 캐내
서 저장한다. 콩을 수확해서 말린다. 가을에 심어야 하는 밀 품종
을 위해 밭을 간다. 연료로 쓸 장작을 준비하여 각 가정에 분배한
다. 겨울 동안 양들을 먹일 목초를 말려서 쌓아 둔다.

　그런 일거리가 일단락되는 무렵, 마을의 교회 앞 광장에서는 가
을 수확제가 열릴 예정이었다. 수확의 기쁨과 감사하는 마음, 추
운 겨울을 무사하게 넘길 수 있게 보살펴달라는 바람을 주신 뮈에
나에게 전하기 위함이었다. 그와 동시에 겨울 동안은 조상의 혼령
들이 집으로 돌아온다는 믿는 신앙이 있다. 그 혼령들을 맞아들이
려는 의미도 갖고 있었다.

모리스 신부가 큰 목소리로 외쳤다.

"앗! 조금 더 내려주십시오, 입구에 닿겠어요! 안 돼요, 안 됩니다. 너무 기울이면 옆쪽에 부딪치잖습니까! 아앗! 조심 좀 해주세요!"

교회 예배당에서 뷔에나의 신상을 광장으로 옮기는 작업 중이다. 석상이 크고 무거워서 남자들이 몇 명씩 달라붙어서야 간신히 옮길 수 있다. 그러고도 교회의 입구가 좁은 까닭에 부딪치지 않게 조심하느라고 매년 쩔쩔매고는 했다. 어지간하면 신상에 흠집이 나지는 않을 터이나 입구에 댄 목재가 파이거나 꺾이는 때는 있었다.

올해는 수리를 막 마친 참이라 모리스 신부는 예년보다 더욱 예민하게 지시를 내렸다.

석상이 기울어지거나 올라가고 내려갈 때마다 모리스 신부는 히스테릭하게 소리 지르고 구경하던 마을 사람들 사이에서 웃음이 터져 나왔다. 그 광경을 벨그리프도 웃으면서 보고 있었다. 몇 년 전, 아직 30대였을 때는 자신도 석상 운반조로 힘을 썼지만, 요즘 들어서는 더 젊은 세대가 역할을 맡아 수행했다.

벨그리프도 이제 어엿한 마을의 중역이었다. 본인이 직접 주관하는 행사는 어쨌든 간에 이런 육체노동은 더 이상 할 기회를 주지 않는다. 혈기 왕성한 젊은이들이 힘을 발휘할 자리가 필요할뿐더러 위쪽 세대가 너무 전면에 자꾸 나서면 젊은이들이 마을 일거리를 이어받을 수가 없기 때문에 결과적으로 마을의 체계가 제대로 돌아가지 않게 된다.

그럼에도 벨그리프를 비롯하여 여러 나이든 이들은 이런 류의 노동은 어쩔 수 없더라도 다른 경우에는 젊은이들과 함께 섞여서 일하는 경우도 많았다.

몇 번인가 입구에 석상을 부딪히면서도 어찌어찌 바깥으로 들고 나왔다. 유백색의 신상이 완연한 가을 햇살을 반사하며 빛난다. 모리스 신부가 매일 정성 들여서 닦는 덕분이리라.

"올해도 이 시기가 왔군, 케리."

"그래, 시간 참 빨라! 올해도 저장품을 듬뿍 마련했잖냐. 겨울을 겁낼 필요도 없이 즐거움만 가득할 테니까 마음 편안해서 좋아, 하하하!"

케리는 뽈록하게 나온 배를 흔들거리며 웃었다.

북부에서 살아가는 사람들에게 있어 겨울은 혹독한 계절이었다. 하루의 절반 이상은 두꺼운 구름이 하늘을 뒤덮는다. 바람은 쌀쌀하고 눈이 내리면 바깥출입도 쉽지 않았다.

그러나 충분하게 대비만 잘 갖춰 놓는다면 겨울은 즐거운 계절이기도 했다.

평소에는 노동에 쫓기느라고 별로 이야기 나눌 짬도 없는 가족과 느긋하게 지낼 수 있으며, 맑은 날의 밤하늘은 여름철보다 별이 아름답게 빛난다. 눈이 내리면 아이들은 추위도 아랑곳하지 않고 얇은 옷차림으로 나와서 아주 신바람이 난다. 따라서 가을의 이 시기에는 모두들 겨울을 대비하고자 열심히 땀 흘려 일한다. 아니, 이 시기뿐 아니라 1년을 들여서 겨울나기의 준비에 매진한다고 표현할 수도 있겠다.

그때 곰처럼 큰 거한이 다가왔다. 얼굴 윤곽은 뚜렷하고 머리카락에는 흰 빛깔이 제법 섞였다. 거한은 광장의 상황을 쳐다보면서 호쾌하게 웃었다.

"올해도 준비는 순조롭군!"

"촌장, 왔군. 뭐 도울 일은 없나?"

벨그리프의 말에 촌장 호프만은 거듭 웃었다.

"껄껄껄껄. 이봐, 이보게나, 벨! 자네들만큼 나이 좀 먹은 다음은 젊은것들 지켜봐주는 게 일이라네! 괜히 끼어들면 저 녀석들이 성장을 못 하잖는가!"

"그야 그렇다만……. 손이 심심하단 말이지."

"나잇살 먹은 사람이면 진득하게 자리나 지켜! 심심하면 심심함을 즐길 줄 알아야지!"

호프만은 웃으며 벨그리프의 등을 두드렸다. 벨그리프는 턱수염을 비비 꼬면서 쓴웃음 지었다. 확실히 뭐든 할 일이 없다고 안절부절못하는 게 어린애 같다는 생각도 든다.

호프만은 2년 전 세상을 떠난 전대 촌장의 아들이고 벨그리프보다 여덟 살이나 많았다.

이제 쉰이 되었는데도 쇠약한 모습을 보이지 않고 타고난 체격과 표리가 없는 대범한 성격 덕택에 마을 주민들의 신망이 두터웠다. 마을로 막 돌아왔을 무렵의 벨그리프를 비웃지 않고 착실하게 대해줬던 인물은 케리와 호프만이 고작이었다. 그래서 벨그리프 또한 호프만에게는 감사하는 마음이 있다.

"이봐, 케리. 상단이 왔는데 어디로 안내할까?"

"뭐야, 맨날 해가 기울어진 다음에 오던 사람들이 올해는 왜 이리 빨라. 아직 광장이 어수선해서 당장은 좀 그렇고. 빈자리를 마련해볼 테니까 잠깐 기다려달라고 전해주쇼."

톨네라의 가을 수확제 날에는 여기저기에서 상단 및 행상인, 떠돌이 예인 집시들이 모여들었다. 축제의 떠들썩한 분위기를 좋아하는 까닭도 있을 터이고, 톨네라의 저장품은 품질 좋기로 평판이 난 만큼 그들은 다양한 상품을 들고 저장품과 물물 교환을 위해 찾아온다. 마을 주민들은 행상인의 여행담이며 집시의 입담과 노래, 춤을 기대했다.

호프만이 마을 입구로 간 뒤에 케리는 광장에서 젊은이들에게 지시를 내리며 공간을 비우도록 했다. 행상인들이 노점을 차릴 자리를 만들기 위함이었다.

어찌어찌 무사히 꺼내다 놓은 주신 뷔에나의 신상은 튼튼한 받침대 위에 놓였고, 그 주위에는 아이들이 꽃을 장식하거나 수확한 나무 열매 및 양고기 등을 바쳤다. 점차 축제 준비가 갖춰지는 분위기였다.

할 일이 없는 벨그리프는 산책 겸 마을을 둘러보기로 했다. 마을에서 축제를 연다고 마수 및 야수 따위가 안 나타나리라는 법은 없었다.

그러나 아이스 하운드를 퇴치한 이후 이제껏 근방은 평화롭기

짝이 없었다. 따라서 순찰을 돈다고 한들 특별히 신경을 곤두세울 필요는 없다. 벨그리프 또한 도무지 긴장 가득한 기분은 들지 않았다.

그럼에도 주의 깊게 마을을 꼼꼼하게 돌아다니다가 광장에 돌아왔을 때는 상단이 이미 들어와서 짐을 내리는 와중이었다. 노점용 텐트를 설치한 뒤 성격 조급한 사람은 벌써 상품을 손에 들고 마을 주민들에게 선전을 한다. 집시 및 음유 시인들이 심심풀이로 음악을 연주하고, 진귀한 이국의 물품을 아이들이 반짝반짝하는 눈으로 구경하고 있었다.

아직 준비가 다 끝나지도 않았지만 이미 마을은 축제 분위기가 가득 흘러넘쳤다. 몇 살을 먹었어도 이런 광경은 참 흐뭇한지라 벨그리프는 미소 지었다.

근처에 있던 행상인들에게 말을 붙여서 바위월귤과 머루를 건네주며 잡담 나눴다. 곳곳을 돌아다니는 행상인들은 모험가의 활약이나 세상 물정에 민감하다. 안젤린의 소식을 뭔가 알고 있지는 않을까 싶어서였다.

나이 지긋한 행상인이 물파이프로 연기를 뿜으면서 말했다.

"아하, 『흑발의 여검사』말인가! 올펜 주변의 수호신 같은 인재라네. 덕분에 거기 주변을 다닐 때면 안도감이 들지. 이리도 고마울 수가 없어."

"다만 처자 셋이서 파티를 꾸리는 게 드물기는 하지. 그런데도 올펜 주변뿐 아니라 공국의 모험가들 사이에서 첫째, 둘째를 다투는 실력자니까 정말 대단해."

"공국뿐 아니라 제도에서도 아는 녀석이 있다는 말을 들었다네."

톨네라 및 올펜, 보르도 등은 에스트갈 대공국의 일부다. 영지가 광대하기에 몇몇 구획을 지어 보르도 백작과 같은 지방 영주가 각각 임명을 받아 다스리고 있었다. 직할지에 해당하는 에스트갈은 올펜보다 남쪽에 위치한다. 또한 에스트갈 공국은 대륙 북서부를 통치하는 로데시아 제국의 일부였다.

딸의 평판이 양호하다는 데 벨그리프는 만족했다.

모험가란 보통 방랑자라든가 성정이 거친 인물도 많았다. 또한 목숨을 걸어야 하는 활동이 일상인지라 항상 자기 이익을 우선하는 경향이 있다. 그런 행적이 쌓이고 쌓여 결국은 무뢰한에 가까운 평판을 받고야 마는 모험가도 적지 않은 것이 현실이다. 이미 S랭크인 만큼 특별히 걱정은 안 해도 괜찮겠지만, 역시 딸의 평판은 신경 쓰이기 마련이었다.

자신의 딸이라는 말은 한 마디도 꺼내지 않았다. 사샤의 방문에 따른 소동이 아직껏 마음에 살짝 남아 있었다. 괜한 소동이 일어난다면 곤란하지 않겠는가.

광장을 바라보면서 와인을 홀짝이던 때에 청발의 여성 행상인이 총총히 다가들었다.

"저기, 안녕하세요."

"음? 아, 안녕하십니까. 무슨 일이시죠?"

"지나가다가 얘기를 언뜻 들었는데요, 혹시 『적귀』 벨그리프 씨가 본인 맞으신가요?"

벨그리프는 입을 떡 벌렸다. 또 적귀였다.

"예, 뭐, 벨그리프는 제가 맞습니다……."

행상인은 얼굴에 활짝 웃음을 지었다.

"역시! 안젤린 씨 이야기를 나누시기도 했고 훌륭한 적발이라서 맞겠다 싶었거든요! 사실은요, 제가 도적에게 습격받을 뻔했을 때 따님께서 물리쳐주셨답니다!"

벨그리프는 살짝 얼떨떨한 기분이었다. 뜻밖의 인물에게서 안 젤린의 이름을 듣게 되는구나.

자세하게 얘기를 들어보려던 때, 갑자기 마을 입구 방향이 소란 스러워졌다. 철컥철컥 철 맞닿는 소리가 들려온다. 그 소리는 똑 바로 광장을 향해 다가왔다.

계속 지켜봤더니 똑같은 모양새의 경갑을 갖춰 입은 남자들이 말 두 마리가 끄는 마차를 경호하면서 다가오고 있는 중이었다. 광장에 모여 있던 사람들도 어찌할 바를 모른 채 서로 얼굴을 마 주 바라봤다.

"이봐, 저거 보르도 백작가의 문장 아닌가?"

"영주님께서 무슨 용건이시려나."

벨그리프는 뭔가 불길한 예감을 바싹바싹 느끼면서 멈춰 서는 마차를 쳐다봤다.

안쪽에서 막 스물을 넘긴 듯 보이는 여성이 내려섰다. 여행을 위해서일까, 연녹색의 장식이 적고 가벼운 드레스를 차려입었다.

백금색 머리카락을 뒤쪽으로 땋아 정리했고 이목구비가 가지런하니 아리땁다. 살짝 드세다는 인상도 느껴지지만 눈매는 친근감이 있고 온화했다. 무슨 까닭인지 어딘가에서 본 듯한 기분도 든다.

"보르도 가문의 인물이라면 혹시……."

벨그리프의 불길한 예감이 뭉게뭉게 불어나는 와중에 여성은 두리번두리번 주위를 둘러보다가 살짝 겸연쩍어하며 얼굴을 붉혔다. 그리고 늠름하고 낭랑한 목소리로 말했다.

"실례합니다, 괜히 놀라셨죠. 사람을 찾아왔답니다."

사람들은 얼굴을 마주 바라봤다. 대체 누구를?

촌장 호프만이 허둥지둥 앞으로 걸어 나와서 머리를 수그렸다.

"촌장 자리에 있는 호프만이라고 하옵니다……. 저기, 보르도 가문에 속한 분으로 짐작하는 바입니다만……."

"아, 소개가 늦었네요. 저는 헬베티카 보르도라고 해요. 얼마 전 아버지가 돌아가신지라 현재는 제가 보르도 백작의 작위를 계승했습니다."

호프만은 급하게 무릎 꿇었다.

"신임 영주님인 줄도 몰라뵈옵고……."

헬베티카는 급히 달려와서 호프만을 일으켜 세웠다.

"어휴, 아니에요. 이렇게 격식 차리지 않으셔도 돼요. 괜히 권위나 부리는 짓은 안 좋아한답니다."

헬베티카는 어디까지나 온화하게, 친근감 있는 미소를 머금은 채 말했다. 그러나 행동거지 하나하나가 기품이 있고, 친근한 태도를 취한다고 격의 없이 대하기는 망설여지는 분위기가 느껴졌다. 오호라, 확실히 저런 성품은 영주의 그릇이라고 말할 수 있겠군. 내심 벨그리프는 감탄했다.

호프만은 공손한 얼굴로 헬베티카를 보고, 그리고 긴장감 묻은 어투로 입을 열었다.

"영주님께서 몸소 납시었는데 대단히 송구스럽습니다만……. 저희 마을에 죄인을 숨기고 있는 자는 없사옵니다."

여성은 입을 딱 벌렸다가 곧이어 쿡쿡 웃음 지었다.

"아, 괜찮아요. 범죄자를 쫓아온 게 아니에요. 『적귀』 벨그리프님을 한 번이라도 직접 만나 뵙고 싶어서 찾아뵈었답니다."

"예? 벨 녀석 말씀입니까?"

마을 주민들의 시선이 벨그리프에게 집중된다. 또 적귀. 벨그리프는 제법 민망했던 까닭에 몸이 움츠러졌다. 청발의 행상인은 「와아」 감탄하는 표정을 짓고 있었다.

한 지점에 모이는 시선으로 알아차렸을 테지, 헬베티카는 씩씩한 걸음걸이로 벨그리프의 근처까지 다가온 뒤 반짝반짝하는 표정으로 손을 잡았다.

"벨그리프 님이시군요?"

"……아, 예에."

"따님께서 막내 여동생을 구해주셨어요. 진심으로 감사드립니다."

"예, 그랬다죠. 으음……."

이제 다 체념한 벨그리프는 난처하게 웃음 지었다. 긴장감 때문인지는 모르겠는데 왠지 몰라도 환지통이 욱신거리는 기분이었다. 헬베티카는 싱글벙글 웃었다.

보르도 가문 세 자매의 이야기가 이곳 주변에서는 유명하다.

삼녀 셀렌은 아직 열다섯 살인데도 이미 내정에서 재기를 발휘하고 있고, 차녀 사샤는 뛰어난 무용을 지닌지라 장래에 분명 S랭크의 모험가가 되리라고 주목받는 인재이다.

그리고 장녀 헬베티카.

문무겸전에 카리스마도 있어서 데릴사위를 굳이 들이지 않고 여백작이 되어 장래에 틀림없이 영지를 다스릴 것이라고 평가받는 걸물이었다. 또한 실제로 이렇듯 백작의 지위를 이어받아서 영지를 다스리는 신분에 올라섰다지 않은가.

그 유명한 헬베티카 본인이 지금 눈앞에서 자신의 손을 붙들고 싱글벙글 웃고 있었다. 쓴웃음을 지을 수밖에 달리 도리가 없다 말할 수 있겠다.

그러나 벨그리프는 헬베티카의 친근감 있는 미소 저편에서 뭔가 사냥감을 노리는 듯한 예리한 눈빛을 느꼈다. 이 중요 인물이 단지 감사 인사를 전하기 위해 이곳까지 왔을 리 없었다.

헬베티카는 벨그리프를 위쪽에서 아래쪽까지 꼼꼼히 뜯어보다가 다시 또 생긋 웃었다.

"무척 잘 단련하셨음을 알 수 있는 신체네요. 말씀 들었어요, 정말 훌륭한 검을 구사하신다면서요?"

"아뇨, 뭐……. 그게……. 송구스럽습니다……."

자기보다 키가 작은 여성이지만 묘하게 압도당하는 기분이 든다. 그릇이 큰 인물이란 단지 마주하기만 해도 상대를 휩쓸어버리는가, 벨그리프는 묘하게 감탄하고 말았다.

헬베티카는 쓱 눈웃음을 지었다.

"오늘은 부탁이 있어 찾아뵈었어요."

"예."

"단도직입으로 말씀드리겠어요. 벨그리프 님, 아무쪼록 저희 보르도 가문으로 출사해주십사 청하는 바입니다."

이렇게 나오는가.

벨그리프는 힘이 쭉 빠졌다. 아마도 사샤가 본인에게 패배를 안겨줬던 벨그리프의 실력을 과장도 좀 섞어서 언니에게 소식을 전했을 테지. 그렇다 쳐도 가주가 몸소 나타날 줄은 예상하지 못했다만.

여하튼 출사에는 뜻이 없었다. 자신에게는 너무 무거운 짐이다. 벨그리프는 쓴웃음을 거두지 못한 채 차분하게 고개를 가로저었다.

"대단히 죄송하오나 저는 톨네라에서 벗어나고 싶은 마음이 없습니다. 이미 마흔두 살인 데다가 몸도 점점 쇠하기만 할 뿐. 이제 와서 도움이 되어드리기는 어렵습니다."

"그게 무슨 말씀이세요. 사샤가 그래 뵈어도 보르도 근교에서는 비할 데 없는 검사랍니다. 그런 사샤를 어려움 없이 격파했던 벨그리프 님의 힘, 필히 제 수중에 거두고 싶은 심정이에요."

어려움 없이? 실상은 많이 다를뿐더러 문제는 따로 있었다.

"아니요, 모험가 출신이기 때문인지 관직은 성미에 맞지 않는 처지인지라. 몸소 초라한 곳까지 찾아와주신 점은 진실로 송구스러울 따름이오나 거절하겠습니다."

"어떻게든 뜻을 굽혀주시면 안 될까요?"

"그 말씀은 조금……."

"대우는 얼마든지 협의해드리겠어요."

"대우는 딱히 문제가 아니온지라……."

"모쪼록 부탁드릴게요, 제 사람이 되어주셔요."

"으음, 죄송합니다……."

입씨름을 거듭한 끝에 헬베티카는「으으」예쁘장스럽게 입을 시옷 모양으로 구부렸다.

"역시, 실력에 어울리는 고집을 갖고 계시는군요."

"이 또한 타고난 천성인지라. 죄송할 따름입니다."

헬베티카는 생긋 웃었다.

이제야 포기했나 보군, 그렇게 벨그리프가 안도의 숨을 내쉬었을 때.

"그럼 일단은 완력으로 모셔 가도록 하죠."

"……예?"

"여러분! 부탁드려요!"

헬베티카가 지시 내리자 이제껏 영주의 뒤쪽에서 대기 중이던 경갑 집단이 벨그리프를 에워쌌다. 헬베티카의 친위대인가 보다. 단지 붙잡는 게 목적인 듯 무기를 뽑을 기색은 없었다. 구경하던 사람들이 놀라 거리를 벌렸다.

벨그리프는 입을 떡 벌린 채 황당해했지만, 친위대가 차츰차츰 다가드는 모습이 묘하게 귀엽게 느껴지는 터라 결국은 소리 높여서 웃음을 터뜨렸다. 포위망을 짠 친위대는 물론 주위에서 구경하던 사람들도 헬베티카도 어안이 벙벙한 행색으로 웃음 짓는 벨그리프를 보고 있었다.

아이로구나.

신임 영주다, 걸물이다, 극구 칭찬을 듣는다고 한들 알맹이는 겨우 스무 살이나 넘긴 어린 아가씨로군. 웃음이 멎질 않는다. 그렇다면 방법이 있지, 이쪽은 어른스럽게 받아주면 된다. 어린아이의 장난에 어울려주는 게 무에 어려운 일이겠는가.

우르르 달려드는 친위대를 벨그리프는 날렵하게 따돌렸다. 친위대가 동료들끼리 부딪쳐서 왁왁 소리를 지른다. 벨그리프는 가만히 자세를 가다듬으면서 다음 습격에 대비했다.

"이 나이를 먹고 술래잡기라니."

벨그리프는 잇따라 덤벼드는 친위대를 피하고, 따돌리고, 내던지고, 의족을 쓰는 사람 같지가 않은 매끄러운 몸놀림으로 가볍게 상대해줬다. 살의도 없이 덤비는 상대인 만큼 요리할 방법은 많고 많았다.

그렇게 대략 한 시간이 지났을 무렵, 친위대의 인원들은 기진맥진하여 더는 움직이지 못했다. 헬베티카는 입을 절반쯤 헤벌린 채 우두커니 서 있었다. 눈앞에서 일어난 사실이 차마 믿기지 않는 표정이다. 벨그리프도 조금 가빠오는 호흡을 가다듬으면서 헬베티카를 돌아봤다.

"여하튼 출사 요청은 거절하는 것으로 하겠습니다."

헬베티카는 푹 머리 숙였다.

"완전히 제 패배군요……."

아마도 이번에는 정말 포기했겠지. 벨그리프는 힘을 쭉 풀어냈다. 그러나 다음 순간, 팔에서 무엇인가 부드러운 감촉이 느껴졌다. 놀라서 내려다봤더니 헬베티카가 팔을 부둥켜안고 있었다.

"이리된 이상……. 제가 벨그리프 님의 사람이 될 수밖에 없겠네요!"

"……예?"

"모자란 사람이지만, 아무쪼록 잘 부탁드릴게요……."

헬베티카는 수줍어하며 뺨을 붉혔다. 팔을 껴안은 손에 힘이 꽉 들어갔다. 볼륨감 있는 가슴을 드레스의 옷감과 함께 바짝 누르는 감촉이 대단히 부드러웠다. 예상을 천만뜻밖의 방향으로 튀어 나가는 전개였기에 벨그리프는 사고가 정지되었고 눈은 갈팡질팡 흔들렸다.

관중은 야단법석이었다.

"어? 뭐야? 벨 아저씨, 보르도 가문에 장가드는 거야?"

"끝내준다! 팔자 고치겠네!"

"아니지, 영주님이 벨한테 시집가는 거야!"

"어이구, 가을 수확제가 혼례 뒤풀이 자리로 바뀌겠군!"

"깜짝 놀랐어!"

"이봐, 술 가져와라!"

"모리스 신부는 어디 갔나!"

그때 발굽 소리가 나더니 기마가 몇몇 난입했다. 관중들이 놀라서 우왕좌왕했다.

벨그리프의 앞쪽에 멈춰 선 말 위에서 안경 쓴 소녀가 한 명 날렵하게 뛰어내렸다. 보르도 백작가의 삼녀, 셀렌 보르도 본인이었다.

"언니! 도대체 무슨 짓을 저지르려고 여기까지 온 거죠!"

셀렌은 부아가 난 얼굴로 헬베티카에게 다가섰다. 헬베티카는 눈을 끔뻑거리다가 살짝 곤란해하며 웃었다.

"있잖니, 셀렌. 벨그리프 님을 영입하려고."

"보나마나 억지로 끌고 가려고 했겠죠?!"

정곡이었다. 헬베티카는 겸연쩍어하며 미소 짓고는 상황을 얼버무리고자 벨그리프에게 꼭 안겨 들었다. 그 광경을 본 셀렌은 입술을 삐죽 내밀며 헬베티카의 목덜미를 붙잡아다가 벨그리프에게서 떼어 놓았다.

"마차에서 못 나오게 해요!"

"넷!"

셀렌의 호위로 따라온 듯한 남자가 헬베티카를 마차에 밀어 넣었다. 누가 언니인가 알 수가 없는 꼴이다. 셀렌은 벨그리프를 보고 돌아선 뒤 꾸뻑 머리 숙였다.

"민폐를 끼쳐 죄송합니다……. 벨그리프 님 맞으시죠?"

"예."

정신을 차린 벨그리프는 눈앞에서 셀렌이 머리 숙이는 모습을 보고 허둥지둥 답인사했다. 셀렌은 민망해하며 눈살을 찌그렸다.

"셀렌 보르도라고 합니다. 따님 되시는 안젤린 님께 생명을 구원받고, 그뿐 아니라 아버지의 임종을 지킬 수 있었어요. 정말 무엇이라고 감사의 말씀을 드려야 할지 모르겠습니다. 그런데도……. 벨그리프 님, 언니의 무례를 아무쪼록 용서해주세요."

"아이고, 아닙니다. 저는 조금도 신경 쓰지 않으니까요……."

"송구합니다……. 평소에는 존경스러운 언니인데요, 인재 마니아 같은 구석이……. 재야의 훌륭한 인재에 대한 소문을 들으면 다짜고짜 뛰쳐나가는 버릇이 있답니다……."

장난감을 가지고 싶어 하는 어린애 같군, 벨그리프는 쓴웃음을 지었다.

셀렌은 계속 말했다.

"그 덕에 결과만 보면 영지가 발전을 이루기는 했는데 말이죠, 싫어하는 분을 억지로 모셔 오는 경우도 한두 번이 아니거든요……. 언니! 반성이나 좀 하고 계세요!"

"반성할게요! 셀렌, 내보내줘요. 이제 안 할게요!"

"안 돼요! 이번만큼은 이대로 집에 돌아갈 때까지 용서 안 할 거예요! 은인의 아버님께 대체……. 내가 못살아!"

흥흥 분통을 내는 셀렌에게 벨그리프는 「하하, 괜찮습니다」라며 말을 건넸다.

"정말로 저는 신경 쓰지 않습니다……. 으음, 이만 포기해주신다면 분명 고맙기는 고맙겠습니다만."

"뭐라 드릴 말씀이 없네요. 괜히 놀라셨죠……. 자, 여러분! 민폐니까 어서 돌아갑시다!"

셀렌은 시원시원하게 지시를 내린 뒤 돌아가고자 했다. 벨그리프는 잠시 망설이다가 호프만과 뭔가 상담을 했다. 그다음 말에 탄 셀렌을 불러 붙었다.

"지금 출발하시면 도중에 야숙을 해야 하지 않습니까?"

셀렌이 고개 돌렸다.

"네, 그래도 어쩔 수 없죠. 저희는 불청객이니까요."

"오늘 밤에는 가을 수확제가 열립니다. 괜찮다면 함께 참가하시는 게 어떻겠습니까?"

셀렌은 살짝 놀라며 안경에 손을 가져갔다.

"네……? 하지만……."

"영주님께서 몸소 참가해주시면 행사의 격이 더 높아지지 않겠습니까. 안 그런가? 촌장."

말을 붙이자 호프만이 상기된 목소리로 대답했다.

"아무렴요, 그렇고말고요! 비록 누추한 곳이오나 부탁드리겠습니다!"

구경꾼들 틈에서 가장 누추한 사람은 촌장 본인이 아니냐며 야유가 날아온다. 사람들이 낄낄 웃었다. 호프만은 눈썹을 치켜올리며 고함쳤다.

147

"시끄럽다, 이놈들! ……헉! 실례했습니다……."

호프만은 몸을 움츠린 채 벨그리프의 뒤쪽으로 숨었다. 셸렌은 쿡쿡 웃다가 말에서 훌쩍 내려섰다.

"그럼 감사히 말씀대로 묵었다 가도 괜찮을까요?"

"조건을 하나 붙이죠. 헬베티카 님도 마차에서 내보내주십시오."

셸렌은 눈이 휘둥그레졌다가 곧 절레절레 고개를 젓고 마차 쪽으로 손짓을 보내 뭔가 표시를 했다. 문이 열리고 바깥에 나온 헬베티카가 희색만면하여 빠른 걸음으로 달려온다.

"벨그리프 님! 덕분에 살았어요, 감사합니다!"

"하하, 당연히 나와보셨어야죠."

"이리도 자비롭다니……. 역시 저희 보르도 가문에……."

"언니!!"

"노, 농담이에요. 셸렌……."

"진짜 못살아……. 자꾸 이러면 또 마차에 가둬버릴 거예요!"

셸렌은 부루퉁하며 말을 끌고 갔다. 헬베티카는 남몰래 벨그리프에게 귓속말했다.

"평소에는 무척 상냥한 아이랍니다."

벨그리프는 웃었다.

온 하늘에 가득한 별 아래에서 아리따운 보르도 백작가의 여식들이 함께하는데 가을 수확제가 즐겁지 않을 리 없었다.

이제 곧 겨울이 다가들 무렵이었다.

8 도시 올펜의 서쪽, 크고 작은

도시 올펜의 서쪽, 크고 작은 바위가 굴러다니는 황무지에서 다수의 기하학적 문양이 공중에 떠오른다. 그리고 곧 강렬한 전격이 쏟아져서 주위를 달려 다니고 있었던 거미 마수를 까맣게 태워버렸다.

"에잇, 한 방 더 먹어랏!"

밀리엄이 가벼운 말투와 함께 지팡이를 흔들 때마다 공중에서 기하학적 문양이 나타났다가 거듭거듭 전격이 내리쏟아진다.

그 살짝 뒤쪽에서 안젤린과 아넷사가 상황을 지켜보고 있었다.

"……이런 섬멸전은 마법이 편리하네."

"정말……. 그나저나 밀리엄 녀석, 스트레스 쌓일 일이라도 있었나?"

밀리엄이 날리는 마법의 기세가 심상치 않다. 화를 내는 것 같았다. 안젤린은 히죽 웃었다.

"아마도……. 맛있다고 자주 먹는 과자가 매진이었거든."

"……그게 뭔 소리냐고 잘라 말할 수 없는 게 조금 슬프네, 앗."

아넷사는 기민한 동작으로 화살 세 대를 한꺼번에 시위에 메겼고, 곧 발사했다.

화살은 전격을 맞고도 아직 숨통이 끊어지지 않은 거미 마수의 미간을 정확하게 꿰뚫어 폭발했다. 폭발 술식을 각인한 화살이었나 보다.

폭풍의 여파 때문에 밀리엄의 큼직한 삼각 모자가 날아갔다.

"애고."

안젤린이 곧장 달려가서 모자를 붙잡는다.

머지않아서 황야를 가득 메우고 꿈틀거리던 거미 마수는 전멸했다. 소녀들은 별것 아니라는 표정을 짓고 있었다. 일단은 AA랭크의 재해급 마수인데도.

안젤린은 기지개를 켰다.

"아네, 이런 식으로 빨리 S랭크가 돼서 나를 호강시켜줘⋯⋯."

"또 뭐래니⋯⋯."

밀리엄이 허둥지둥 잰걸음을 치며 달려온다.

"아앙, 모자가 날아갔어."

모자를 쓰지 않은 머리 위에서 고양이 귀가 쫑긋쫑긋 흔들리고 있다. 평소는 모자로 가린 채 다니기에 티 나지 않지만, 사실 밀리엄은 수인이었다. 넉넉한 로브 안쪽에는 꼬리도 숨어 있다.

아장아장 달려온 밀리엄에게 안젤린은 모자를 건네줬다.

"자."

"고마워, 안제."

밀리엄은 안젤린에게서 모자를 받아 깊숙이 눌러썼다. 이어서 몸을 푸들푸들 떨었다.

"으으, 추워라. 이제는 겨울 다 됐구나."

"그러게. 빨리 돌아가서 핫 와인이라도 마실까?"

셋은 나란히 올펜으로 돌아갔다. 귀로 도중에 아침부터 두껍게 드리워졌던 구름이 한층 더 어두운 색깔로 물들다가 결국 눈을 내리기 시작했다. 바람이 오죽 싸늘한지 마치 바늘을 찌르는 것 같다. 바깥에 드러난 귀와 코는 냉풍을 맞아 빨개졌다. 토하는 숨은 하얗게 떠다니다가 진주색 겨울 하늘로 녹아들었다.

대륙에서도 북부에 위치하는 올펜의 겨울은 매서웠다. 그러나 더욱 북쪽에 위치한 톨네라 출신인 안젤린에게 이 정도 추위는 아무것도 아니었다. 어릴 적에는 눈 속을 얇은 옷차림으로 뛰어다니면서 벨그리프를 난감하게 만들기도 했었다.

손에다가 호호 입김을 불면서 아넷사가 중얼거렸다.

"겨울이구나……. 손이 굳으니까 참 난감해."

"궁수는 손가락이 많이 중요하니까. 장갑이나 한 켤레 살까?"

"으음, 감각이 맨손에 맞춰져서 좀. 손등만 덮는 반장갑은 괜찮을지도."

"아니야……. 차라리 아네가 활동하기 어렵다는 이유를 들어 겨울 동안은 의뢰를 쉬어버리자. 그리고 나는 톨네라에 갈 거야. 완벽해."

"얘가 또 떼쓴다……. 애당초 이 시기에는 워낙 눈이 내리니까 북부는 못 가잖아."

"끙……."

"음, 나도 좀 쉬고 싶은데. 온천에 가면 참 좋을 거야."

가을에 들어선 이후 여태껏 잠깐잠깐 쉬는 날은 있었을지언정 사흘 이상 연달아 쉰 기억은 분명 없었다. 아무리 토벌해도 마수들의 활동은 가라앉을 낌새를 보이기는커녕 더욱 활발해지고 있다는 느낌이 든다. 요즘은 A랭크 정도의 마수여도 안젤린 파티에게 요청이 온다. 너무나도 마수가 많은 까닭에 질색한 모험가들이 조금씩 올펜에서 떠나가는 형편인 터라 의뢰를 수행할 인력마저 충분하지 않았다.

"……길드의 모험가 부족 상황이 심각해."

안젤린은 중얼거렸다. 아넷사가 동의하며 고개를 끄덕거린다.

"응, 그 부분은 나도 같은 생각이야. 하다못해 B랭크라도 좋으니까 사람을 좀 데려와주면 좋을 텐데."

"올펜에서 떠나는 모험가도 많다더라……. 고위 랭크 녀석들도 하나둘 달아나고 있어. 안 좋아."

"그야 마수가 이렇게나 잔뜩 발생하면 쉴 틈도 안 나니까 말야. 소문이 인접 지역까지 퍼져 나갔대."

"맞아. 재해급은 의뢰금이 많으니까 보통은 다들 기뻐할 텐데, 이렇게 끊임없이 쏟아지면 아무래도 지쳐버리겠지."

"하기야. 게다가 모험가는 원래 속박당하는 처지를 싫어하는 녀석들뿐이잖아."

"……뭔가 대책을 내야 돼."

어쨌든 간에 세 사람은 길드에 돌아와서 토벌 의뢰의 완료를 보고했다. 접수원은 생글생글 웃으며, 다만 왠지 모르게 지친 기색으로 완료 도장을 찍었다. 안젤린은 눈살을 찌푸렸다.

"지쳐 보이네……."

"네? 아녜요, 헤헤……. 모험가 여러분들 정도는 아니랍니다."

"흐음……."

밀리엄은 으응, 기지개를 켰다.

"좋아, 주점에 가자. 달콤한 핫 와인을 마시고 싶어."

"……먼저 가 있어."

"왜 그래? 무슨 일 있어?"

"잠깐 볼일 좀……. 금방 따라갈게."

"……응? 뭐, 알았어."

아넷사와 밀리엄은 고개를 갸웃거리면서도 그럼 먼저 가 있겠다면서 떠나갔다. 안젤린은 다시 접수대를 돌아보며 물었다.

"혹시 길드 마스터 있어……?"

안젤린의 가시 돋친 말투에 접수원은 흠칫 놀라서 횡설수설했다.

"네, 네? 그게, 왜 그러시죠? 뭔가 불편한 점이라도?"

"그럼 안 불편하겠어……?! 어쨌든 이번에는 다른 때보다 더 진지한 용건이니까 없는 척하지 말기. 빨리 불러줘."

접수원은 망설이다가 이윽고 체념한 분위기로 뒤쪽 문을 열고 들어갔다. 잠시 후 하얀색 섞인 덥수룩한 갈색 머리카락을 칠칠맞지 못하게 길러 놓은 중년남이 나타났다. 도시 올펜의 길드 마스터, 라이오넬이었다.

라이오넬은 지친 얼굴로 하품을 하며 귀찮다는 듯이 머리를 벅벅 긁었다. 설마 자다가 막 깨서 나왔을까, 머리카락 곳곳이 삐쳐 나왔고 눈은 슴벅슴벅 감겨 있었다. 정말 거하게 한잠 주무신 분위기다. 안젤린은 불쾌해져서 코웃음 쳤다.

"오늘은 도망 안 치고 튀어나왔네, 길드 마스터……."

"무슨 용무야? 장기 휴가는 좀만 기다려줘, 안제 양."

"오늘은 휴가 얘기가 아니야……. 모험가가 너무 부족해. 애당초 고위 랭크의 모험가가 길드 근무자 취급을 받는 게 웃기잖아. 모험가는 본래 속박당하는 족속이 아냐. 의뢰를 받을지 말지 자유의사로 결정하는 게 맞잖아. ……그러니까 모험가들도 올펜을 떠나 도망치는 거야."

라이오넬은 난처한 내색을 하며 뺨을 긁었다.

"으음, 그래도 지금은 재해급 마수가 이상 발생하는 상황이잖아. 전부 다 자유의사에 맡겼다간 일반인 사망자가 늘어나는걸. 게다가 아예 망하는 도시라든가 마을도 늘어날 테고……."

"그러면 빨리 마수가 대량 발생하는 원인을 조사하란 말이야……. 이렇게 마냥 우리만 시달리는 건 불공평해……."

"으음, 그 부분은 면목이 없어. 정말 미안하고 또 엄청나게 고마워. 그래도 A랭크 승격 때 고위 랭크의 모험가는 재해급 마수 대책 때문에 어느 정도는 구속받을 수 있다고 설명했잖아."

"거의 사문화된 규칙이라고 웃은 사람이 누구였더라……!"

"으음, 그야, 얼마 전에는 이렇게까지 재해급만 잔뜩 출몰하는 사태가 안 일어났으니까 적용도 허술하게 할 수 있었지만, 현재 상황이 이래서야 어쩔 수 없잖아……. 어쨌든 간에 약속이니까 지켜줘. 힘 있는 사람에게는 어느 정도의 의무가 있는 법이야."

"현 상황을 타파하려고도 하지 않으니까 불평 몇 마디쯤 말할 권리는 내게도 있어……!"

안젤린은 손가락으로 카운터를 똑똑 두드렸다. 라이오넬도 조금 짜증을 내며 맞받았다.

"그러니까 그만큼 의뢰금도 액수를 늘렸고 고정급도 주고 있잖아. 이제까지 유례가 없는 조치거든? 내가 현역이었던 시절에는 말이야……."

라이오넬의 발언을 가로막고 안젤린이 짜증스레 쏘아붙였다.

"돈 문제가 아냐……! 나는 허구한 날 마수만 죽이기 위해 모험가가 된 게 아니란 말야! 대체 얼마나 다 우리한테 떠넘길 작정이야……! 모험가들도 자꾸자꾸 올펜을 떠나 내빼는 게 현실이라고! 빨리 원인을 해명하지 않으면 어느 한 순간에 폭삭 무너질걸. 진짜로 몰라?!"

"끙……. 물론 나도 걱정은 하는데 말야, 그런 조사도 모험가의 임무 범위에 들어가잖아? 그렇지만 마수의 발생 속도가 더 빨라서 도무지 짬이 안 나거든. 사람 목숨을 무시한 채 조사에 인력을 할당할 순 없는 노릇이고, 인접 도시의 길드도 비슷한 처지니까 모험가 수가 많은 우리 쪽으로 자꾸 일거리가 넘어와서 참 곤란해. 덕분에 아저씨도 녹초인걸."

안젤린은 눈썹을 치켜올렸다.

"시치미 떼지 마, 길드 마스터……! 자기가 귀찮으니까 게으름 부리는 게 전부잖아……! 사람이 부족하면 용병이라든가 일거리 없는 실력자를 스카우트할 수도 있고, 작정만 하면 은퇴한 모험가를 끌고 나와서 임시 고용할 수도 있고, 올펜 주변에 모험가가 없다면 에스트갈의 모험가 길드에 원군을 요청하란 말야! 게다가 영지의 군대에 출동을 요청하는 방법도 있잖아! 이미 더 이상은 모험가만의 문제가 아니니까!"

라이오넬은 입을 삐죽였다.

"그건 좀……. 여기서 또 일거리가 늘면 아저씨가 과로로 죽어버릴걸. 벌써 서른아홉 살이고."

"우리는 실컷 부려 먹는 주제에 뭔 소리야……! 전선에서 목숨을 거는 처지도 아니잖아. 그럼 일이나 실컷 해! 이래서 모험가들도 도망치는 거야!"

안젤린은 주먹으로 카운터를 냅다 때렸다. 접수원이 「꺅!」 놀라며 한 걸음 물러선다. 균열이 더욱 깊어졌다.

라이오넬은 체념한 기색으로 말했다.

"알았어, 알았어. 이래저래 절차를 밟아야 하니 당장은 무리여도 뭐든 해볼게."

"약속한 거야, 길드 마스터……! 빨리 대책을 안 세우면 진짜 사망자가 확 늘어날 거야……."

"에이, 아니야. 여차하면 나도 제 실력을 발휘할 텐데, 뭐. 응,

아저씨가 이래 보여도 전직 S랭크잖아."

달래는 말을 건네는 라이오넬에게 시선을 보내다가 안젤린은 피식 비웃음을 머금었다.

"……나한테 한 방에 나가떨어졌던 주제에 되게 거들먹거리네."

"얘가! 그 소리는 안 하기로 약속했잖아, 안제 양! 거짓말! 방금 전 말은 거짓말! 길드 마스터는 길드 최강입니다!"

라이오넬은 몹시 당황하면서 도대체 누구에게 하는 변명인지 큰 목소리로 떠들어 댔다. 접수원이 가자미눈으로 라이오넬을 쳐다본다.

꽤 오래전, 무시무시한 기세로 랭크를 올려붙이는 안젤린을 흥미로운 신예로 여긴 라이오넬은 남몰래 대련을 신청했다. 우쭐거리는 꼬마 계집아이에게 살짝 따끔한 맛을 보여주겠다는 의도도 있었다. 하지만 결과는 정수리에 일격을 맞고 졸도한 라이오넬의 완패였다.

길드 마스터의 위엄이 곤두박질친다며 라이오넬은 대련 이야기를 제발 비밀로 해달라고 안젤린에게 부탁했다. 그러나 본래 라이오넬에게 탁월한 위엄 따위는 없었다. 아무도 입 밖에 소리를 내어 말하지는 않았지만, 길드 지원부터 모험가까지 다들 똑같은 생각이었다. 사근사근한 붙임성이야말로 그의 장점이었고 아울러 단점이기도 했다. 지금과 같은 상황에서는 저 가벼운 기질이 짜증을 불러일으킬 뿐이지만.

아무튼 확답을 받아 낸 안젤린은 어깨를 으쓱거리며 길드에서 나간 뒤 단골 주점으로 향했다.

눈발은 점점 거세지고 구름이 두꺼운 까닭도 있어 무척 어둡다. 아직 일몰 전인데도 가로등에 하나둘 불을 밝히고 있었다.

난방 마법 따위는 없을 텐데도 주점 내부는 좁은 공간에 비해 사람이 많아 열기로 숨이 콱 막히는 듯했다. 난로에서 새빨간 불이 이글거리는 데다가 술 취한 사람이 열을 올리며 고래고래 떠들기 때문일 테지. 벽 빈틈에 불어닥치는 바람마저 시원한 느낌이 든다.

두리번두리번 아넷사와 밀리엄을 찾다가 카운터 자리에 앉아 있는 두 사람을 발견하고 옆에 앉았다. 지쳐서 힘겹게 손을 움직여 턱을 받치고 주화를 카운터에 올려놓으며 마스터에게 말을 건넸다.

"……핫 와인. 향신료 듬뿍 넣어줘. 그리고 오리고기 소테."

주점의 마스터는 다른 손님을 응대하면서도 힐끔 안젤린에게 시선을 돌려 고갯짓했다. 이제 저 마스터와 낯이 꽤 익었다. 무섭도록 과묵하고 붙임성도 없어서 별로 대화한 적은 없을뿐더러 아직껏 이름조차 모른다만.

벌써 뺨이 발갛게 달아오른 밀리엄이 와인을 맛있게 홀짝이며 말했다.

"아까 볼일은 뭐였어?"

"……마수 대량 발생의 원인 해명에 힘 좀 기울이라고 못 박고 왔어."

아넷사가 치즈를 건네주면서 묻는다.

"그게 잘될까? 고위 랭크 모험가는 모두 의뢰에 차출된 처지이 거나 현 상황에 불만을 갖고 다른 길드로 도망쳤는데 누가 조사를 맡아?"

"은퇴한 사람들을 끌어내면 되지……. 백금 할배라든가, 근육 장군이라든가."

"체보르그 씨를 근육 장군이라고 부르지 말아줄래……. 그런데 그 사람들도 이제 나이가 꽤 들었는데……. 괜찮을까?"

"……정말 걱정돼서 하는 말이야? 아네."

"……아니, 솔직히 그 사람들이 좀 늙었다고 약해진다는 게 상 상이 안 돼."

"그렇지? 왜 은퇴한 걸까, 수수께끼……."

안젤린은 앞쪽에 놓인 핫 와인을 홀짝홀짝 마셨다. 벌꿀과 향신 료를 듬뿍 넣은 덕분에 달고 뜨겁고 향기로워서 몸속 깊숙한 곳에 불길이 피어오르는 기분이다. 음주가 가능하게 된 이후는 겨울철 내내 이 술만 마셨다. 오리고기 소테도 여느 때처럼 기름이 올라 맛있었다.

바깥은 점점 바람이 거세지는 듯싶다. 휭휭 채찍을 휘두르는 소 리가 나고, 꼭 닫은 창문이 덜컹덜컹 울린다. 누가 드나들 때마다 열리는 입구에서 바람과 함께 눈이 불어 들어왔다. 오늘 밤은 몹 시도 춥겠다.

톨네라에서 살았을 때는 이렇듯 추운 겨울밤은 평소보다 더욱 벨그리프에게 달라붙어서 잠들었던 기억이 떠올랐다. 벨그리프의 품속은 커다랗고 따뜻해서 가만히 안겨 있기만 해도 마음 놓고 잠들 수 있었다.

모험가가 되기 위해서 올펜으로 떠나겠다고 결심한 다음부터는 되도록 혼자 잠들려고 했지만, 너무 춥거나 허전한 날은 벨그리프의 침상으로 꼼실꼼실 파고들고는 했다.

안젤린은 손발이 차가운 편인지라 벨그리프는 깜짝 놀라곤 했지만 결국은 쓴웃음을 지은 채 옆쪽에 두고 재워줬었다.

안젤린은 후유, 탄성을 쏟아 냈다.

"아빠는 참 따뜻했어⋯⋯."

"뭐라고?"

"우리 아빠는 꼭 끌어안으면 무척 따뜻해. 이렇게 추운 날이면 특히."

"안제는 정말 어리광쟁이구나. 아하하."

깔깔 웃는 밀리엄을 보면서 안젤린은 입을 삐죽거렸다.

"딸이 아빠한테 어리광 부리는 건 전혀 부끄러운 일이 아니야⋯⋯. 그럼 너희는 어땠는데?"

"음, 우리는 고아원에서 자랐잖아? 겨울에도 일단 침상은 따로따로인데 이불 숫자가 늘어나는 게 아니니까 말이야, 몇 명씩 같은 침상에 붙어서 이불을 포개어 덮고 잤어."

"맞아, 맞아. 아네는 말야, 추위를 잘 타니까 자꾸 내 품에 안겨들었었지."

"뭐래니, 거짓말 치지 마! 안겨 든 사람은 너였잖아! 차가운 손발을 막 들이대면서 말이야!"

"우후훗, 그거야 피차일반이지."

이제 보니까 밀리엄은 벌써 핫 와인을 몇 잔이나 들이켜서 얼근하게 취해 있었다. 이미 복숭아색으로 물든 뺨은 더더욱 붉어지고, 눈은 흐리멍덩하고, 안젤린이나 아넷사에게 몹시도 응석 부린다.

"우히힝, 기분 좋아라."

"이 녀석이 진짜, 너무 마셨잖아, 바보야. 별로 세지도 않은 주제에."

"추우니까 더 맛있어……. 어쩔 수 없어."

"완전히 뻗기 전에 데리고 돌아가야겠네……. 안제, 너는 어떡할래?"

"나는 좀 더 마실래. 울분을 풀어야겠어……."

"아앙, 냐도 더 마시 꺼야."

"너는 안 돼! 그러면 내일 보자. 과음 안 하게 조심하고."

흐물흐물 앙탈 부리는 밀리엄을 잡아끌어서 아넷사는 가게 바깥으로 나갔다. 두 사람은 작은 집을 공동으로 빌려서 지내고 있다. 이렇게 추운 밤이면 둘이 한 침대에서 잠드는 걸까? 그런 광경을 상상하면서 안젤린은 마지막 오리고기 한 조각을 입에 넣었다.

혼자가 된 안젤린은 핫 와인을 한 잔 더, 그리고 구운 소시지와 순무 초절임을 주문했다.

주점 내부를 둘러본다. 모험가로 보이는 인물도 몇 명쯤 있었다. 그러나 다들 피로한 내색이 묻어나고 야단법석 떠들던 분위기도 조금 수그러든 느낌이 든다.

만약 용병 및 당장에 일거리가 없는 실력자를 스카우트하고, 과거의 고위 랭크 모험가들이 복귀하면 모험가 부족 문제는 해결된다. 또한 영주가 군대를 동원해주면 손이 빈 더더욱 많은 모험가들이 원인 해명에 나설 수 있겠다. 그만큼 원인 해명은 빨라질 테고, 실제 해명된 이후 대책 마련도 수월해질 것이다. 안젤린과 동료들의 부담도 확 줄어들겠지. 고령이나 부상 등의 사유로 의뢰를 받지 못하는 은퇴자일지라도 하위 랭크의 모험가들을 지도하는 역할쯤은 맡을 수 있다. 모험가의 질을 끌어올린다면 결과적으로 안젤린은 보다 수월하게 휴가를 낼 수 있었다.

"그나저나, 으음……. 계획대로 잘 풀릴까……."

돌이켜보면 아버지는 가르치는 요령이 무척 좋았다. 너무 설명이 많지도 않고, 그럼에도 줄곧 나를 지켜봐주면서 필요한 때에 딱 알맞은 조언을 해주셨었지. 아버지가 길드에서 교관을 맡아주면 좋을 텐데…….

거기까지 생각했을 때 안젤린의 뇌리에 번개가 내리쳤다.

"어째서…… 생각을 못 떠올렸던 거야……."

자신이 고향에 돌아가는 게 아니라 벨그리프를 도시로 불러오면 되지 않는가. 지금 자신의 수입이면 충분히 가능했다.

생각해보자.

큰 집을 빌려 둘이서 산다. 그렇게 하면 의뢰를 처리하고 귀가

할 때마다 아버지에게 머리를 쓰다듬어달라고 말할 수 있다. 아버지가 만들어주는 식사를 먹을 수 있다. 자신이 알고 지내는 사람들을 소개해주기도 수월하다. 더구나 아버지는 무척 강한 분이다. 만약 모험가로 복귀한다면 랭크도 금방 올라갈 테지. 그러면 같은 파티에서 어깨를 나란히 하여 싸우는 것도 꿈이 아니었다. 정말로 『적귀』가 되어 사람들에게 존경을 받을 것이다.

그러나 서글프게도 지금은 겨울. 톨네라는 눈에 막혀 있었고 도시까지 나오려면 꽤 고생스럽다. 편지 보내기도 쉽지 않았다.

"제길, 나는 바보야……."

안젤린은 핫 와인을 한입에 절반 마시고 후유, 숨을 내쉬었다.

"……그래도, 음……."

왠지 몰라도 벨그리프와 톨네라는 한 세트 같다는 생각도 든다.

분명 도시로 벨그리프를 불러서 이 주점이나 맛있는 제과점에 데리고 가고 싶었다. 아넷사와 밀리엄을 비롯한 사이좋은 모험가들을 소개하고 싶었다.

그래도 그 이상으로 자신은 톨네라의 산에 바위월귤을 채집하러 가고 싶었고, 작은 고향 집에서 접시를 닦거나 밭을 일구는 등 집안일도 하고 싶은 심정이었다. 그리고 벨그리프가 함께 지내면서 지켜봐준다면 더 말할 나위가 없겠다.

아버지가 진짜 실력을 평가받았으면 좋겠다는 바람과 자신 혼자만의 아버지로 남아주면 좋겠다는 바람이 옥신각신 다퉜다. 양쪽 다 비슷한 크기의 바람이었지만, 톨네라 고향 집의 난로를 떠올리면 마음은 그쪽으로 기울었다. 그 난로 앞에서 벨그리프의 무릎 위쪽에 앉고 싶다는 생각이 든다.

"……역시 집에 가고 싶어."

안젤린은 카운터에 턱을 퍽 얹었다. 서늘한 감촉이 와인을 마셔 달아오른 얼굴에 닿아 기분 좋았다. 역시 아빠는 내 아빠였으면 좋겠다는 마음을 못 이기고 안젤린은 한숨 쉬었다.

빈 옆자리에 다른 손님이 앉았다. 이토록 쌀쌀하고 눈까지 내리는 날인데도 손님은 잇따라 들락거린다. 분명 모두들 따스함을 찾아다니는 것이 틀림없다고 안젤린은 새삼 생각했다.

"……음."

마스터가 소시지와 순무 초절임, 핫 와인의 추가 주문을 앞에 놓았다. 여전히 붙임성은 찾아볼 수가 없었다. 안젤린은 꾸뻑 고개 숙인 뒤 주화를 몇 장 카운터에 올려놓았다.

육즙이 듬뿍 담긴 소시지를 베어 물었을 때 옆쪽에서 「어머나」 하는 목소리가 들렸다. 돌아봤더니 청발의 여성 행상인이 앉아 있었다. 뜻밖의 사람과 마주쳤구나 싶어 안젤린도 눈이 동그래졌다.

"어라……. 전에 만났던."

"맞아요. 반가워요. 안젤린 씨. 저번에는 신세 많이 졌어요."

행상인은 생글생글 웃었다.

이 사람은 셀렌을 도적에게서 구출한 이후 처음으로 만났다. 반년 가까이 얼굴을 본 적이 없었지만, 단둘이 며칠씩 길을 다니기도 했고 셀렌과 도적의 소동, 게다가 보르도까지 되돌아갔다는 인상적인 사건 덕분에 안젤린도 이 상인을 기억하고 있었다. 행상인도 물론『흑발의 여검사』를 쉽사리 잊을 리 없었다.

"잘 지냈나 봐. 다행이야……."

"네, 덕분에요."

"……올펜에 와 있었구나."

"아하하, 지금 막 도착했답니다. 엘브렌산 수산물을 보르도까지 운반했거든요. 이 시기는 냉장 마법을 안 써도 되니까 경비가 절감되잖아요?"

"보르도……. 여기보다 많이 춥지 않았어……?"

"그렇죠, 뭐. 완전히 한겨울이더라고요. 저는 에스트갈 출신이니까 추운 계절은 매년 참 고역이지만요."

"그런데도 북부에 온 거야……?"

"후훗, 그게 행상인의 업보 아니겠어요? 그 이후 보르도 가문분들께서 저를 좋게 봐주시거든요. 북부에서 장사하는 게 정말로 많이 편해졌지 뭐예요. 제가 썰매까지 사버렸어요."

행상인은 에헤헤, 웃음 지으며 김이 피어오르는 핫 와인을 한 모금 홀짝였다. 이 인물도 역시 셀렌을 구한 한 명의 은인이기에 보르도 가문에서 여러모로 편의를 봐주고 있는 듯싶었다.

"흐아, 맛있어라."

행상인은 문득 떠올랐다는 어투로 말했다.

"그러고 보니 가을 수확제 때 톨네라에 갔었는데요, 거기에서 아버님을 만났답니다."

그 순간 안젤린은 행상인에게 바짝 다가붙었다. 행상인은 「꺅」
작은 소리로 비명을 질렀다.

"어땠어? 우리 아빠, 건강하셔?"

"아, 그럼요. 몸 어디가 나빠 보이지는 않으셨어요. 보르도 가
문의 친위대를 척척 상대하시던걸요……."

"응……? 무슨 말이야. 어쩌다가……?"

　행상인은 가을 수확제 때 헬베티카와 벨그리프 사이에서 벌어
졌던 말썽을 설명했다. 이야기가 진행될수록 안젤린은 불쾌하게
눈살은 찌푸리거나 입을 시옷 자로 구부리고 손가락으로 카운터
를 자꾸 두드렸다.

"감히……. 아빠를 빼앗아 가겠다고? 셀렌의 언니여도 용서 못
해……!"

"지, 진정해요. 결국 그 이야기는 없던 것으로 됐으니까요."

"으음……. 역시 아빠는 대단해……. 쿨한 분이야. 되게 멋있지?"

"네, 솔직히 놀랐어요. 움직임에 군더더기가 없고, 어떻게 봐도
막대기인데 오른쪽 다리가 의족인 줄도 한동안은 못 알아차렸는
걸요."

"맞아……. 두 다리가 온전했다면 분명히 훨씬 더 대단했을 거야."

"『적귀』라는 인상을 받을 만큼 훌륭한 적발이었고요. 성품이 참
차분하셔서 어른 남성이라는 느낌이었어요. 안젤린 씨가 어서 만
나고 싶어 하는 마음도 이해되네요. 후후."

　아마도 립 서비스였겠지. 행상인은 가벼운 분위기로 말했다. 그

러나 안젤린은 눈을 반짝거리면서 행상인의 어깨를 붙잡았다.

"뭘 좀 아는 사람이네…….."

"네? 아, 네……. 네에?"

"이렇게 된 이상 오늘 밤은 밤새도록 아빠의 매력에 대해 이야기 나눌 수밖에 없겠어……!"

"자, 잠깐만요. 안젤린 씨?"

"괜찮아, 여기 계산은 내가 책임질게."

"그, 그 말씀은 고맙기는 한데요. 저는 내일 또 거래가."

"신경 쓰지 마. 손해나면 내가 메꿔줄게."

"아뇨, 상인은 신용도 중요한데요……."

"마스터, 핫 와인 두 잔 추가. 그리고 치즈. 빨리빨리."

안젤린은 지갑에서 주화를 마구 쥐어다가 카운터에 올려놓았다. 눈빛이 흐리멍덩하다. 핫 와인의 술기운이 제법 얼근하게 돌고 있는 듯싶다.

안 되겠네, 아마 못 빠져나가겠어. 청발의 행상인은 한숨 섞인 웃음을 지은 뒤 각오를 다졌다. S랭크 모험가에게 붙들렸다고 설명하면 내일 만날 거래 상대도 이해해주지 않을까, 엷은 기대를 품은 채.

9 이것은 아마 꿈이겠지

이것은 아마 꿈이겠지, 그렇게 벨그리프는 인식했다.

그는 어둑어둑한 천장에서 아래 방향을 보고 있었다. 던전의 내부 같았다. 납작한 돌을 깐 바닥이, 울퉁불퉁한 석조 벽면의 사이에 끼인 채 안쪽 어둠을 향해 뻗어 나간다. 몸은 움직일 수 없었다. 다만 어둑어둑한데도 시야에 비친 광경만 몹시 또렷했다.

이윽고 몇 사람 일행이 걸어왔다.

젊은이들이다. 아직 열여덟 살도 되지 않았을 테지.

비교적 최근에 맞춘 장비를 착용했고 저마다 무기를 든 채 자신감과 희망에 찬 발걸음으로 전진한다. 젊음이 흘러넘치는 망설임 없는 걸음걸이였다.

선두에서 나아가는 인물은 연갈색 머리카락의 소년이다. 영리하다는 인상을 주는 용모로, 뒤쪽 멤버에게 자꾸만 뭔가 말을 건네고 있다. 막 변성기를 맞이하여 살짝 말하는 데 불편함을 느끼는 목소리였다.

그보다 하나 더 뒤쪽 위치에서 적발의 소년이 쓴웃음을 지은 채 맞장구를 쳐준다. 더욱 뒤쪽에서는 은색 머리카락의 소녀와 갈색 머리카락의 소년이 빙글빙글 웃으며 따라온다.

안 된다.

그렇게 벨그리프는 말했다. 그러나 말이 입 밖으로 나가지 않는다. 그저 무의미하게 어물어물 움직일 뿐. 더 앞쪽으로 가면 안된다고 죽을힘을 다해 부르짖었다. 그러나 소년 소녀에게는 닿지 못한다. 그들은 벨그리프를 인식하지 못하였기에.

이윽고 어둠 속에서 무엇인가가 뛰쳐나왔다. 『그것』은 선두의 소년에게 덮쳐들었다. 놀란 소년이 검을 뽑으려고 하지만 초동이 이미 늦었기에 제때를 맞추기란 어림없었다.

그때 적발의 소년이 선두에 서 있던 소년을 급히 밀쳐서 넘어뜨렸다.

있지도 않은 오른쪽 다리에서 타오르는 듯한 통증이 일어났다.

○

소복소복 눈이 내린다. 마치 소리를 전부 빨아들이는 것 같은 광경이다.

실제로 몹시 고요했다. 난로에서 장작이 벌어져 튀는 소리, 거기에 걸어 놓은 주전자가 부글부글하는 소리를 제외하면 거의 소리라고 할 만한 소리도 나지 않는다.

눈이 내리고 있는데도 하늘은 유백색을 띠고 묘하게 밝았다. 그 때문에 바닥이 쌓인 눈은 아찔하도록 하얬다.

벨그리프는 난로 옆 의자에 걸터앉아서 양털로 실을 잣고 있었다. 이 시기는 바깥에서 가능한 활동이 거의 없다. 가장 중요한 일은 지붕에 쌓인 눈 떨치기이고, 그 밖에는 때때로 나무꾼을 돕고자 숲에 나가는 정도였다. 그런 일거리도 눈이 깊숙이 쌓이면 좀체 엄두가 나지 않는다.

그 대신 겨울은 가내 수공업을 하는 시기였다. 콩을 선별한다거나 양털로 실을 잣거나 그렇게 자은 실로 직물을 만들기도 했다. 이 시기에 바깥을 걸어 다니면 이 집 저 집에서 베틀 소리가 들려온다.

톨네라의 많은 가정에서 양을 기르고 있다. 케리의 집은 특별히 더 많이 기르는 까닭에 실잣기 공방도 보유 중이다. 그러나 많은 가정에서는 스스로 돌본 양의 털을 모아다가 스스로 실을 잣고 천을 짜거나 엮어 옷을 마련했다.

벨그리프는 직접 양을 기르지는 않았지만 그런 처지를 알고 있는 케리와 여러 마을 주민들이 항상 양털을 나누어 줬다. 긁개로 빗어서 모은 양털 뭉치다. 그러니까 다음은 물레에 걸어 실만 뽑으면 된다.

그런 일을 계속한 지 벌써 4개월이다. 이제는 슬슬 봄기운이 나타날 만도 할 무렵이건만, 아직껏 눈만 푹푹 내릴 뿐 별 조짐도 없었다.

"……후유."

실잣기를 일단락한 뒤 일어섰다가 벨그리프는 저도 모르게 몸을 떨었다. 난로가 이글이글 타올라도 눈이 두껍게 쌓여 있는 탓인지 냉기가 뼛속까지 스며드는 기분이다.

벨그리프는 장작을 하나 집어서 난로에 땠다. 탁, 불꽃이 하나 날아올랐다.

정오가 가깝다.

난로의 곁에 놓아두었던 나무 그릇을 손에 든다. 덮어 놓았던 천을 치우자 살짝 부풀어 오른 빵 반죽이 나타났다. 이렇게 날이 쌀쌀하면 효모의 작용에도 지체가 발생한다. 이만큼 부풀리는 데 시간이 제법 걸렸다.

벨그리프는 반죽을 가볍게 주물러서 몇몇 개로 떼어 나눈 뒤 둥글게 모양을 다듬었다. 그다음은 넓고 납작한 팬을 꺼내서 기름을 치고 둥글게 모양을 낸 반죽을 늘어놓은 뒤 나무 뚜껑을 덮었다. 그리고 난로 한쪽에 모아 둔 빨간 숯덩이 위에 올려놓았다.

옆쪽에 걸어 놓은 냄비에서는 콩과 마른고기를 넣은 수프가 보글보글 끓고 있었다.

"조용하군……."

벨그리프는 중얼거리며 턱수염을 쓰다듬었다.

안젤린이 집을 떠나고 다섯 번째로 맞는 겨울이었다.

딸아이가 아직 집에서 지내던 때는 이렇듯 추운 날이면 항상 꼭 달라붙어서 다녔다. 안젤린은 손발이 금방 차가워지는 편이라 혼자 잠드는 연습을 시작한 이후에도 밤이 깊어서 추워지면 벨그리프의 침상에 파고들었고, 뜻밖에도 차가운 손발의 감촉에 놀라서 항상 깨어났다.

너무나 추워 잠들지 못하는 밤이면 활활 타오르는 난로 앞에 앉아서 무릎 위에 안젤린을 앉히고 같은 그림책을 되풀이해서 읽어 주고는 했다.

벨그리프는 다 익은 빵과 수프로 가볍게 식사를 때웠다.

식기를 척척 정리한 뒤 꼼꼼하게 의족 끝부분에다가 미끄럼 방지 덧신을 붙이고, 장갑을 착용하고, 외투를 입고 목도리를 두르고, 모자를 귀 위치까지 눌러쓰고 바깥으로 나왔다. 아침에 눈을 막 치운 참인데도 마당은 벌써 새하얬다. 처마 아래로 크고 작은 고드름이 달려 있었다.

벨그리프는 사박사박 눈을 밟으며 마당 쪽 장작 창고에서 장작을 꺼내 날랐다. 그리고 눈 아래에 파묻혀 있는 문짝을 들어 올렸다. 그 아래쪽 구덩이에 감자며 고구마와 무를 밀짚으로 덮어서 보관해 뒀다.

"으음⋯⋯. 살짝 얼었군⋯⋯."

위쪽에 놓아둔 작물은 냉기를 쐬어 상해버렸다. 상한 몇몇을 빼내고 무사한 작물을 몇 개 꺼낸 다음은 헛간에서 밀짚을 조금 더 날라다가 위에 덮고 원래대로 문짝을 닫아 놓았다. 저장한 식자재도 꽤 줄어들었다.

"별 대단한 일도 아닌데 시간을 제법 잡아먹는군⋯⋯."

집 안에 들어온 벨그리프는 주전자 속의 끓는 물을 한 잔 컵에 따라서 거기에 증류주를 살짝 부었다. 주향이 피어오르면서 콧속을 물씬 찔렀다. 한 잔을 천천히 마시자 몸속이 따뜻해지는 기분이 든다.

"어디…… 가볼까."

벨그리프는 검을 허리에 꽂고 긴 지팡이를 지닌 채 밖으로 나갔다.

이토록 추운 날이 이어져도 벨그리프는 날마다 산책 겸 마을 순찰을 다닌다.

대부분의 야수는 동면하지만, 추위를 틈탈 줄 아는 별난 녀석이 들이닥치지 않는다는 보장도 없다. 지금까지는 아직 조우한 적이 없으나 여름에 아이스 하운드가 내려올 만큼 상황이 묘하다. 마수의 수는 예년보다 분명히 늘어났다. 게다가 겨울철이면 혹시나 사악한 얼음 요정의 부류가 나타날 수도 있었다. 경계를 늦추지 않아 손해 볼 일은 없었다.

목도리 너머로 내뱉는 숨이 하얗다. 금세 사라지지 않고 잠시간 공중을 떠다닌다. 덧신을 안 붙여 놓으면 딱딱한 의족은 눈에 푹 박힐 것이다.

"……오늘은 특히 더 쌀쌀하군. 틈틈이 눈을 치워야겠어."

평소는 참지 못하고 바깥으로 뛰쳐나와서 놀러 다니는 아이들도 안 보인다.

어렴풋이 형태가 보이는 울타리를 표식 삼아 밭 부근을 밟지 않도록 주의하며 벨그리프는 마을 주위를 걸었다.

먼 산과 숲은 눈 때문에 부예 보인다. 하얀빛 일색이기에 음영으로 간신히 알아볼 수 있는 정도였다.

옛날에 어린 안젤린을 데리고 돌아다녔던 기억을 떠올린다. 볼이 빨개져서 킁킁 코를 훌쩍이고, 그럼에도 우는소리 한 마디 않고 따라왔다. 그러나 아이들끼리 놀 때는 자꾸 옷을 벗어 던져서 얇은 옷차림이 되기에 벨그리프를 당황하게 만들곤 했다.

마을 바깥의 보리밭은 온통 눈에 덮여 있었다. 게다가 밤마다 얼어 더욱더 두꺼워지기에 몹시 평평하게 보였다. 그 아래에서는 막 싹을 틔운 보리가 가만가만히 추위에 견디고 있을 것이다. 여우가 다녀갔을까, 작은 발자국이 숲 방향으로 뻗어 나간다.

어깨를 흔들어 어느 틈인가 쌓인 부드러운 눈을 떨쳤다. 호호 숨을 내뱉고 하얀 자취가 공중을 떠다니다가 사라져 가는 광경을 바라본다.

문득 저쪽 건너편에 인영이 보였다. 살짝 의아하여 눈을 가늘게 뜨고 바라봤다.

아이인가? 게다가 한둘이 아니다. 대여섯 명이 손 붙잡고 원을 만들어 빙글빙글 춤추며 돌고 있었다. 맑고 투명한 목소리, 마치 이 세상 사람이 부르는 게 아닌 듯한 노랫소리가 들린다.

벨그리프는 칼자루에 손을 가져다 대며 조용히 다가갔다.

분명하다, 아이들이 춤추고 있다. 나이는 일고여덟 살 정도. 똑같이 부둥부둥한 흰색 옷을 입었고 머리에는 역시 똑같이 하얀 가죽 모자를 눌러썼다. 실로 경쾌하게 춤추건마는 잘 보면 다리가 지면에 닿지 않았고, 또한 춤추는 자리에 발자국도 남아 있지 않았다.

"……빙설 동자인가."

벨그리프는 칼자루에서 손을 뗐다.

얼음 정령도 종류가 다양하다. 인간에 대해 악의를 갖고 있는 부류가 있는가 하면 특별히 해를 끼치지 않는 자연 현상 비슷한 부류도 있다. 눈앞에서 춤추고 있는 빙설 동자들은 후자다. 소년, 혹은 소녀들은 겨울이 실체를 가짐으로써 나타난 현상이다. 인간에게 딱히 호의를 갖고 있지는 않지만, 이렇다 할 적의 또한 갖고 있지 않았다. 건드리지 않는 게 현명하겠다.

벨그리프는 잠시 춤추는 빙설 동자들을 바라봤다. 실로 즐거워 보이나 저들의 노랫소리는 눈의 정적 속에서 울려 퍼지는데도 더욱 정적을 만들어내는 신비한 울림을 갖고 있었다. 해가 없음을 알고 있다면 이토록 환상적인 풍경도 없다.

그때 불현듯 휭 강한 바람이 불어서 눈을 격렬하게 감아올렸다. 벨그리프는 반사적으로 눈을 꾹 감고 팔로 얼굴을 가렸다.

"큭……."

짧은 시간 동안 바람은 미친 듯이 불어닥쳤고, 그러다가 가라앉았다. 일단 가라앉은 다음은 전혀 바람이 불지 않는다. 눈도 일직선으로 떨어졌다. 마치 소리까지 다 사라져버린 듯하다.

벨그리프는 춤추는 빙설 동자들의 건너편에서 유난히 키가 큰 인영을 발견했다.

여성의 모습이 눈에 들어온다.

키가 큰 날씬한 체구에 순백의 코트를 입었고 머리에는 가죽 모자를 눌러썼다. 아름다운 용모를 지녔으나 정작 표정이 왠지 모르게 조각상처럼 무기질적으로 보였다. 그 주위에는 춤추는 빙설 동자들과 다른 별개의 빙설 동자들이 열, 스물은 족히 달라붙어서 떠들어댄다.

"겨울 귀부인……."

벨그리프는 중얼거렸다.

빙설 동자들의 어머니이자 겨울이라는 현상 자체에 인격이 깃든 존재이다. 저 여인을 만날 기회는 극히 드물뿐더러 더구나 살해 따위는 누구라도 불가능하다. 그것은 이 세상에서 겨울을 온통 없애버리겠다는 말과 같은 뜻이기 때문이다.

그러나 벨그리프는 두려워하지 않았다. 겨울 귀부인은 자연 현상과 다를 바 없다. 빙설 동자와 마찬가지로 인간에게 특별히 호의를 갖고 있지는 않으나 적의를 드러내지도 않는다.

게다가 벨그리프는 과거에 한 번 저 겨울의 대정령과 조우했던 경험이 있었다.

○

하늘은 진주색으로 물들었고, 거기에서 눈이 떨어진다.

눈 쌓인 풍경 속 여기저기에 튀어나온 굴뚝에서 가느다란 연기가 피어올랐다. 겨울의 아침은 느릿하다. 이제야 아침 식사를 차리는 집도 많았다.

조금 앞쪽을 일곱 살 된 안젤린이 걸어 나아간다. 막 내려서 쌓인 부드러운 눈에 조그만 발자국이 드문드문 이어지다가 다리를 헛짚었는지 때때로 위태위태하게 몸이 기울어졌다. 그럼에도 두 손을 옆으로 뻗어 균형을 잡고 다시 걸어간다.

"안제, 그렇게 서두르지 않아도 된단다."

벨그리프가 부르자 안젤린은 고개 돌렸다. 하얀 입김을 뿜으면서 헤실헤실 웃는다. 추위 때문이겠지, 뺨 언저리와 코끝이 빨개졌다.

"경주하자, 아빠!"

그렇게 말하더니 도망치려는 듯이 아장아장 달려 나갔다. 그러나 눈에 다리가 자꾸 빠져서 빠르지는 않다. 벨그리프는 쓴웃음 짓고 빠른 걸음으로 다가가서 안젤린을 안아 들었다.

"어이쿠, 잡았네."

"꺄아."

볼과 볼을 맞비비자 조금씩 자란 턱수염이 간지러운지 안젤린은 꺅꺅 기쁘게 소리 질렀다.

어젯밤부터 한파가 몰아쳤다. 밤중에 쭉 쉬지 않고 내렸던 눈이 얼어붙어서 바닥을 단단하게 굳혔다. 그 위에 가루처럼 고운 눈이 또다시 쌓였다. 아침이 돼도 눈에 보이지 않는 얼음에 갇힌 것처럼 온 마을이 쥐 죽은 듯이 조용했다. 꾹꾹, 발 아래쪽 눈 밟는 소리마저도 유난히 크게 들리는 기분이다.

두 사람은 천천히 마을을 돌아다니다가 이윽고 바깥 평원으로 향했다. 하얗고 평탄한 지면이 한없이 뻗어 나가는 것 같았다. 이

따금 안젤린이 불쑥 도망치려고 하고, 그때마다 벨그리프에게 붙잡힌 뒤 기쁨의 비명을 질렀다.

가늘었던 눈발이 점점 부드럽고 큰 함박눈으로 바뀌어 갔다.

안젤린은 머리를 흔들어 모자에 붙은 눈을 털고, 호호 숨을 내쉬며 하얀 덩어리가 조금씩 형태를 바꿔 변화하는 광경을 재미있게 바라봤다.

"봐봐, 이거 강아지……. 앗, 모양이 바뀌어버렸네……."

"미처 못 봤구나. 이번에는 뭐니?"

"앗, 지금 아빠가 뱉은 숨, 케리 아저씨 얼굴이었어."

"으음? 진짜냐?"

"응, 진짜."

그렇게 말하다 말고 갑자기 안젤린이 눈에 힘을 주었다.

"왜 그러니?"

"뭔가 소리가 들려……."

벨그리프도 귀를 기울였다. 노래다. 가느다랗게, 오싹할 만큼 맑고 투명한 노랫소리가 들린다. 벨그리프는 안젤린을 내려놓은 뒤 칼자루에 손을 얹은 채 노랫소리가 들리는 방향으로 천천히 다가갔다.

눈발 너머에 인영이 있었다. 가만히 주시한다. 여성 같았다. 주위에 아이들이 여럿 붙어 있었다. 벨그리프는 등줄기에 오싹한 감촉을 느꼈다. 저것은 인간이 아니다.

"……큭!"

검을 뽑았다. 여성이 이쪽을 본다. 벨그리프는 숨을 죽였다. 단지 바라만 봐도 몸이 움츠러드는 아찔한 아름다움이 느껴진다. 시선은 얼음 같았다. 그러나 자신에게 흥미를 갖고 있는 시선 같지는 않았다. 마치 발 주변의 벌레를 보는 듯한 눈, 강대한 패자가 약자를 바라보는 시선이었다.

안젤린이 겁에 질려서 등 뒤에 숨었다. 벨그리프는 공포에 휩싸였다. 그 감정은 강대한 자연 자체에 대한 두려움과 다를 바 없었지만, 그는 이것을 마수가 발휘하는 위압감으로 여겼다. 몸이 얼어붙는 추위 속인데도 땀나는 기분이었다.

벨그리프는 뒤쪽에 숨은 안젤린의 머리를 다정하게 쓰다듬었다.

"안제……. 혼자서 집에 갈 수 있지?"

"어……? 아빠?"

벨그리프는 온몸에 힘을 실었다. 심장이 크게 소리를 울리고 전신의 피가 세차게 몸속을 순환하는 감각이 느껴졌다.

"이 아이만큼은……!"

검을 휘둘러 올리며 벨그리프는 여성에게 덤벼들었다.

○

귀부인은 뜻밖이라는 얼굴로 벨그리프를 바라봤다.

『찰나의 존재여, 잠깐 사이에 많이도 늙었군요.』

늠름하면서도 얼음이 반짝거리는 듯한 목소리다. 입으로 내는

소리인가, 혹은 대기 전체가 조용히 진동하여 내는 소리인가. 도무지 알 수가 없다.

유구한 세월에 걸쳐 존재했던 저 여인에게 인간은 정말 찰나의 존재밖에 되지 못할 것이다.

벨그리프는 쓴웃음을 지으며 턱수염을 비비 꼬았다.

"그대의 시간을 기준으로 판단하면 좀 곤란하군. 유구한 존재, 귀부인이여. 벌써 10년이 흘러갔어."

귀부인은 어리둥절하여 되물었다.

『10년이라 함은?』

"계절이 열 번은 순환했다는 말이지. 겨울밖에 모르는 그대는 알지 못할 테지만."

『그렇군요, 찰나의 존재여. 그나저나 이 추위 속으로 또 무엇을 하러 왔습니까?』

"순찰이야. 인간은 마수가 많이 무섭거든. 뭐, 그대가 이곳에 있다면 아마 걱정할 필요도 없겠지만……."

겨울 귀부인은 마수에게도 역시 호의나 적의를 드러내지 않는다. 애당초 관심이 없다는 태도를 취할 뿐이다.

그러나 마수는 저 여인을 두려워한다. 여인의 힘은 S랭크의 마물과 필적하기 때문이었다.

따라서 겨울 귀부인이 머무르는 장소에서는 마수의 위험은 배제 가능하다고 말할 수 있었다. 그러나 저 여인은 대체로 폭설 및 한파와 함께 찾아드는지라 그쪽의 위험은 대비해야 하지만.

벨그리프는 지팡이에 의지한 채 힘을 빼냈다. 괜히 순찰에 시간을 들였다는 생각도 든다. 하지만 저 여인과 재회함으로써 10년 전 기억을 떠올릴 수도 있었다. 비록 씁쓸한 기억이긴 해도 지금에 이르러서는 웃어넘길 만한 이야기였다.

빙설 동자들은 더욱더 큰 원을 만들어 춤추고 있다. 겨울 귀부인은 춤추는 빙설 동자들을 바라보면서 말했다.

『자그마한 찰나의 존재는 어디 있습니까?』

"10년이 지나갔다니까? 독립해서 도시에 갔어. 훌륭한 모험가로 활동 중이지."

『찰나의 존재들은 분주하군요.』

"글쎄. 그대가 너무 느긋한 게 아닐까 싶기도 하군."

『그대와 만났던 때가 방금 전처럼 느껴집니다……. 그대는 어째서 내게 검을 겨누었던 겁니까?』

10년 전 겨울 귀부인과 마주쳤을 때 안젤린을 지키고자 검을 뽑아서 정면으로 나섰던 기억을 떠올렸다. 시큰둥한 표정을 짓는 귀부인의 손가락 하나도 감당 못 하고 떠밀려 날아갔을 뿐 전혀 상대가 되지 않았었다.

그때는 젊었지, 떨떠름한 미소가 떠올랐다.

"딸아이를 지키려고. 그대가 마수가 아닌 줄 몰랐으니까."

『아, 그랬군요…….』

얼음 여왕이라는 S랭크의 마수가 있다. 아름다운 여성의 모습을 갖고 있지만, 인간에게 적의를 품는 위험한 마물이다. 조우 사례가 드물기는 겨울 귀부인과 다름없는 데다가 귀부인도 먼저 공격하면 가차 없이 매섭게 반격을 펼치기에 대부분의 모험가들은 둘을 구별하지 못한다. 당시의 벨그리프도 알지 못했다.

그 후, 당시에는 아직 살아 있었던 여든을 넘긴 마을 노인이 겨울 귀부인의 이야기를 가르쳐줬다. 그때는 자신의 성급함과 짧은 지식이 절절히 부끄러웠을 따름이다.

벨그리프는 장갑을 벗고 호호, 입김을 불어 덥혔다.

"……그때 그대가 나를 죽이지 않아줘서 고마웠어. 단순한 변덕이었을지도 모르겠지만."

자조하는 내색으로 말하는 벨그리프를 보고 귀부인이 살짝 웃음을 지은 듯 보였다.

『자식 아끼는 아비를 죽일 까닭이 없잖아요?』

"……그런가. 하긴, 그대도 어머니니까. 귀부인이여."

꺅꺅 떠들어 대며 빙글빙글 춤추는 빙설 동자들을 보고 벨그리프는 웃었다. 나는 안제 덕분에 살아났던 셈인가 싶었기에.

눈은 약해질 줄을 모른 채 계속 쏟아진다.

부르르, 몸이 떨렸다. 춥다.

빙설 동자들이 이토록 신나서 놀고 있다면 귀부인도 금방 이곳에서 떠나가지는 않을 테지. 벨그리프는 어깨를 돌린 뒤 지팡이를 고쳐 쥐었다.

"그대가 여기에 있어준다면 내가 순찰을 다닐 필요도 없겠지. 이만 돌아가야겠어."

『나는 이 마을의 수호신이 아닙니다, 찰나의 존재.』

"알아. 우리가 제멋대로 덕을 좀 보자는 거야. 신경 쓰지 않아도 돼."

『……한 가지 충고를 드리도록 하죠.』

갑자기 목소리가 날카로워지는 것 같았다. 발길을 돌리려다가 말고 벨그리프는 눈에 힘을 주면서 빈틈없는 동작으로 돌아선 뒤 겨울 귀부인을 바라봤다. 귀부인은 똑바로 벨그리프를 보고 있었다.

『일찍이 겨울마저도 지배하려고 했던 존재들이 잠에서 깨어나려고 합니다.』

"……마수가 늘어난 현 상황과 관계가 있나?"

『글쎄요, 그 부분은 우리의 관심을 벗어나는 사안이군요.』

벨그리프는 귀부인의 얼음 같은 눈동자를 지그시 바라봤다.

"귀부인이여……. 그대는 어떻게 하고 싶은가? 우리에게 뭔가 바라는 게 있나?"

겨울 귀부인은 가만히 고개를 가로저었다.

『우리는 다만 위임할 뿐입니다.』

"……충고 고맙군. 마음 깊숙이 새겨 두겠어."

저 대정령이 의미도 없이 저런 소리를 꺼내지는 않았을 터이다. 그러나 추위 때문일까, 제대로 머리가 돌아가 주지 않는다. 일단 귀가해서 몸을 녹이고 다시 헤아려보자.

벨그리프는 발길을 돌려 상념에 잠긴 듯 느릿느릿한 걸음으로 되돌아갔다.

빙설 동자들의 노랫소리가 눈 속에서 울려 퍼졌다.

10 길드는 돌바닥이다. 벽은 석회이고

길드는 돌바닥이다. 벽은 석회이고 본래는 하얀색이었겠지만, 지금은 온통 더러워져서 회색에 가까웠다.

아침 일찍 안젤린이 하품을 꾹 눌러 참으며 안에 들어가니 로비가 와글와글 소란스러웠다. 어째서인지 평소보다 사람도 꽤 많다.

빙 둘러봤다. 단 한 번 본 적이 없는 얼굴도 제법 많았다. 그런 녀석들은 안젤린을 노골적으로 뚫어져라 쳐다본다. 안젤린이 마주 노려봐주자 몇 명은 핏대를 세우며 벌떡 일어섰지만, 옆쪽에 있던 아마도 동료 누군가에게 뭔가 귓속말을 듣더니 얼굴이 핼쑥해져서 제자리에 도로 주저앉았다.

"뭐야, 이 녀석들……."

안젤린은 눈살을 찌푸린 채 카운터로 다가갔다. 카운터 앞 인파에서 아넷사와 밀리엄을 보고 말을 붙이려고 했는데 무슨 까닭인지 카운터 주변이 소란스러웠다.

웬일인가 싶어서 잘 살펴봤더니 인파 너머에 연식이 꽤 된 군모를 쓰고 민소매 외투를 걸친 기골장대한 노인이 길드 마스터 라이오넬의 목덜미를 붙잡아 들어 올리고 있었다. 라이오넬은 평소보다 더욱 지치고 여윈 행색이었다. 다박수염이 짙게 자랐고, 잠을 제대로 못 잤는지 눈 밑에 거뭇한 자국도 보였다.

노인이 쓸데없이 큰 목소리로 말했다.

"뭐가 이리도 칠칠맞지 못한 꼴이냐!! 라이오넬! 이래 갖고 일은 하겠냐, 인마!!"

"아이고, 체보르그 씨. 제가 이래 보여도 꽤 열심히 쏘다녔습니다……. 마수가 이상 발생한 게 애당초 원인이라서요. 그리고 목소리 너무 큽니다."

라이오넬의 한심한 꼴을 보고, 멀쑥한 장신에 품이 넉넉한 로브를 걸치고 기다랗게 하얀색 콧수염을 길러 둔 노인이 탄식했다.

"노부들을 불러낼 만큼 상황이 악화되도록 놔두다니 한심한지고……. 아니, 이 사태는 노부들에게도 일부는 책임이 있기는 있겠군……."

기쁨에 찬 안젤린은 다짜고짜 달려가서 한 차례 휙 뛰어 인파를 뛰어넘고 노인들 두 사람의 앞쪽에 착지했다.

"근육 장군……! 백금 할배……!"

노인 두 사람은 막 나타난 안젤린을 보고 환하게 웃음 지었다.

"오오, 안제! 건강하게 지냈냐!!"

"물론……. 내가 누군데 당연하지."

"껄껄껄껄! 여전히 자신만만하구나, 이 녀석아!!"

근육 장군, 체보르그 노인은 라이오넬은 던져버리고 유쾌하게 껄껄 웃으며 안젤린을 퍽퍽 때렸다. 그 기세에 안젤린은 살짝 비틀거렸다. 장신의 노인이 체보르그의 어깨를 붙잡았다.

"이봐, 체보르그. 자네 우악스러운 힘으로 안제를 때리지 말게. 불쌍하지 않은가."

"엉?! 뭐라?! 도르토스, 방금 뭐랬냐?!"

"귓가에 소리치지 마라, 바보 자식아!"

"으하하, 요즘 나이를 먹어서 말이야!! 가는귀가 아주 어두워졌다네!!"

"그게 도대체 왜 자네가 떠들 이유가 되나! 아이고, 이런……. 안제, 건강하게 잘 지냈다니 다행이구나."

전혀 바뀌지 않은 두 사람에게 안젤린은 웃어 보였다.

두 노인은 은퇴했던 전직 S랭크 모험가였다. 나이는 이미 예순 중반을 넘겨 일흔에 들어서려고 하는데도 불구하고 체구도 썩 훌륭하고 등줄기도 쭉 뻗어서 아직껏 정정했다.

경력이 50년에 가까운 두 노인은 대략 2년 전 모험가를 은퇴했다. 그 무렵 이미 모험가로서 두각을 나타내고 있었던 안젤린과 어느 틈인가 친구처럼 알고 지내는 사이가 됐다.

전선에서 무시무시한 실력을 자랑하는 이 노인들도 안젤린 앞에서는 마음씨 좋은 할아버지와 다를 바 없이 인자했고, 마치 손녀처럼 대해주었기에 안젤린도 두 사람을 좋아했다.

체보르그는 『격멸』이라는 칭호로 불리는 인물이다. 안젤린이 근육 장군이라고 별명을 붙인 것처럼 감탄스럽도록 잘 단련된 근골을 갖고 있었다. 예전에는 에스트갈 공국의 군인이었는데, 그 흔적은 연식이 꽤 된 군모에서 찾아볼 수 있겠다. 찢어져서 짧아진

소맷부리로 보이는 두 팔에는 마술식 문신이 빼곡하게 각인되어 있었다. 강인한 육체와 마법의 힘이 담긴 주먹으로 수많은 마수를 분쇄해왔던 실력자다.

도르토스는『백금』이라는 칭호처럼 백금으로 만든 창을 다룬다. 비록 체구는 가느다란 편이지만 일반인의 세 배를 족히 뛰어넘는 힘을 발휘하기에 성인 남성 두 명이 함께 들어야 하는 창을 한 손으로 가볍게 휘둘러 댄다. 그 창술은 에스트갈 공국을 통틀어도 첫손가락에 꼽히고, 쓰러뜨렸던 마수의 숫자는 이미 헤아릴 수도 없었다.

안젤린은 체보르그의 팔을 붙잡고 매달렸다.

"두 사람 모두…… 복귀해주는 거야?"

"아무렴! 젊은 녀석들은 왜 이리 칠칠치 못한 게냐!!"

"어쩔 수 없지 않겠느냐. 이토록 마수가 잔뜩 출몰하는 상황에 잠자코 구경만 할 수도 없는 노릇이지."

도르토스가 말하자 체보르그는 호쾌하게 웃었다.

"껄껄껄껄!! 뭔 이유를 갖다 붙이는 거냐, 도르토스!! 날뛰고 싶어서 좀이 쑤셨겠지!! 다 안다, 내가!!"

"시끄럽다, 체보르그. 자네가 할 말은 아니지."

"우후후……. 기쁘다……. 그런데 두 사람 모두 왜 은퇴했던 거야? 기운도 넘치면서."

"요 녀석이야 증손주를 귀여워해주려고 물러난 거 아니겠냐!! 근데 최근 들어선 할아부지 시끄럽다고 투정을 부리더래!! 별로 안 놀아준다던가!! 그래서 심심했던 거지!!"

"자네 목소리 좀 낮출 순 없나……. 노부는 다만 피로감 때문이었다. 모험가라는 게 평생을 바칠 업은 아닌 줄 여겼다만……. 더이상은 외면할 도리가 없더구나."

안젤린은 만족스럽게 웃었다.

어쩌면 로비에서 본 낯선 녀석들 또한 새롭게 스카우트를 받고 길드에 온 지원군인지도 모르겠다. 저번주에 막 독촉한 참인데도 제법 일 처리가 빠르구나 싶어서 안젤린은 라이오넬을 다시 봤다.

"길드 마스터, 이번에는 일 처리가 빨랐네……. 고마워!"

체보르그가 집어 던졌던 라이오넬은 천장을 보고 벌렁 나자빠졌던 자세 그대로「하하……」힘없이 웃었다.

"응……. 절반쯤 안제 양한테 독촉받았던 덕분이긴 한데 아저씨도 진짜 열심히 일했거든……. 엄청나게 비싼 수정 통신도 썼고, 영주님이랑 담판을 짓고 간신히 이번 사태를 도시 차원의 의뢰로 안건도 올렸고, 드디어 요청이 통과돼서 소수나마 군대 동원도 개시하기로 했고……. 뭐, 덕분에 직원들도 요즘 들어서 집에 못 돌아갔던 탓에 허덕거리는 처지이고, 길드 예산은 빈털터리. 아저씨 지갑도 빈털터리야……. 내일부터 어쩐담."

"……더 빨리 해결할 순 없었냐고 묻고 싶지만, 지나간 일은 어쩔 수 없지. 용서할게."

라이오넬은 벌떡 일어나서 시무룩하게 머리를 벅벅 긁었다.

"그게 말이야, 지난 100년간 마수 대량 발생은 유례가 없었잖아? 길드가 의뢰를 직접 알선하는 방식도 거의 사문화됐던 대책이고, 긴급 사태에 따른 매뉴얼은 중앙 길드에도 없단 말이야. 뭘 어째야 하나 몰랐다니까……. 게다가 설마 이렇게까지 사태가 심각해질 줄 누가 상상이나 했겠어? 중앙 녀석들은 융통성이 없어서 안 하면 안 한다고 혼나고, 하면 한다고 또 혼나는 통에 아저씨도 아주 죽을 맛이었다고."

도르토스가 어이없어하며 피식 웃고는 수염을 쓰다듬었다.

"그게 자네 일 처리가 늦는 이유가 되어주지는 않잖나, 라이오넬."

라이오넬은 탄식했다.

"제가 무능하다는 사실쯤 잘 압니다……. 무능한 놈은 무능한 대로 열심히 손을 쓰기도 했고요."

"버거울 때도 다른 사람에게 의지하지 않는 게 자네의 몹쓸 구석일세. 안제한테 한소리 듣고 나서야 노부들을 찾아와 부탁하지 않았던가, 한심한지고……."

"아뇨, 일단은 제도에 있는 옛 동료들에게 연락했어요. 그런데 제도에서 여기까지 오려면 못해도 한 달……. 아니지, 지금 시기면 두 달 가까이 걸리잖습니까. 사실 아직껏 도착을 못 했고……."

"그러니까 일찌감치 조치를 취했어야지. 지위가 좀 높아지니까 자기 자리부터 챙기는 방법을 배웠더냐?"

"아이고, 도르토스 씨……. 저도 이제는 기진맥진이니까 조금만 살살 해주십쇼……."

라이오넬은 머리를 쑥 수그렸다.

로비 쪽에서 직원들이 큰 목소리로 뭔가 말하고 있다. 새로 온 인원들에게 이래저래 지시를 내리는 듯싶었다. 그들은 각각 고개를 끄덕거리거나 손가락을 딱 튕기고 바깥으로 나갔다.

카운터 주위에 모인 인원은 전부 더하면 대략 서른 명가량. 모두가 아마 AA랭크 이상의 모험가였다. 최근 얼굴을 못 봤던 다른 S랭크 모험가와 그 파티원들도 있었다. 그들도 안젤린과 두 친구들처럼 동분서주했던 까닭에 얼굴 마주할 기회가 없었다. 그 밖에 둘쯤 더 있었던 S랭크 모험가는 안 보인다. 올펜의 상황에 넌더리가 나서 떠나가버렸을 테지.

서로가 고위 랭크인 만큼 낯익은 얼굴도 많은지라 안젤린은 여러 사람과 인사 나눴다.

대략 열 명쯤 노인의 모습도 보인다. 체보르그 및 도르토스의 파티 멤버였던 인물들이다. 모두들 이미 은퇴해서 쉰, 예순을 넘겼는데도 강건했다. 선 자세만 봐도 활력이 가득함을 짐작할 수 있었다. 일찍이 고위 랭크 모험가로 활동했던 경력은 과연 허울이 아닌가 보다.

안젤린의 옆으로 밀리엄과 아넷사가 왔다. 복귀조 모험가들을 보고 눈이 동그래졌다.

"안녕, 안제…… 엄청난 멤버야……"

"안녕. 뭔가 대단하네."

"두 사람 다 안녕…… 응, 믿음직한 사람들이 모였어."

안젤린은 두근두근하는 가슴을 안고 두 친구의 어깨를 토닥였다.

도르토스가 수염을 어루만지면서 말했다.

"그래, 노부들은 어떤 임무를 맡아보면 되는가? 재해급 마수 출현 대책으로 여기에서 대기하라는 소리는 미리 사절하도록 하지."

라이오넬은 벅벅 머리를 긁으며 입을 시옷 자로 내밀었다.

"그런 인력 낭비는 안 합니다. 인원이 갖춰졌으니까 원인을 때려잡아야죠."

"원인……? 알아냈어?"

"어제 막 알아낸 참이라서 아직 확정은 아니지만 말이야."

라이오넬은 어깨를 으쓱였다.

"나도 믿고 싶지는 않은데, 마왕이라더라."

술렁술렁, 모험가들이 웅성거렸다. 마왕 부활에 관한 소문이 최근 항간에서 나돌고 있는 상황이기는 했지만, 다들 미심쩍게 듣고 넘겼을 뿐이었다. 그럴 수밖에, 전승 속 존재이니까.

안젤린은 한 걸음 다가서며 물었다.

"그 말 진짜야……?"

"에이, 아직 확정은 아니라니까. 나 혼자 조사해 봤자 한계가 있어서 얼마 전 확인차 다른 사람을 보냈거든."

"……응? 길드 마스터, 직접 조사한 거야? 문헌 뒤적거린 게 아니라 현지에서?"

"그야, 뭐……. 어쩔 수 없잖아, 직원은 모두 일반인이니까 문헌 검토밖에 맡길 게 없는걸. 그리고 현역 모험가는 다들 정신없잖아, 그럼 아저씨가 몸소 움직일 수밖에 없지. 그런데 조사 짬짬

이 중앙 길드의 높은 분이라든가 영주님이라든가 담판도 지어야
했고, 이래저래 신청 수속도 꼭 밟아서 처리해야 했고, 좀처럼 진
전이 안 되더라고…….”

“그래도, 하위 랭크의 모험가라도 보내면…….”

“에이, 안 되지. 재해급이 튀어나올지도 모르는 현장에 하위 랭
크의 모험가를 보낼 순 없는 노릇이잖아……. 안전한 장소만 부탁
했지만, 지금 상황에서 그런 곳이 많지는 않았으니까.”

“그래도……. 상위 랭크가 손이 비었을 때 부탁하면…….”

라이오넬은 쓴웃음 짓고 머리를 긁었다.

“저기 말이야, 조사는 하루이틀 사이에 끝나는 게 아니잖아, 안
제 양……. 안 그래도 여기저기 돌아다녀야 하는 통에 지쳐서 짜
증스러울 텐데, 불쑥 조사 의뢰까지 맡기면 아저씨가 살해당할
걸? 그러다가 진짜 화내고 떠나가버린 모험가도 몇 명 있었단 말
이야…….”

“……그러면 길드 교관이라든가…….”

“교관들도 F나 E, 기껏해야 D랭크밖에 상대를 안 하니까 제일
높은 사람도 A랭크밖에 없어. AA 이상이 나올 가능성이 있는 상황
에 무리를 시킬 순 없었지……. 게다가 사실 고위 랭크에 있는 사
람들은 다들 자질부터가 천재적이니까 가르치는 재주가 서투르단
말이야.”

“아, 그러면 에스트갈이라든가 다른 곳에서 모험가 지원 요청
을…….”

"안제 양……. 의뢰는 말이야, 맡긴 사람이 요금을 치러야 돼. 개인이라면 개인. 도시라면 도시가. 길드에서 의뢰를 내면 당연히 길드 예산을 써야 하겠지? 그런데 지금은 고위 랭크 모험가들을 붙잡아 놓기 위해서 고정급을 따로 지불해야 하는 데다가 의뢰금도 다른 예산을 깎아 인상했고, 요컨대 타 길드의 고위 랭크 모험가를 불러올 만한 여유가 없었다는 거야. 처음에는 잠깐 맡겼던 적도 있지만, 예산이 떨어지면 바로 안녕이지. 뭐, 모험가라면 당연한 행동이야."

"그, 그래도, 같은 길드인데……? 좀 부탁해서 지불을 늦추면……."

올펜의 길드는 다른 도시 길드의 일까지 떠맡아서 처리한다지 않았던가. 안젤린도 그런 의뢰를 몇 번이나 처리했었다. 라이오넬은 겸연쩍어하며 볼을 긁었다.

"나도 일단은 부탁을 해봤거든……. 그런데 모험가는 랭크가 높아질수록 판단 기준도 냉소적으로 바뀌는 게 보통이잖아. 누가 목숨까지 걸고 외상으로 일하고 싶겠어? 우리는 내가 다 거절을 못하는 바람에 안제 양이라든가 다른 사람들이 무리를 하게 만들었던 거야. 진짜 미안해."

"아니야, 돈은 꼬박꼬박 받았으니까……. 그래도, 모험가는 안되더라도 길드끼리 친분에 기댈 순 없었어……? 의리라든가 인정이라든가……."

"중앙 길드의 방침 탓이기도 한데 동격의 길드끼리 친분은 의외로 허술하거든. 지킬지 못 지킬지 확실하지 않은 약속보다는 금전으로 움직이는 업계야. 어쨌든 기득 권익과 높은 분의 보신 의식이 엄청나거든. 모험가가 가장 바라는 것은 결국 돈이고, 지방 길드도 예산을 삭감당한 처지니까 성과가 약속되지 않는 외상 일거리는 떨떠름하게 굴고……. 이런 와중에 비싼 대금을 지불하는데도 다들 떠나가 버렸잖아? 아저씨, 마음이 꺾일 뻔했어…….”

“그러면…… 줄곧 혼자서?”

“……으음, 뭐. 덕분에 재해급과 몇 번이나 혼자 싸워야 했고, 지난 반년 가까이 제대로 잠도 못 자서 엄청나게 지쳤어……. 현역 시절에도 이렇게 과로한 적이 없다고, 내가…….”

라이오넬은 거창하게 한숨을 쉬고 힘없이 웃었다.

“그런데 설마 안제 양한테 진 다음 남몰래 다시 시작했던 단련이 도움 될 때가 올 줄은 몰랐지만 말이야…….”

안젤린은 가끔 불평을 늘어놓으려고 라이오넬을 호출할 때가 있었다. 하지만 그런 때 대체로 라이오넬은 부재중이었고, 안젤린은 일부러 없는 척하는 줄 단정 짓고 분개했었는데 실은 혼자서 쭉 마수 발생의 원인을 조사하러 다닌 셈이다. 그와 병행하여 모험가 및 중앙 길드, 영주의 항의며 간섭은 물론 불평까지 홀로 감당하여 대응했었고. 일전에 불러냈을 때 몹시 지친 기색이었던 이유를 이제야 정확하게 알았다.

평상시였다면 문제없이 기능했을 길드의 방침이 이번 이상 사태를 맞이하여 전혀 기능하지 않았지만, 긴 평화의 시기를 겪은 기득 권익과 보신 때문에 딱딱하게 굳은 제도가 쉽사리 뒤집어질 리도 없었다. 마수가 쉴 새 없이 발생하는 상황에서 라이오넬은 중간에 끼인 채 곳곳에서 질책을 받는 입장에 있던 격이다. 그럼에도 정말 혼자서 원인에 거의 다다랐다는 것은 과연 전직 S랭크 모험가의 경력에 걸맞은 활약상이라고 말할 수 있겠다.

매사에 힘없는 인간을 최우선으로 배려하는 마음 씀씀이를 새삼 알게 됨에 따라서 길드 마스터가 게으름뱅이에다가 일 처리도 느리긴 해도 무척 우직하고 다정한 사람이구나 싶어 안젤린은 은근히 감탄했다. 그리고 살짝 얼굴을 붉힌 채 시무룩하게 말했다.

"……말을 해주면 좋았을 텐데."

"아니, 뭐……. 그러면 뭔가 변명을 늘어놓는 기분이 들어서 싫었거든. 주절주절하는 거. 지금은 다 말해버렸지만 말이야……."

"그래도, 아무것도 안 했던 게 아니었잖아……? 저번에 잘난 척 길드 마스터한테 잔소리했던 바보짓이 떠올라서 너무 부끄러워……. 길드 마스터, 미안. 내가 잘못했어……."

풀 죽어서 머리 숙이는 안젤린을 보고 라이오넬은 난처해하며 볼을 긁었다.

"하하, 괜찮아. 신경 안 써. 안제 양은 하나도 잘못된 행동을 하지 않았잖아. 내가 무능한 건 사실이고……. 게다가 직접 나한테 화를 내준 사람은 안제 양 하나뿐이었거든. 보통은 길드가 마음에 안 들면 모두들 아무 말 없이 떠나가 버리니까. 그래도 안제 양은 진지하게 화를 내줬지? 덕분에 제법 단단하게 작정할 수 있었고,

힘껏 등을 밀어주는 기분이었어. 고마워."

"으으……."

푹 수그린 안젤린의 머리를 체보르그가 큰 웃음소리와 함께 다독다독 쓰다듬었다.

"껄껄껄껄!! 괜찮다, 안제!! 케케묵은 어른보다는 들입다 달려 나가는 아이가 세상을 더욱 바꾸는 법이잖냐!! 네가 독촉을 안 했다면 우리까지 이 자리에 나타나지는 않았을 테지! 라이오넬!! 네 녀석 혼자서 무리하는 대신에 왜 빨리 우리를 부르지 않았던 게냐!! 이래 가지고 길드 마스터는 해먹을 수 있겠냐?!"

도르토스가 동의하며 고개를 끄덕거린 뒤 안젤린의 어깨를 톡톡 다정하게 토닥여줬다.

"맞는 말이다, 안제. 게다가 대책 마련을 뒤로 뒤로 미루다가 길드 마스터가 직접 움직여야 하는 사태를 초래한 것은 이 녀석 본인의 실책이지. 모험가가 길드를 포기하고 도망친다는 게 어디 말이나 되는 일이냐? 평소 게으름 부린 대가를 치렀던 게지."

고참 노병 두 사람에게 질책을 듣고 라이오넬은 머리를 푹 수그렸다.

"너무 엄격하십니다, 두 분……. 애당초 국가와 중앙 길드의 시스템 자체가 이미 유명무실한 결함품이란 말입니다……. 몇 번을 말해도 중앙 길드의 높은 분이라든가 영주님은 책임 회피와 지방 예산 삭감밖에 생각을 안 하시고……. 고작해야 전직 S랭크였다는 경력밖에 내세울 게 없는 아저씨더러 뭘 어쩌라는 겁니까……. 배

속 새카만 늙은 너구리들과 맞붙는 건 너무 부담스럽다고요……."

"엉?! 뭐라?! 라이오넬, 방금 뭐랬냐?!"

"아이고, 됐습니다! 자, 자! 걸어가면서 설명할 테니 출발합시다!"

라이오넬은 살짝 자포자기해서 어깨를 들썩거리며 건물 바깥으로 나갔다.

모여 있었던 노병들이 호쾌하게 웃음을 터뜨리며 뒤를 따른다. 안젤린과 두 친구도 대열에 섞여 바깥으로 나섰다.

○

바깥으로 나오자 햇살이 일행을 비춰주었다. 요즘 들어서는 두껍게 구름이 끼지도 않고, 비록 바람은 썰렁하나 햇살은 따뜻했다. 거리에는 녹다 만 눈이 얇게 남아 있었다.

라이오넬의 선도를 따라 일행은 도시 바깥으로, 각각 마차를 나눠 타고 동쪽으로 향했다. 도시 성벽을 지키는 군대의 수가 평소보다 많았던 터라 영주가 군을 움직였음을 알 수 있었다. 안젤린은 병사들을 보고 못마땅하게 입을 삐죽였다.

"……영주도 군대 동원에 너무 늑장을 부려."

"군대를 동원하려면 돈이 많이 들거든. 그게 결과적으로 길드에 의뢰가 들어오는 요인이 되기도 하고. 마수 퇴치는 길드의 담당이 된 거지."

그렇게 아넷사가 말했다. 밀리엄이 고개를 끄덕거렸다.

"지금까지는 그런 방식으로 어떻게 잘 굴러갔으니까 말이야. 오히려 줄곧 큰 문제가 없었던 탓에 이런 경우는 행동이 늦어지니까 참 곤란하지."

"응, 게다가 요즘 들어서 동쪽 국경이 좀 심상치 않다니까 거기에 힘을 싣고 싶은가 봐. 그러다가 마수 때문에 나라가 결딴나면 다 같이 폭삭 망하는 건데."

"진짜 답답하다니까……. 어쨌든 오늘로 전부 끝이야. 마왕이든 뭐든 내가 콱 박살을 내버리겠어……!"

"후후, 실력 발휘 좀 하겠네……. 근데 영감님들이 같이 가니까 활약할 기회 다 빼앗길지도 몰라!"

"질 수는 없어……. 현역의 의지를 보여줘야지."

라이오넬의 말에 따르면 올펜 근교의 폐던전 안쪽에서 큰 마력 정체 현상이 발생했다고 한다. 대단히 고위 던전인가 싶었는데 E랭크의 던전이었다던가. 그 때문에 하위 랭크의 파티가 한 차례 주변을 조사했었는데도 이변을 간파하지 못한 까닭에 되레 조사가 지체됐다.

그곳에 정체되어 있다가 지맥을 타고 각지의 주요 요소로 흘러넘친 마력이 마수에게 영향을 끼쳐 재해급 마수를 비롯한 마수 대량 발생 사태로 발전됐다는 사연이었다.

안젤린은 무릎을 세워 턱을 받치며 입을 삐죽거렸다.

"마력이 지맥도 타고 흘러 다니는구나……. 몰랐어……."

밀리엄이 난처하다는 표정을 짓는다.

"보통은 안 일어나는 현상이거든. 아마 마왕은 마력이 엄청나게 대단한가 봐."

"강적이겠네……. 과연 어떤 상대일까?"

"어떤 상대든 상관없어……. 단숨에 박살 내겠어."

줄곧 덤덤한 태도로 다짐하는 안젤린을 보고 아넷사가 탄식했다.

"음, 얘는 진짜로 단숨에 해치울 것 같아……."

마차는 대략 한 시간을 달려서 작은 숲을 지나 구릉이 이어져 있는 장소에 도착했다. 그중 유난히 더욱 큰 구릉에 깊숙한 굴이 있었다. 아마도 저 지점이 지하 던전으로 연결되어 있을 것이다. 다만 저 던전은 꽤 오래전에 핵이 사라져서 폐지된 곳이다. 그 때문에 이곳 주변을 모험가들이 찾아올 만한 이유가 없었다.

이번 목표는 이 던전에 진입하여 아마도 마력 정체 현상의 원인이라고 추측되는 존재를 토벌하는 것. 그리고 그 대상은 혹 마왕일 수도 있다고 하는 것이다.

마차가 멈추고 모험가들이 내려선다.

안젤린은 덜컹거리는 마차를 오래 탄 탓에 저릿한 엉덩이를 문지르고 얼굴을 찌푸린 채 던전 입구를 쳐다봤다. 특별히 이상이 느껴지는 분위기는 아니었다. 정말 저 안쪽에서 마력 정체 현상이 발생했을까?

그러다가 문득 입구 쪽으로 서 있는 누군가를 발견했다. 윤기 없는 회색의 긴 머리카락이며 두꺼운 외투와 목도리 때문에 몸의 윤곽이 안 보일 만큼 푹신푹신하게 겹겹이 껴입었다.

라이오넬이 빠른 걸음으로 그 인물에게 다가갔다.

"어때요, 마리아 씨. 뭔가 이상은 있습니까?"

"없는데. 그래도 안쪽에 비정상적으로 일그러진 마력 덩어리가 있다는 건 확실하군. 게다가 그게 바깥에 누출되지 않게 누군가가 결계를 펼쳐 놨어. 상당한 실력이군, 척 봐도. 그러니까 마력도 마수도 밖으로 안 나오는 거야."

"역시……. 그럼, 지맥은요?"

"결계 때문에 쓸데없이 지맥으로 더 많은 마력이 새어 나가는 군. 이래서야 마수들도 당연히 펄펄 기운이 넘치겠어. 거참, 이렇게 위험한 곳에 연약한 처자 한 명만 내버려 두는 녀석이 어디에 있나. 콜록콜록."

기침을 터뜨리며 언짢은 기색으로 돌아보는 그 얼굴은 묘령의 여성과 다를 바 없다. 비록 단정한 용모이나 왠지 모르게 권태감 어린 분위기가 풍겨 나왔다. 또한 여성인데도 라이오넬과 나란히 서니 상당한 장신임을 알아볼 수 있었다.

안젤린은 또다시 기쁨에 차올라서 그 여성에게 달려갔다.

"마리아 할매……!"

"콜록, 콜록……! 아앙? 안제냐? 변한 게 없군, 이 꼬맹이는."

"할매, 잘 지냈어? 병은 괜찮아……?"

"끙, 괜찮겠냐? 콜록. 왜 굳이 아픈 처자를 끌어내다가 병이 도지게 만드는 게야."

입은 불평을 늘어놓으면서도 아주 싫지는 않은 내색으로 마리아가 안젤린을 쓰다듬었다. 그리고 뒤쪽에 있는 아넷사와 밀리엄에게도 눈길을 준다.

"거기, 계집애들, 일은 잘하는 게냐? 나를 불러내다니 기합이 부족한 거 아니냐. 쿨럭, 콜록콜록!"

말하는 도중 목에 뭔가 걸렸나 보다. 마리아는 요란하게 기침을 터뜨렸다. 아넷사가 기막히다는 표정을 짓고 가까이 달려와서 등을 문질러줬다.

"마리아 씨, 너무 무리하지 마요……. 이제 적은 나이도 아닌데."

"콜록……. 시끄럽다, 아직 팔팔한 예순여덟 살이란 말이다."

"예순여덟이면 안 팔팔하거든, 할멈!"

손가락질하며 깔깔 웃는 밀리엄을 마리아가 쏘아봤다.

"시끄럽다, 바보 제자야! 스승에게 웬 괘씸한 말버릇이냐! 콜록, 콜록!"

"아하하, 실컷 제자를 괴롭혔던 벌을 받는 거야. 꼴좋다!"

"못된 꼬맹이가……. 콜록! 콜록, 콜록! 꺼헉!"

마리아는 분통을 내면서도 요란하게 기침을 쏟아 냈다. 아넷사가 허둥거리며 다시 등을 문질러준다. 밀리엄은 유쾌하게 웃고 있었다.

마리아는 3년 전 은퇴한 전직 S랭크 모험가였다. 밀리엄의 스승이자 『용 살해자』 및 『회색』이라는 칭호를 갖고 있는 대마도사이다. 흉악한 마수 퇴치 및 유용한 마법 술식 개발 등 수많은 위업을 남겼기에 공국뿐 아니라 로데시아 제국 전토에 널리 이름이 알려졌다.

강대한 마력 덕분에 육체 노화가 멈춘지라 예순여덟 살의 나이로 젊은 용모를 유지하고 있다. 그러나 일찍이 S랭크 마수 주룡(呪龍)을 퇴치했을 때 상대의 피를 뒤집어쓰고 저주를 받고 말았다. 이후 신체는 병에 시달리게 된 데다가 항구적인 오한과 발작적인 통증이며 기침이 전혀 멈추지를 않는다고 한다. 그럼에도 제국에서 손가락에 꼽히는 대마도사임은 변함없었다만.

그때 도르토스와 체보르그가 다가왔다. 도르토스는 수염을 쓰다듬으면서 뜻밖이라는 표정으로 물었다.

"흠, 마리아. 자네도 불려 나왔는가?"

마리아는 작게 혀를 차더니 피식 웃었다.

"도르토스냐……. 뭐, 어쩌다 보니까. 거참, 다 늙어서 곧 죽어 나갈 노인네들 잔뜩 모아다가 뭘 어쩌자는 거야. 콜록, 콜록!"

여전히 기침이 멎질 않는 마리아를 보면서 체보르그가 큰 목소리로 외쳤다.

"마리아!! 꾀병은 아직도 안 나은 거냐!! 칠칠맞지 못하군!!"

"이놈, 꾀병이 아니라니까!! 죽어버려, 근육 얼간이야! 콜록! 쿨럭쿨럭!"

"엉?! 뭐라?! 마리아, 방금 뭐랬냐?!"

"나가 죽으라고!! 아니면 내가 콱 죽여주랴!!"

"저기요……. 이야기를 좀 진행시켜도 될까요?"

노인들이 오랜만에 만나 인사를 주고받는 통에 한쪽 구석까지

쫓겨나 있던 라이오넬이 넌더리를 내는 표정으로 말했다. 노인들은 웃음 지으며 몸짓으로 계속하라는 표시를 했다. 라이오넬은 한숨 쉬었다.

"음, 그러니까, 마리아 씨도 확인해주셨으니까 이 안쪽에 마력 덩어리가 있고, 그게 지맥을 타고 퍼져 나간다는 가설은 아마 확실하겠습니다. 그 원흉을 때려잡으면 이번 마수 대량 발생 사태도 틀림없이 수습되겠죠."

"어떻게 하면 돼……? 길드 마스터, 작전은?"

"응, 뭐, 평범하게 던전에 진입해서 최심부를 목표로 전진해야겠지. 원래 E랭크 던전이었으니까 별로 멀지는 않을 거야. 다만 마력의 영향으로 마수는 랭크가 올라갔을 가능성이 있는 셈인데……. 그래도 뭐, 이렇게 실력자가 많다면……."

"조잘조잘 뭔 말이 이리도 많아!! 요컨대 싹 다 날려버리면 되는 거 아니겠냐!!"

"앗, 잠깐."

라이오넬이 제지할 틈도 없이 체보르그는 주먹을 치켜들었다. 몸에 걸친 민소매 외투가 펄럭거리고 팔에 각인된 마술식 문신이 빛을 발하는 와중에 냅다 던전이 있는 구릉을 후려갈긴다.

동시에 무시무시한 충격파가 일어나면서 구릉이 대략 절반쯤 날아가 버렸다. 하늘로 날아올랐던 흙과 파편들이 뿔뿔이 떨어졌다.

"아, 결계가 사라졌군……. 콜록."

마리아가 중얼거렸다.

그와 동시에 던전으로 내려가는 구멍에서 꺼림칙스러운 장독이 피어올랐고, 잇따라 마수가 넘쳐 나왔다. 본래 E랭크 던전이었는데도 B랭크 및 A랭크 이상의 마수도 드문드문 보였다.

라이오넬이 머리를 감싸 쥐었다.

"뭐하시는 겁니까, 체보르그 씨……."

"껄껄껄껄!! 이게 더 편하고 좋지 않느냐!! 이놈, 마왕은 어디 있냐!!"

"잠깐, 체보르그. 독주는 용납 못 한다."

체보르그는 웃으며 주먹을 쳐들어서 눈앞의 마수를 날려버렸다. 그대로 던전 진입구를 향해 달려간다. 뒤를 따라서 도르토스는 창끝의 날을 감쌌던 천을 풀어낸 뒤 눈 깜짝할 사이에 근처의 마수 몇 마리를 꿰찔렀다. 방금 전까지 마음씨 좋은 할아버지 같았던 인상은 온데간데없이 완전한 무인의 분위기가 느껴졌다. 몹시 즐거워 보였다.

노인 두 사람은 의기양양하게 마수 떼 복판에 뛰어들어서 어려움 없이 적을 분쇄했다. 그다음은 두 사람의 파티 멤버였던 다른 노인들도 뒤를 따라서 가공할 만한 솜씨로 잇따라 마수를 도살하며 전진했다. 너나없이 모두 지긋한 나이건마는 기운이 넘친다. 이리도 힘이 넘치는 까닭은 너나없이 모두가 마수와 싸울 기회를 실은 기대하고 있었기 때문일까.

아연실색하는 현역 모험가들을 보면서 라이오넬은 절레절레 고개를 가로젓다가 짝 손뼉을 치고 외쳤다.

"좋아, 경로회를 시작해볼까! 영감님들 활약하시기 편하게 힘껏 거들어봅세!"

고함 소리에 정신을 차린 모험가들은 쓴웃음을 지은 채 무기를 쥐었다.

11 마수는 잇따라

마수는 잇따라 기어 나왔다. 그러나 이곳에 모여 있는 고위 랭크의 모험가가 어디 한둘인가. 별 위태로움도 없이 척척 마수를 정리했다.

그때 한층 더 커다란 마수가 구멍에서 기어 나왔다. 가까스로 인간 형태를 갖고 있기는 하지만 다수의 마수가 부자연스럽게 뒤섞인 듯한 괴이한 모습이었다. 입에 해당하는 부분에서 독기가 새어 나오는데, 마치 호흡을 하는 듯 내뿜는다. 모험가들이 웅성거렸다.

"엑, 저게 뭐냐……."

"으앗, 징그럽다!"

"……일그러진 마력의 영향을 받아 마수끼리 뒤섞여버렸나 보군. 콜록……. 뭐, 어때. 마력도 낮은 단순한 목각 인형이다."

마리아는 귀찮다는 듯이 괴이한 마수를 향해 가냘픈 손가락을 겨눴다.

"바보 제자야, 보조해라. 『뇌제(雷帝)』를 쓴다."

"흥, 되게 잘난 척하네!"

밀리엄은 못마땅하게 대꾸하면서도 지팡이를 치켜들었다. 그리고 두 사람이 동시에 영창한다.

『하늘의 궤적을 따라 빛의 낱알이 이어지리라. 하나의 낱알은 파동을 일으켜서 땅에 흔들거리는 아지랑이에 내리 떨어질지어다』

두 사람의 주위에 반투명한 기하학적 문양이 떠오르고, 마리아의 손가락과 밀리엄의 지팡이 끝이 빛났다. 마수의 머리 위에서 먹구름이 우글거렸다.

이제 곧 우렛소리가 울려 퍼지려고 하는 순간, 아넷사가 불현듯 철제 화살을 시위에 메겨 발사했다. 화살은 괴이한 마수의 이마 부분에 꽂혀 들어갔다. 동시에 먹구름에서 격렬한 번개가 쏟아지더니 이마에 꽂혀 있는 화살에 집약되는 형태로 내리쳤다. 괴이한 마수는 부들부들 몸을 떨다가 곧 산산조각이 나서 허물어졌다.

마리아가 감탄한 기색으로 아넷사를 돌아봤다.

"콜록……. 제법이구나, 아넷사. 멋진 어시스트였어."

"하하, 밀리엄이랑 오랫동안 같이 다녔으니까요."

부끄러워하면서도 아넷사는 잇따라 화살을 날려 전위의 모험가들을 사각에서 노리려 하는 마수를 척척 해치웠다. 마리아와 밀리엄도 이어서 마법을 날려 차례차례 마수를 숯덩이로 만들었다.

안젤린은 팔짱을 끼고 이 광경을 보고 있었다.

"자, 어떻게 할까……."

마수는 끊임없이 솟아 나왔다. 지금은 아직 모험가 쪽이 압도하는 상황이지만, 이래서는 끝이 나지 않는다. 결계가 풀림으로써 던전의 마력이 방출되고 있다. 거기에 이끌려서 다른 마물들이 몰려들지도 모른다. 피로가 쌓이면 몸놀림은 둔해질 테고, 그런 상태에서 마왕과 맞닥뜨린다면 승률도 내려갈 테지.

"시간을 끌면 우리가 불리하겠네⋯⋯. 아마도."

안젤린은 검을 뽑아 들었다. 밀리엄과 아넷사에게 말을 건넨다.

"얘들아, 원호 부탁할게."

대답을 듣기도 전에 안젤린은 지면을 박찼다. 마수를 상대하지 않고 미끄러지는 듯한 기세로 눈 깜짝할 사이에 던전 입구까지 도착한다. 도중에 습격하려고 했던 마수는 화살과 마법을 맞고 나가떨어졌다.

입구 부근에서는 체보르그와 도르토스가 날뛰고 있었다. A랭크 이상 마물의 주검이 여기저기에 겹겹이 굴러다닌다. 전투라기보다는 유린의 양상이 나타나고 있다. 안젤린은 도르토스에게 말을 건넸다.

"백금 할배, 이래서는 결판이 안 나⋯⋯. 자잘한 건 다른 사람들한테 맡기고 돌입하자."

"옳은 말이군. 이봐들! 원호해라!"

도르토스는 등 뒤를 받쳐주고 있었던 파티 멤버들에게 고함쳤다. 한 마디에 다수 인원이 신속하게 진형을 재편성하여 입구에 떼 지어 있는 마수를 배제하고자 달려든다. 과연 대단한 실력이었다. 마수는 아직껏 많은 숫자가 남았지만 내부로 뛰어들기 위한 길은 충분히 확보할 수 있겠다.

"마수 놈들은 뭐 이리 칠칠맞질 못하나!! 간다, 이놈들아!!"

그때 기세를 굳히려는 것처럼 체보르그가 주먹을 때려 박았다. 팔의 마술식이 빛나며 무시무시한 충격파가 마수들을 날려버렸다.

안젤린은 단박에 가속하여 던전 구덩이로 뛰어들었다. 살짝 뒤처져서 체보르그도 따라왔다.

"……이게 뭐야."

뛰어든 다음 안젤린이 곧 중얼거렸다.

이 던전은 본래 E랭크이고 내부는 흙을 파낸 동굴 같은 곳이었는데, 지금은 벽면이 기묘한 검은 물질로 덮여 있었다. 그것들은 여기저기에서 푸르스름한 빛을 명멸시키면서 생물처럼 맥동했다. 마치 정체를 알 수 없는 생물의 체내에 뛰어들어 온 것 같다.

앞쪽에서 달리는 안젤린에게 체보르그가 고함쳤다.

"안제! 1등 돌격은 나한테 양보해라!"

"발 빠른 사람이 1등이지……. 근육 장군, 둔해졌어?"

"껄껄껄껄!! 이거 참, 칠칠치 못한 녀석은 바로 나였군!! 재미있어!!"

"둘 다 방심하지 마라, 온다."

머리 위쪽과 옆에 뚫린 구멍에서 마수가 기어 나온다. 도르토스는 눈 깜짝할 사이에 세 마리를 꿰찔렀고, 곧장 횡으로 후려쳐서 두 마리를 두 동강이 냈다. 체보르그도 주먹을 휘둘러 마수를 분쇄했다.

"……중심지는 어디지."

안젤린은 마수는 별로 상대하지 않고 눈에 힘주며 마력의 기척을 좇아 이동에 주력했다. 노병 두 사람이 주위를 받쳐주고 자신이 선도하는 형태가 되어 움직였다.

그러나 갈림길과 맞닥뜨려서 뜻하지 않게 걸음을 멈춰야 했다. 도르토스와 체보르그는 안젤린을 지키며 마수를 쓰러뜨렸다. 안젤린은 주위를 경계하면서, 그러나 집중했다.

떠올려라. 아빠가 뭐라고 말했더라? 던전의 보스 몬스터는 피부를 따끔따끔 찌르는 듯한 기척이 느껴진다고 했는데.

맞아, 분명히 그랬어. 몇 번이고 던전을 드나든 경험 덕분에 알 수 있었다.

그러나 이토록 강력한 마물이 잔뜩 흘러넘치는 터라 느껴지는 기척도 미약했다. 게다가 전투 중이다. 좀처럼 집중이 되지 않는다.

"이러면 안 돼……. 아빠가 보고 웃겠어."

커다랗게 심호흡한 뒤 안젤린은 눈을 감았다. 머리로 하는 고민은 관둔다. 신기하게도 주위의 떠들썩한 소리가 멀어지는 듯 느껴지고 감각이 예민해졌다. 밀려닥치는 마력의 기척 중 따끔따끔 피부를 찌르는 것은…….

"……이쪽이야!"

안젤린은 번쩍 눈뜨고 달려 나갔다.

분명 맞는 길을 선택했다. 안쪽으로 전진할수록 기척이 점점 더 농후해졌다. 작은 구덩이 길은 몇 번이나 맞닥뜨렸지만 갈림길은 없었다. 본래 E랭크 던전이었던 만큼 형태가 복잡하지 않다는 게 다행이었다.

"이제 곧……?"

안젤린은 중얼거렸다.

그때 옆쪽 벽에서 강렬한 마력의 기척이 느껴졌다. 즉각 검을 들어 올리며 방어 자세를 취했다.

그 순간, 벽을 쳐부수고 커다란 마수가 뛰어들었다. 도마뱀 같은 외형으로 뒷다리가 크게 발달됐고 엄니도 발톱도 예리하다. 비늘은 거무튀튀하고 단단해 보였다. 그러나 비행을 위한 날개는 갖고 있지 않았다. 크기는 안젤린의 키를 넉넉히 넘어선다. 아룡의 일종이리라.

안젤린은 마수의 돌진을 막아 냈지만 기세에 밀려 튕겨 나갔다. 그러나 빙글 한 바퀴를 돌아서 안전하게 착지했다.

"음……. 걸리적거려……."

"껄껄껄껄!! 기습이라니 재미있는 짓을 하는군, 도마뱀 놈이!!"

체보르그가 웃음을 터뜨리며 아룡을 힘껏 후려쳤다. 그러나 아룡은 살짝 뒤로 밀려났을 뿐 꺽꺽대며 체보르그를 노려본다. 초점이 맞지 않는 큼지막한 눈에서 광기가 엿보였다. 입에서는 희미하게 장독이 새어 나오고 있다.

체보르그는 유쾌하게 웃고 군모를 고쳐 썼다.

"오오!! 이 녀석은 조금 기개가 있지 않은가!! 이봐! 이 녀석은 내게 넘겨라!! 엉?! 상관없겠지!!"

"멋대로 해라! 안제, 가자."

"근육 장군, 조심해……."

자신보다 큰 아룡과 치고받는 체보르그를 남긴 채 안젤린은 도르토스와 함께 안쪽으로 향했다. 헉헉 가쁜 숨소리가 들리기에 안젤린은 옆쪽을 쳐다봤다. 도르토스는 가슴에 손을 얹고 문지르며 살짝 차오른 숨을 달래려고 했다.

"쳇……. 나이를 먹고 싶지는 않았는데 말이다……."

"백금 할배, 괜찮아……?"

"뭘, 이쯤이야. 걱정할 필요 없단다, 안제."

도르토스는 히죽 웃었다. 안젤린은 눈살을 찌푸렸다.

"할배……. 그런 말을 요즘은 사망 플래그라고 하거든?"

"……뭔 소리냐? 그 말은."

"얼마 전 읽은 책에 쓰여 있었어……."

"……젊은이들이 하는 소리는 잘 모르겠군."

도르토스는 탄식했다.

두 사람은 마수를 베어 넘기며 안쪽으로 전진했다. 점점 기척이 더 짙어졌고, 따끔따끔 피부를 찌르는 마력의 감촉도 강해졌다. S랭크 마물이라면 여러 차례 싸웠던 경험이 있다. 그러나 그중 무엇과도 다른 기척이었다.

이런 상대는 처음이다, 안젤린은 설레어 몸이 떨렸다. 공포감 때문이 아니었다. 오히려 강적과 맞붙을 수 있는 얼마 뒤의 만남을 기대하는 자신이 존재함을 깨달았다.

"……후후."

검을 고쳐 쥐고 들이닥치는 마수를 베어 넘겼다. 피가 끓어올랐다.

불현듯 넓은 공간이 나타났다. 안젤린은 무심코 걸음을 멈췄다.

마치 돔처럼 둥근 천장이 펼쳐져 있다. 그러나 변함없이 기묘한 물질에 덮여 있는 벽면은 푸르게 명멸하며 맥동했다.

이 공간에 들어오자 갑자기 마수가 사라졌다. 독특한 분위기가 가득했고 피부에 마력이 따끔따끔 꽂혀 들었다.

중앙에 무엇인가가 있었다.

『그것』은 검은 그림자 같았다. 어쨌든 사람의 형태를 띠고 있다. 작은 어린아이처럼 지면에 털썩 주저앉은 채 흐늘흐늘 좌우로 흔들리고 있었다.

"저게…… 마왕이야?"

"안제, 방심하지 말거라. 묘한 기척이 느껴진다."

도르토스는 빈틈없이 창을 겨눴다.

그림자는 흔들거리며 중얼중얼 뭔가 말을 늘어놓고 있었다. 안젤린은 눈을 반개한 채 귀를 기울였다.

『주인님……. 주인님, 어디 간 거야……. 외로워……. 외로워…….』

『그것』은 줄곧 똑같은 말을 중얼거렸다.

안젤린은 고개를 갸웃거렸다. 분명 이 일그러진 마력의 중심은 『그것』이다. 그러나 언뜻 보기에는 전혀 해가 없는 듯했다. 놀랍도록 무구한 인상을 받을 따름이다. 그런 까닭에 도리어 의아함을 느낄 만큼.

안젤린은 무의식중에 한 걸음 다가서며 『그것』에게 말을 건넸다.

"얘…… 어째서 그렇게 슬퍼하는 거야……? 주인님이 누군데……?"

"안제!!"

도르토스의 노호가 울려 퍼졌다.

등줄기에 오싹한 감촉이 치달렸다. 즉시 옆쪽으로 뛰었다. 방금 전까지 자신이 서 있던 자리로『그것』이 덮쳐들고 있었다.

『**외로워……. 외로워……. 더 많이 죽이면, 만날 수 있어……?**』

말똥말똥, 그림자의 얼굴로 짐작되는 위치에 눈이 나타나서 안젤린을 쳐다본다. 눈동자의 빛깔은 검었고 광기가 가득했으며 가만히 바라보다가는 빨려들어 갈 것 같았다.

그때 도르토스가 타앗, 외치며 무시무시한 기세로 창을 내질렀다.『그것』은 창을 정면으로 막아 내면서 후방으로 나가떨어졌다. 도르토스가 혀를 찼다.

"못 꿰뚫었나……. 마왕이라더니 과연 만만한 놈은 아닌가 보다."

떠밀려 나간『그것』은 낙법도 취하지 못하고 지면에 털썩 떨어진 뒤 천천히 일어서서 좌우로 흔들거렸다. 그리고 무구한 아이가 어머니에게 하듯 두 팔을 앞으로 내민 채 마치 안아 달라고 조르는 자세로 다가든다.

안젤린은 후유, 숨을 내쉬고 검을 겨눴다.

"미안, 할배……. 긴장이 풀렸나 봐."

"음……. 오는군."

두 사람은 동시에 좌우로 나뉘어 몸을 날렸다.

그림자가 안젤린을 향하여 날아들었다. 늑대 마수는 비교도 안

217

되도록 훨씬 빨랐다. 얼굴로 짐작되는 장소에서 눈이 아니라 빨갛고 크게 찢어진 입이 보였다. 예리한 어금니가 잔뜩 돋아나 있다.

그러나 방심만 하지 않는다면 S랭크의 모험가 안젤린에게 딱히 경이적인 속도는 아니었다. 몸에 휘감겨 붙는 일그러진 마력이 짜증스럽지만, 움직임에 방해를 받을 수준은 아니었다.

안젤린은 자세를 낮춰서 검을 겨누다가 들이닥치는 『그것』을 베어버렸다.

놀랍도록 맥없이 『그것』은 피하는 시늉도 않고 검에 맞았다. 그러나 베여 갈라지는 대신에 튕겨 나가는 게 고작이었다.

"흐읍—!!"

튕겨서 허공을 날아가는 그림자에게 도르토스가 무시무시한 기세로 창끝을 한 번 더 찔러 넣었다. 마치 유성군이 내리 떨어지는 것처럼 빠른 연격에 거센 기운이었다.

『그것』도 과연 이번에는 못 버티고 공중을 날아 벽면에 격돌했다. 삐걱삐걱하는 소리가 났다.

그림자는 바닥에 흘러 떨어졌다가 그럼에도 비틀비틀 몸을 일으켰다.

『주, 주인님……. 외, 외로워…….』

"박살 내주마!!"

도르토스는 한껏 몸을 비틀었다가 온몸의 탄력을 세차게 터뜨려서 창을 꿰찔렀다. 그야말로 필살이라고 말할 수 있는 일격이었다.

『그것』은 정면으로 창을 맞았다— 맞은 듯 보였다.

"으음!"

도르토스는 놀라 눈이 휘둥그레졌다. 『그것』은 창날을 이빨로 막아 냈다. 창끝을 물고 늘어지며 그대로 힘을 가한다. 백금빛 창이 삐걱삐걱 비명을 질렀다.

그때 안젤린이 측면에서 『그것』의 옆통수를 냅다 걷어찼다. 『그것』은 창을 놓치고 공중에서 빙빙 돌다가 벽에 격돌했다. "백금 할배, 괜찮아……?"

"미안하다, 안제. 그나저나 마력 코팅된 창에 금이 갈 줄이야……."

창끝의 칼날에 금이 나 있었다. 오래도록 고락을 함께했던 병기에 생긴 뜻밖의 상처를 보고 도르토스도 절로 얼굴이 찡그려졌다.

안젤린은 쓱 전면으로 나섰다.

"내가 맡을게……. 할배는 물러나 있어."

"으음……. 한심스럽군."

도르토스는 거칠게 차올랐던 숨을 가다듬으며 뒤로 물러났다.

『그것』이 다시 날아들었다. 커다랗게 벌린 입으로 안젤린의 검을 물고 늘어진다. 안젤린은 『그것』의 복부를 위쪽 방향으로 세차게 걷어찼다.

버티지 못한 채 날아가는 그림자를 향해 안젤린은 몸을 비틀었다가 찌르기 공격을 펼쳤다. 도르토스가 눈을 크게 뜬다. 저 공격은 마치 노인이 펼친 것처럼 온몸의 탄력과 기세를 온전하게 이용한 일격이었기 때문이다.

그러나, 그럼에도『그것』을 관통할 수는 없었다.

안젤린은 혀를 찼다.『그것』은 찌르기의 위력에 곧장 벽에 격돌한 뒤 비틀비틀 위태롭게 다리를 세워 일어섰다. 그러나 상당한 대미지를 받은 듯 보이는데도 거의 곧바로 똑같은 속도를 발휘하여 안젤린에게 다시 또 덮쳐들었다.

점점 더『그것』의 움직임이 예리해진다는 느낌을 받는다. 마치 안젤린과 전투를 겪음으로써 바른 몸놀림을 떠올리는 것 같은 그런 분위기였다.

그에 호응하여 안젤린의 움직임도 점점 더 가속되었다. 창을 쓸 수 없다고는 하나 도르토스마저도 가세를 주저하게 되는 격전이었다.

다가들고, 떨어지고, 또 다가든다.

예리한 엄니가 몸을 스칠 때마다 안젤린은 오싹했다.

손의 일격도 무시무시하다. 흔한 발톱도 없이 다만 밋밋한 손이건마는 피할 때마다 매번 살갗에 소름이 돋았다. 고밀도의 마력 덩어리 같았다. 아마 제대로 얻어맞는다면 팔이 날아가버릴 테지.

이렇게 생명의 위험을 느끼는 게 대체 얼마 만이더라?

그러나 되레 안젤린의 투지에 불이 붙는다.

검을 휘두르는 팔, 땅을 박차는 다리가 제 의사보다 빨리 움직였다. 가속할수록 주위의 움직임이 느려지는 듯한 느낌을 받았다. 똑같이 움직이고 있는 상대는 눈앞의『그것』정도뿐이다.

몇십 합이나 공수를 주고받은 뒤 안젤린은『그것』을 검으로 쳐서 날려 보냈다. 아무리 검이 적중되어도 베이지 않았다. 헛수고라는 생각도 든다.

상대는 다소나마 지쳤을까? 알 수가 없다.

그러나 검에 맞은 다음은 발걸음이 흔들거리는 듯싶다. 아주 효과가 없지는 않은 것인가?

안젤린도 살짝 호흡이 가빠졌다.

자잘한 상처에서 피가 흘러나온다.

그러나 포기할 수는 없는 노릇이었다. 또한 애당초 자신이 여태껏 집에 못 돌아가게 만든 원흉이 바로 이 녀석이다.

나와 아빠 사이에 이 녀석이 길을 가로막고 서서 방해를 했다.

그런 식으로 생각하자 분노가 부글부글 끓어올랐다.

『그것』은 여전히 중얼중얼하고 있었다. 전투 중인데도 불구하고 안젤린을 보려고도 하지 않는 기색이었다.

『만나고, 싶어……. 주인님……. 어디 간 거야……. 바알, 계속 기다렸어. 착하지……?』

"……누구를 만나고 싶단 말인지 모르겠지만, 나한테도 만나고 싶은 사람이 있어."

안젤린은 차분하게 검을 겨누고 집중했다.

체내의 마력이 소용돌이친다. 한 번의 호흡마다 심장으로부터 피가 순환하듯 몸속을 휘도는 것을 느꼈다. 손가락, 거기에서 검날 끝까지. 마력이 손과 검을 하나로 연결시켰다. 무시무시한 감응에 검이 눈부시게 빛났다.

"그렇게 만나고 싶다면⋯⋯. 우물쭈물할 시간에 당장 만나러 가란 말이야⋯⋯!"

안젤린은 지면을 박찼다. 『그것』은 엄니를 훤히 드러낸 채 안젤린에게 달려왔다.

교차. 그리고 검을 휘두른다.

『주⋯⋯ 주인님⋯⋯.』

어깨가 뜨거웠다. 피가 뿜어져 나오는 것이 느껴진다. 그러나 팔이 떨어져 나가지는 않았다. 다만 힘이 안 들어간다. 일격에 너무 큰 힘을 쏟아부었나.

털썩, 안젤린은 무릎 꿇었다. 쓰러지려고 하는 신체를 도르토스가 받쳐줬다. 집중해서 심신의 모든 힘을 쏟았던 만큼 호흡이 거칠었다. 그럼에도 간신히 얼굴을 들어 올렸다.

"백금 할배⋯⋯. 그 녀석은⋯⋯?"

도르토스는 다정하게 미소 짓고는 턱짓했다.

안젤린은 어깨 너머로 뒤돌아봤다.

『그것』은 두 동강이로 절단되어 지면에 나동그라져 있었다. 놈의 육체가 먼지처럼 부슬부슬 허물어지는가 싶더니 곧 녹아내렸다. 동시에 주위를 가득 채우고 있던 일그러진 마력이 안개처럼 흩어져 갔다. 벽면을 뒤덮은 기묘한 물질도 색이 바래지고 빛을 잃은 채 무너진다.

안젤린은 도르토스를 돌아보며 물었다.

"⋯⋯이겼어?"

"그래, 우리의 승리다. 장하구나, 안제."

안젤린은 안도하면서 힘을 빼냈다. 쓰러질 것 같다. 도르토스가 허둥지둥 안젤린을 안아서 부축했다. 『흑발의 여검사』는 잠든 채 조용하게 숨소리를 내고 있었다.

○

모험가들이 떠난 폐던전은 정적만 감돌 뿐이다.

『그것』의 잔해 옆쪽에 누군가가 서 있다. 어둠 속에서 더욱 도드라지는 새하얀 후드 일체형 로브를 입고 있었다. 장신이다.

이미 다 녹아서 검은 물웅덩이로 화하고 만 『그것』을 보고 로브 차림의 인물은 혀를 찼다.

"한심한 녀석이군……."

낮은 목소리. 남자 같았다. 로브 차림의 남자는 물웅덩이 위쪽으로 손을 가져다 대고 무엇인가 영창을 읊기 시작했다. 손끝에 서린 빛이 물웅덩이에 반사돼서 반짝반짝 빛났다.

쓰르륵, 물웅덩이 안쪽에서 그림자가 몸을 일으켰다. 그렇게 일어난 그림자에게 빨려 들어가면서 물웅덩이가 사라진다. 『그것』은 흐늘흐늘 좌우로 흔들거리다가 로브 차림의 남자가 서 있음을 깨달았다.

『주인님……? 주인님.』

아장아장, 두 팔을 앞쪽으로 내밀며 『그것』은 로브 차림의 남자에게 다가갔다. 그러나 남자는 짜증스럽다는 듯이 『그것』을 난폭하게 냅다 걷어찼다.

"멍청한 놈! 내가 솔로몬으로 보이는가!"

그림자는 지면을 굴렀다가 비틀비틀 일어섰다.

『주, 주인님……? 어디야……? 바알은…… 여, 여기에, 이, 있는데……?』

로브 차림의 남자가 혀를 찼다.

"그만 떠들어라. 힘이 돌아올 때까지 얌전하게 지내도록."

곧이어 손을 뻗는다. 그러자 『그것』은 공중에 떠올라서 작고 검은 보석이 되어 남자의 손바닥 위에 내려앉았다. 남자는 보석을 품속에 간수하며 중얼거렸다.

"너무 조바심을 냈는가……? 아니, 올펜 길드를 잘못 판단했군. 무능한 놈밖에 없는 줄 여겼건만 이곳을 용케 찾아냈어……. 어쨌든 가장 큰 걸림돌은 『흑발의 여검사』군……. 뭐, 상관없다. 아직 아무것도 시작하지 않았으니까."

로브 차림의 인물은 발길을 돌려 떠나갔다.

○

안젤린이 깨어난 곳은 길드의 병실이었다. 옆쪽에 아넷사와 밀리엄이 걱정하는 얼굴로 앉아 있었다. 안젤린이 깨어나자마자 밀리엄은 곧 눈물을 뚝뚝 흘리고 흐느끼면서 안겨 들었다.

"안제! 다행이야! 죽는 줄 알았단 말야!"

"미리, 웬 호들갑을……. 아얏, 어깨가 아파……. 아프니까!"

"얘, 미리. 아프다잖아."

아넷사의 말에 밀리엄은 훌쩍훌쩍 울면서 몸을 떼어 냈다.

"아무튼 다행이야, 무사해서……. 진짜 마왕을 쓰러뜨렸구나."

쓴웃음 짓는 아넷사의 눈가에도 역시 눈물이 글썽거리고 있었다.

얼마나 잠들어 있던 걸까, 안젤린은 고개를 갸웃거렸다. 그러나 다친 어깨에 감아 둔 붕대를 제외하면 옷도 그대로였다. 어깨의 상처는 아직 욱신욱신 아프고 피로감도 여전히 몸에 남아 있었다.

물어봤더니 던전에서 돌아오는 돌아오는 도중에 내내 마차에서 잠들어 있던 것이 전부라고 했다. 날이 좀 어두워졌다 뿐이지 아직 해가 다 떨어지지도 않았고 병실 옆쪽의 로비는 와자지껄 소란스럽다. 다른 모험가들이 남아서 뭔가 의논을 하는 것 같았다.

"다들 여기에 있어……?"

"응. 마리아 씨는 목이 아프다고 먼저 가버렸지만."

"박정하다니까, 젊은 척 할망구!"

밀리엄이 흥흥거리며 화낸다. 안젤린은 피식 웃었다. 험한 말을 늘어놓으면서도 안젤린은 분명 괜찮을 것이라고 신뢰해줬을 마리아의 내심을 쉽게 상상할 수 있었다.

어깨는 좀 아프지만 못 일어설 지경은 아니었다. 휘청거리면서도 몸을 일으켜 아넷사와 밀리엄에게 부축받으며 병실 바깥으로 나갔다.

로비에서는 마왕 토벌에 참가했던 모험가들이 탁자를 두고 앉거나 벽에 기대서 이래저래 대화를 나누고 있었다. 아마 길드의 추후 활동 방침에 대하여 허심탄회하게 의견을 교환하는 것 같았다.

안젤린을 본 모험가들이 화색을 띠며 움직였다. 벌떡 일어선다거나 저마다 무기를 치켜들고 칭찬의 목소리를 높인다.

"안젤린! 흑발의 여검사!"

"마왕을 처치한 용사!"

"올펜의 수호신!"

"……그러지 마, 창피하게…….."

안젤린은 부끄러워하며 볼을 붉힌 채 꾸물꾸물 몸을 움직거렸다.

체보르그가 웃으며 안젤린의 머리를 마구 쓰다듬는다.

"껄껄껄껄!! 마왕을 쓰러뜨리다니 과연 대단하구나, 안제!! 제때 못 쫓아가서 재미를 몽땅 빼앗긴 나도 참 칠칠치 못한 놈이고!!"

"근육 장군……. 어깨가 아프니까 살살 좀…….."

"엉?! 뭐라고?! 안제, 방금 뭐랬냐?!"

"체보르그 씨, 안제 양은 어깨에 부상을 입었다고요. 거친 행동은 삼가주십쇼."

라이오넬이 체보르그의 팔을 잡아당겼다. 그러고 나서 안젤린에게 깊숙이 머리 숙였다.

"안제 양, 이번 활약에 진심으로 감사드립니다. 올펜의 길드 마스터로서 감사의 뜻을 전합니다. 거듭된 실책도 뭐라 사죄를 올려야 할지. 그대의 존재 덕분에 도시 올펜, 나아가서는 모험가 길드도 무사할 수 있었던 셈이죠. 어떤 감사의 말을 다 드려도 모자랄 지경입니다. 사태가 얼추 수습되면 정식으로 사례를……."

안젤린은 언짢은 얼굴로 라이오넬의 말을 가로막았다.

"길드 마스터가 그렇게 정중하니까 징그러워……. 하지 마."

"으, 으음……."

모험가들이 웃음을 터뜨리고 라이오넬은 쿡쿡 찌르며 놀린다. 라이오넬은 쓴웃음 짓고 머리를 긁적였다.

"그러면 뭐, 평소처럼……. 아무튼 말이야, 이제 바깥에 돌아다니는 재해급을 처리하면 나머지 뒷수습도 대강 끝나는 셈이야. 안제 양이 마왕을 무찔러준 덕분이지, 정말 고마워."

"그렇구나……. 아직도 조금 일이 남아 있었네."

"아니, 신경 쓰지 마. 그렇죠?"

라이오넬은 다른 모험가들을 돌아봤다. 팔짱을 낀 도르토스가 고개를 끄덕이며 말했다.

"나머지 일은 노부들이 맡아서 처리하마. 그러니까 안제야, 오래도록 고대했던 휴가를 원하는 대로 내도록 하거라. 더 이상 아무도 너를 붙들지 않을 게다. 애당초 군이 휴가를 낼 필요도 없어지지 않았느냐."

"그래도……."

"껄껄껄껄!! 신경 쓰지 말라니까, 안제!! 우리도 한바탕 더 날뛰고 싶단 게 아니겠냐!! 말하고 보니 부끄럽군!!"

체보르그의 말에 은퇴조 노모험가들도 웃음 지은 채 고개를 끄덕였다.

"그러면 모두 당분간 복귀하는 거야?"

안젤린이 묻자 라이오넬은 어깨를 으쓱거리며 대답했다.

"맞아. 그리고 기왕이면 다른 사람들 협력을 받아 길드의 근본적 개혁도 진행해볼까 싶어……. 중앙 길드처럼 별 실속도 없이 절차부터 따지고 드는 일 처리 방식은 못 써먹는다는 사실을 이번에 정말 뼈저리게 절감했거든……. 이제 올페도 독립된 지방 길드로 신규 체계를 마련하지 않는 한 똑같은 문제가 자꾸 일어날 테니……. 게으름 부릴 처지가 아니게 됐어."

"당연하고말고. 언제 어느 때 또다시 비슷한 위기가 발생할지 모르거늘. 라이오넬, 한 차례 이 지경까지 덜컥덜컥 흔들려봤다면 도망치지 말고 자네 스스로 튼튼하게 재건하는 게 도리 아니겠나. 그때까지 노부들이 눈에 불을 켜고 감독해주마."

"아이고, 차라리 바꿔주시면 안 됩니까? 도르토스 씨……. 저 같은 무능한 놈이 뻘뻘거린들 뭔 의미가 있다고요."

"이미 호랑이 등에 올라탄 처지 아닌가. 끝까지 책임지고 진행해야지. 게다가 혼자 끙끙대다가 폭주만 하지 않는다면 자네도 아주 몹쓸 실책을 저지르지는 않을 테지."

그 말을 듣고 체보르그가 호쾌하게 웃었다.

"뭘 갑자기 멋을 부리는 거야, 도르토스!! 마왕한테 창이 흠집 난 울분 때문에 날뛰고 싶을 뿐이잖냐!! 내가 다 안다, 이 친구야!!"

"거 시끄럽구나. 이 근육 얼간이가……."

"아하하. 후유……. 그나저나, 아주 바빠지겠군. 도시의 방위

체계라든가 영주님과 진지하게 상의를 해야 할 테고……. 아니, 이번에 예산이 탈탈 바닥났으니까 일단 돈부터 마련해야……. 끙, 길드 마스터는 무능한 놈이 놀고먹기에 딱 좋은 장식 역할이었을 텐데……. 여러분, 진짜로 많이 도와주셔야 합니다?"

라이오넬이 탄식했다. 안젤린은 만족스럽게 웃었다.

마음이 편해지니까 허기가 돈다. 뭔가 먹고 싶었다.

단골 주점에나 가볼까, 막 걸음을 떼는 안젤린에게 체보르그가 말을 건넸다.

"아, 맞다. 안제!!"

"왜? 근육 장군."

"라이오넬에게 들었는데 말이다! 너도 참 이런 상황에서 용케 도망을 안 쳤군!! 부담이 꽤 많이 쏠렸다면서?! 평범한 모험가라 면 질색을 하고 벌써 다른 길드로 옮겼을 테지!! 나라도 그랬을 게야!!"

도르토스도 고개를 끄덕였다.

"흠, 날마다 토벌에 또 토벌. 자유에 익숙한 모험가는 도저히 견 딜 수 없지. 더군다나 너는 아버지를 만나러 갈 계획이었다지? 의 뢰 따위는 무시한 채 가도 되었던 게 아니더냐? 이번 길드의 대응 은 전례가 없는 사태에 직면했다고는 하나 적잖이 억압적이었지. 무시한다고 모험가의 평판이 떨어질 일도 없었어."

두 사람의 말에 라이오넬은 민망해하며 머리를 긁적였다.

"그렇죠……. 저 역시 힘에 부치는 처지였다지만, 결국은 전부 길드의 잘못이었고요."

안젤린은 어리둥절하며 고개를 갸웃거렸다.

"왜냐면……. 내가 휙 사라져서 곤란해지는 건 길드가 아니라 일반인이잖아? 주점 마스터라든가 아네랑 미리가 살았던 고아원 이라든가, 제과점 점원이라든가……. 강한 모험가라면 약자를 돕 는 게 당연하다고 아빠가 말씀하셨거든……. 올펜을 내버리고 집 에 가 봤자 아빠는 절대 칭찬해주지 않을 테니까……."

도르토스, 체보르그를 비롯한 모험가들은 입을 떡 벌린 채 잠시 정신을 못 차리다가 갑자기 웃음을 터뜨렸다. 너나없이 모두가 진 심으로 유쾌하게 건물이 흔들릴 기세의 폭소였다.

"이거 아주아주 멋지군!! 안제, 너는 참 멋진 아버지를 뒀구나!!"

"아주 동감이다……. 맙소사, 나의 작은 그릇을 새삼 절감하게 되는군……."

"……안제 양이 길드에 남아줬던 게 전부 아버님 덕분이었구나. ……아저씨, 이제 안제 양 아버님께는 고개를 못 들겠어……."

고참 노병들 및 길드 마스터는 웃음 지었다.

아넷사는 감동한 표정으로 안젤린의 머리를 끌어안아서 마구 쓰다듬었고, 밀리엄을 또 울먹하면서 안겨 들었다.

열광하는 모험가들을 보고 안젤린은 의기양양하게 가슴을 편 채 소리 높여 외쳤다.

"맞아! 우리 아빠는 정말 대단한 분이셔!『적귀』벨그리프!『적 귀』벨그리프야! 꼭 기억해 둬!"

12 녹은 눈 사이로 군데군데

녹은 눈 사이로 군데군데 흙이 드러난 바닥 위에서 두 개의 인영이 맞서 검을 휘두른다. 한쪽은 적발, 한쪽은 백금발이다. 벨그리프와 사샤였다.

톨네라 마을에도 봄이 찾아들었다. 산과 들판에 일제히 꽃이 피어나는 한편, 쌓여 있었던 눈이 녹아서 지면에 얼룩무늬를 만들었다.

눈 아래쪽에서 얼굴을 내민 보리의 싹이 쑥쑥 자라나고자 태양의 빛을 잔뜩 받고 있었다.

초봄, 눈이 전부 다 녹으면 톨네라에서는 일제히 밭일을 시작한다. 보리를 밟고, 밭을 일구고, 덩이줄기를 심는다. 그 작업이 일단락되면 봄맞이 축제였다. 너나없이 모두가 겨울 동안은 양껏 움직일 수 없었던 몸을 힘차게 뻗어 일한다.

벨그리프도 봄철 농사일로 한창 부산스럽던 무렵이었다. 눈이 녹아서 오가는 길이 뚫린 덕분일 테지, 또 사샤가 찾아왔다. 뭔가 용무가 있어서 온 듯싶은데, 오자마자 곧장 일단은 검을 맞대고 싶다며 머리를 수그리는 터라 벨그리프는 쓴웃음을 지은 채 승낙했다. 겨울 동안 많든 적든 단련을 거른 날은 없긴 하지만 만족스러울 만큼 몸을 움직였던 것도 아니다. 오랜만에 마음껏 몸을 움직이고 싶다는 충동도 분명 느꼈기 때문이었다. 농작업과 검술은 쓰는 신체 부위가 다르다.

두 사람은 검집을 끼운 채 검을 휘둘렀다.

저번에 대전했을 때보다 사샤의 몸놀림이 훨씬 더 세련될 뿐 아니라 일격, 일격도 무거워졌다. 중심의 이동이 보다 매끄러워졌고 검을 팔만 움직여 휘두르는 경우가 눈에 띄게 적어졌다.

그런 까닭으로 당초는 어느 정도 대등했던 양상은 점점 벨그리프가 열세에 몰리게 됐고, 또한 평소답지 않게 열기가 차올랐다.

"큭! 이얏!"

"으음!"

사샤의 일격이 벨그리프의 검을 날려 보냈다. 사샤는 얼굴에 활짝 희색이 돌았다.

그러나 벨그리프가 즉각 손을 뻗어서 사샤의 손목을 거머쥐었다가 비틀어 올린다. 사샤는 비명을 지르며 검을 떨어뜨렸다. 그 목소리를 듣고 벨그리프는 깜짝 놀라서 손을 떼어 냈다.

"미, 미안합니다, 사샤 님! 깜빡, 버릇인지라⋯⋯. 다치지는 않았습니까?"

사샤는 눈물을 글썽이면서도 붕붕 고개를 흔들었다.

"아니에요, 전부 제 잘못입니다⋯⋯. 역시 스승님! 전투란 승리했다는 기쁨에 방심한 순간이야말로 가장 위험하다는 가르침이군요! 교훈을 주시기 위해 일부러 공격에 당한 척해주시다니⋯⋯. 저 사샤 보르도, 아직껏 미숙합니다⋯⋯."

"아, 아니요⋯⋯. 아닙니다, 아니에요. 저는 어디까지나 진지하게⋯⋯."

"다음에는 절대 방심하지 말고 꼭 한판을 따내겠습니다! 아무쪼록 실망하지 말아주십시오, 스승님⋯⋯!"

사샤는 여전히 울상을 지은 채 벨그리프의 손을 붙들고 애원했다. 어째서 이리도 대뜸 혼자서 판단하고 믿어버리는 걸까, 벨그리프는 쓴웃음 지었다. 뭐, 어차피 다음에 맞붙었을 때는 철저하게 완패를 당할 테지. 그러면 분명 오해도 풀릴 것이다.

벨그리프는 사샤를 달래 집으로 들어와서 차를 대접했다. 사샤가 향 좋은 차를 마시고 후유, 숨을 내쉰다. 벨그리프는 건포도를 꺼내 권하며 말했다.

"보르도는 이쪽 지역보다 밭일을 하는 시기가 더 빠르겠지요?"

"맞습니다, 이미 눈이 많이 녹았기에 여기저기에서 밭을 일구고 보리를 밟고 있죠. 마수의 숫자도 제법 줄은 덕분에 저 또한 최근에는 모험가 활동보다는 행정을 돕는 날이 늘었습니다."

"평화로우니 좋군요. 그나저나 어째서 마수가 줄어들었을까요?"

벨그리프가 말을 꺼내자 사샤는 어리둥절하는 얼굴로 되물었다.

"앗⋯⋯. 아직 소식을 전해 듣지 못하셨습니까? 올펜 근교에 숨어 있었던 마왕이 토벌됐습니다. 마수는 놈의 영향 때문에 늘어났었다던가요."

과연, 그런 일이 있었나. 벨그리프는 납득했다.

마왕이라는 존재가 진짜 있었다는 사실은 놀라웠지만, 곧 겨울 귀부인에게 들었던 말이 떠올랐다. 『일찍이 겨울마저도 지배하려고 했던 존재들』이란 마왕을 가리키는 말이었던가? 전승에 의하면 마왕은 한 개체가 아닐 터인데. 그럼 마왕을 자처하는 자가 잇따라 부활한다는 뜻인가. 그렇다면 이번 사태는 처음 한 번에 불과한 것이 아닌가.

상념에 잠긴 벨그리프의 앞에서 사샤는 살짝 흥분한 분위기로 말을 이었다.

"게다가 그 토벌 멤버가 굉장합니다!『용 살해자』마리아를 필두로 『백금』도르토스, 『격멸』체보르그, 그리고 마왕을 상대하여 손수 무찌른 사람은 다른 누구도 아닌『흑발의 여검사』안젤린 님이라더군요! 저는 틀림없이 이미 알고 계시는 줄로……."

벨그리프는 깜짝 놀랐다. 설마 딸아이가 세운 업적이었나.

자신도 이름을 알고 있는 거물 모험가들과 안젤린의 이름이 나란히 불린다는 것이 어쩐지 자기 일처럼 기쁘고 자랑스러운 반면, 너무 위험한 곳에는 가지 않았으면 하는 마음도 든다.

부모의 마음이란 복잡하구나 싶어서 벨그리프는 턱수염을 쓰다듬었다.

"톨네라는 겨울철이면 물자도 편지도 거의 못 들어오니까요……. 부끄럽게도 지금 들어서 알았습니다. 사샤 님, 감사합니다."

"아, 아닙니다……. 이럴 줄 알았다면 신문도 가지고 왔을 텐데요……."

"하하, 신경 쓰지 마십시오. 마수의 수가 줄었다면 딸아이도 천천히 집에 한 번 들를 테지요……. 아무튼, 어떤 용무가 있어 오셨습니까?"

"아, 그렇죠. 이번에는 언니의 심부름으로 왔습니다. 이 편지를 전해달라고요."

사샤가 건넨 것은 편지였다. 수신인은 촌장 호프만으로 쓰여 있었다. 벨그리프는 고개를 갸웃거렸다.

"제가 아니라 촌장에게 보내는 편지 같습니다만……."

"네, 실은 보르도부터 톨네라 방면의 길을 정비하자는 계획이 입안된 터라."

사샤의 말에 따르면 헬베티카는 가을 수확제 때 처음 톨네라를 방문했는데, 그때 정비되지 않은 험로를 이동하며 많이 놀랐을 뿐 아니라 보르도 백작이 다스리는 영지인데도 이래서는 왕래가 어려움을 느꼈다. 유사시에 고립될 가능성도 있었다.

게다가 가을 수확제 때 맛본 톨네라의 치즈 및 과일 가공품은 품질이 뛰어났다. 가도를 정비하면 그런 산물을 보다 효율적으로 바깥에 판매할 수 있을 테고, 톨네라도 보다 많은 물품을 들여올 수 있다는 설명이었다.

확실히 맞는 말이기는 했다. 만약 제대로 된 가도를 만들고 관리한다면 겨울에도 편지 및 물자가 오갈 수 있게 될지도 몰랐다.

그러나 물론 벨그리프 개인의 판단으로 결정할 사안이 아니었다. 게다가 애당초 편지의 수신인은 호프만이 아니었던가.

벨그리프는 편지를 들고 일어섰다.

"어쨌든 촌장을 찾아가봅시다."

호프만을 한창 밭을 일구고 있는 참이었다. 노동요를 부르며 당나귀와 함께 가래질을 하고 있었다.

"이보게, 촌장."

벨그리프가 부르자 호프만은 작업을 멈추고 다가왔다.

"오호라, 벨. 무슨 일이야?"

"잠깐 이야기 좀 하지. 이분은 보르도 가문의 사샤 님이시네."

벨그리프의 소개에 이어 사샤는 꾸벅 머리 숙였다.

"사샤 보르도라고 합니다. 톨네라의 촌장님이시군요? 오늘은 제 언니, 헬베티카 보르도의 심부름으로 찾아뵈었습니다."

"여, 영주님의 동생 되신다고요……? 제, 제가 실례를……."

무릎 꿇으려고 하는 호프만을 사샤가 허둥지둥 말렸다.

"아닙니다! 괜찮아요, 괜찮습니다! 절대 거들먹거리고 싶어서 온 것이 아닙니다!"

그 광경을 보고 벨그리프는 웃음 지었다.

"촌장, 내가 예전부터 생각했는데 말이야. 댁의 그 저자세는 뭔가 좀 이상하지 않나?"

"끙……. 촌사람이니까 어쩔 수 없잖냐."

호프만은 부끄러워하며 큰 몸을 움츠리고 말했다. 사샤가 쿡쿡 웃었다.

사샤를 비롯하여 보르도의 세 자매는 귀족답지 않게 평민을 대할 때도 별달리 거들먹거리는 태도를 취하지 않는다.

본래 보르도 가문은 지방 호족이 선조였고, 보르도 주변을 농민들과 함께 열심히 땀 흘리며 개척했던 인물의 자손이었다. 공국의 일부로 편입되어 작위를 하사받은 이후에도 본연의 기질은 변함이 없었던지라 세 자매는 정무 짬짬이 곧잘 영지를 돌아보기도 했고, 때로는 농민들과 함께 작업을 하는 경우도 있었다. 그럼에도 역시 거리가 먼 탓에 톨네라까지 찾아온 것은 지난 방문이 처음이었다만.

그러나 이렇듯 허물없는 일면을 지녔을지라도 행동거지 하나하나는 몹시도 우아하다. 그런 양면성이 세 자매에게 친근감과 거리감이 두루 느껴지는 신비롭고도 상반된 매력을 가져다줬다.

영주의 여동생을 길가에 세워 놓고 대화할 수는 없는 노릇이라면서 호프만은 자택의 마당 탁자 자리로 두 사람을 안내했다.

마당 구석에는 밀어다 놓은 눈이 산처럼 쌓여 있었다. 작은 아이들이 그 산을 막대로 쿡쿡 찌르거나 올라 다니면서 놀고 있었다. 호프만의 손주들이다.

"이봐, 마누라! 손님 오셨어! 가장 맛있는 차를 좀 내오게!"

호프만은 집 안에서 큰 목소리로 외치고 마당 앞 탁자에 사샤를 앉혔다. 조각구름이 떠다니고 있고 바람은 아직껏 쌀쌀맞게 와 닿아도 햇볕은 따뜻하다.

호프만은 편지를 읽고 흠흠, 고개를 끄덕거렸다.

"그렇군요, 가도를⋯⋯. 저희야 아주 감사합죠."

"이렇게 반가워해주시니 고맙습니다. 꼭 협력을 요청드리고 싶은 마음입니다."

"아이고, 기꺼이 협력해야죠. 벨, 괜찮겠지?"

벨그리프는 가져다준 차를 홀짝이며 동의했다.

"나쁜 일은 아니잖나. 다만 결정을 내리기 전에 한 차례 마을 주민들 모두에게 알리는 게 좋겠군."

"아, 그래야지. 뒤늦게 딴소리가 나오면 귀찮으니까 말이야! 사샤 님, 아마 아무도 반대는 하지 않을 듯싶습니다만, 먼저 절차를 밟고 다시 연락드려도 되겠습니까?"

사샤는 쾌활하게 웃음 지었다.

"물론입니다! 천천히 차분하게 대화를 나눠보십시오! ……이 차는 참 맛있군요!"

"오오, 입에 맞으십니까?! 이 녀석은 저희 집 마당에서 채집한 렌트 잎으로 만든 차입니다! 넬리 꽃잎을 말려서 조금 넣는 게 맛의 비결이죠!"

사샤에게 칭찬을 듣고 호프만은 매우 기꺼워했다. 벨그리프는 웃으며 차를 홀짝였다. 확실히 맛있었다. 렌트 잎 차는 벨그리프도 곧잘 끓여 마신다만, 넬리 꽃잎을 넣었을 뿐인데 이토록 달라지는가 싶어서 조금 놀랐다.

사샤는 잠시 담소를 나눈 뒤 돌아갔다. 초봄에는 보르도 가문 일원의 본분으로 분주한 모양이었다.

헤어질 때 사샤는 반짝반짝하는 표정으로 벨그리프의 손을 붙들고 붕붕 흔들어 댔다.

"그럼 스승님! 오늘은 이만 실례하겠습니다! 다음에는 꼭 스승님의 진짜 실력을 끌어낼 수 있도록 더욱 정진하겠습니다!"

"저기, 사샤 님……. 그러니까, 저는."

"안녕히 계십시오! 또 다음에 찾아뵙겠습니다!"

사샤는 씩씩하게 말에 올라타서 달려 나갔다. 본인이 AA랭크 모험가의 실력을 갖고 있는 만큼 호위는 딱히 필요하지 않은가 보다. 벨그리프는 탄식했다.

"착한 아가씨이기는 한데……."

"이봐, 벨. 아주 바빠지겠어! 당장 오늘 밤 주민 회의를 열자고! 으하하하하!"

호프만은 톨네라 마을이 생긴 이후 최대의 사업이라며 분발하는 모습이다. 벨그리프는 쓴웃음 짓고 턱수염을 비비 꼬았다.

뭐, 그쪽은 호프만과 케리에게 맡기도록 하자. 오후에는 아이들에게 검을 가르쳐야 하니까.

○

덜컹덜컹 짐마차가 흔들거린다. 곳곳에 눈이 남아 있지만, 이제 주위에는 완연한 봄기운이 가득 흘러넘쳤고 길가에서 푸른 새잎도 볼 수 있었다.

한 마리 말이 끄는 마차이고 고삐를 쥔 사람은 아넷사였다. 뒤쪽으로 연결된 짐칸에는 안젤린과 밀리엄이 화물 틈에 끼는 모양

새로 타고 있었다.

밀리엄은 남부의 건조 과일을 베어 먹으며 기분 좋게 말했다.

"공기가 맛있어! 가슴이 확 후련해진다!"

"후훗, 상쾌하겠지……. 이 주변은 공기가 무척 맑거든."

"그러게. 올펜은 역시 조금은 탁하니까 말이야……. 젊은 척 할 망구도 이런 곳에서 지내면 폐에 좋을 텐데……."

그렇게 무의식중에 중얼거린 밀리엄은 제풀에 놀라 시선을 돌렸다. 안젤린이 히죽히죽 웃으며 보고 있었다.

"……밀리엄은 마리아 할매를 정말 좋아하네."

"아, 아아아, 아니거든! 그런 할망구는 내 알 바 아니야!"

"후훗, 그렇다고 치고 넘어가주겠어……. 자, 아네."

안젤린은 히죽히죽 웃으며 고삐를 쥔 아넷사에게 건조 과일을 건네줬다.

"응. 고마워, 안제. 그나저나 역시 시간이 상당히 걸리네. 길도 꽤 나쁘니까 별로 빨리 움직일 수가 없고."

"그러게. 그래도 느긋한 게 좋지 않아?"

"맞아. 서둘러야 하는 여행도 아니고……. 아, 안제는 서두르고 싶은가?"

아넷사의 말에 안젤린은 고개를 가로저었다.

"이제는 나를 붙잡을 사람이 없어……. 휴가에 기한이 따로 있지도 않고. 정말 느긋한 기분이야. 후후, 갑자기 집에 가면 아빠가 깜짝 놀라겠지……."

마왕 토벌 후 한 달이 넘게 지났다.

마왕이 토벌된 무렵, 올펜에서는 눈이 녹기 시작했으나 톨네라는 아직껏 잔뜩 쌓여 있을 시기였다. 당장 집에 가려고 했던 안젤린은 어깨를 다친 까닭도 있었기에 눈이 녹을 때까지 어깨를 치료하면서 기다리기로 했다. 그리고 눈이 녹은 지금에 이르렀을 때 안젤린은 아예 짐마차와 말을 자기 돈으로 구입했다. 거기에 선물을 산더미처럼 쌓고, 아넷사와 밀리엄에게도 말을 붙여서 함께 드디어 귀성길에 올랐다.

그 이후 재해급 마수는 몇 번인가 출현했지만, 모두 고참 노병들이 별 어려움 없이 처리해줬다. 그들이 나머지 잔당이었는지 이제는 옛날처럼 하루하루 의뢰를 기다리며 사는 나날이 돌아왔다. 떠나갔던 모험가들도 조금씩 돌아오고 있다고 했다.

또한 제도에서 왔다는 라이오넬의 옛 동료들도 도착했다. 마왕 토벌이라는 대업에는 제때 참가할 수 없었지만, 그들은 도르토스 및 체보르그와 함께 길드 개혁에 종사하며 라이오넬에게 대단히 큰 도움이 되어줬다.

아직은 시험 단계이지만, 올펜의 모험가 길드는 길드 마스터 한 사람의 지휘가 아닌 합의제를 거쳐 방침 및 문제의 대책을 결정하도록 바뀌었다. 그리함으로써 올펜의 길드는 중앙 길드의 권익을 중시하는 방침으로부터 조금씩 벗어나고 있었다. 다만 중앙에서 상당히 압력을 가하는 터라 문제는 아직도 산더미처럼 쌓여 있다고 한다.

하지만 이미 안젤린은 여타의 일에 관심이 없었다. 올펜 및 주변 지역의 위협은 사라졌다. 거리낌 없이 벨그리프를 만나러 갈 수 있다는 것이 가장 중요했다.

그런고로 대략 8일쯤 전에 올펜을 떠나 보르도를 경유하여 지금은 톨네라로 향하는 마지막 여로에 있었다. 지금까지 불상사는 없었다. 오늘 중 도착할 예정이었다.

안젤린은 짐에 등을 기대고 머리 뒤쪽으로 깍지를 꼈다. 하늘은 푸르고 햇볕은 따뜻하다. 꾸벅꾸벅 졸다가 때때로 마차가 돌을 밟아서 덜컹 흔들릴 때마다 깨어났다.

살랑살랑 부는 바람은 봄의 내음이다. 막 싹을 틔운 새싹의 산뜻한 초록색은 고스란히 향기가 되어 불어온다.

"얘, 안제. 박하수는 어디에 넣었어?"

"응, 여기."

"미리, 나도 조금만 줘."

"알았어. 안제는?"

"……나는 괜찮아."

밀리엄이 박하수의 마개를 따자 가슴이 시원해지는 냄새가 피어올랐다. 밀리엄은 한 모금을 마신 뒤 아넷사에게 병을 건넸다. 아넷사도 한 모금 마시고 후유, 숨을 내쉬었다.

"드디어 안제의 아버님을 만날 수 있구나……. 기대되네."

"그래도 『적귀』라니까 무서울 것 같아……. 다정하게 대하는 사람은 안제 한 명뿐이라든가?"

밀리엄이 놀림조로 말하자 안젤린은 입을 삐죽거렸다.

"아빠는 절대 옹졸한 사람이 아니야……. 누구에게든 다정하고 진짜로 강하단 말야."

"하하, 안제가 이렇게까지 말하는 분은 정말로 대단할 거야……. 어라."

저쪽에서 말에 탄 소녀가 다가들기에 아넷사는 마차의 속도를 늦추고 길 한복판에서 살짝 옆쪽으로 움직였다.

말에 탄 소녀는 엇갈리던 때에 고개를 꾸벅 숙인 뒤 지나치려다가 무슨 까닭인지 퍼뜩 놀란 표정을 짓고 짐칸을 쳐다보더니 말을 되돌려서 마차 앞쪽으로 나섰다. 그리고 낭랑하게 울려 퍼지는 목소리로 말했다.

"잠시 걸음을 멈춰주십시오! 말 위에서 잠시 여쭙겠습니다. 짐칸에 계신 분! 그 멋들어진 흑안과 흑발……. 혹여나 『흑발의 여검사』 안젤린 님이 아니십니까?"

안젤린은 의아해하는 얼굴로 고개를 끄덕였다.

"맞는데……. 누구세요?"

소녀는 말에서 휙 내려서더니 쾌활한 미소를 띠며 다가왔다.

"오오, 역시나! 저는 사샤 보르도라고 합니다! 여동생 셀렌을 구해주셨다죠, 뭐라 감사의 뜻을 표시해야 할까 모를 지경입니다! 설마 이런 곳에서 만나 뵙게 될 줄은……."

소녀는 사샤였다. 마침 톨네라에서 돌아오는 길이었는가 보다. 동경하는 인물과 만난 감동으로 눈이 빛나고 있다.

그런데 안젤린의 얼굴에서는 표정이 사라졌다.

"……셀렌의 언니?"

"예! 같은 모험가로서도 안젤린 님의 활약과 인품은 존경하고……."

"그렇구나……. 바로 너였어……."

"앗!"

안젤린은 짐칸에서 뛰어내렸다.

흔들흔들, 흡사 유령과 같은 발걸음으로 사샤에게 천천히 다가든다. 무시무시한 투기와 위압감이었다. 살기마저 흘러나오는 것 같다. 분명 AA랭크의 실력을 지니고 있는 사샤가 본능적으로 두려움을 느끼며 뒷걸음쳤다.

"아, 안젤린 님……? 제, 제가 무엇인가 실례되는……."

"나를 제쳐 놓고 아빠를 빼앗아 가려 하다니 좋은 배짱이야……. 그렇지만 쉽게 내 엄마가 될 생각은 하지 말도록……."

"무, 무슨 말씀을 하시는 겁니까?!"

"시치미 떼지 마……. 아빠를 우격다짐으로 보르도에 데려가려고 했다는 이야기는 벌써 들었어……."

"아, 아뇨. 오해입니다! 그 소동은 제가 아니라 언니……."

"후, 후후……. 훗……. 변명은 듣지 않겠어. 네가 아빠의 멋과 매력을 틀린 데 없이 이해하고 있는가 내가 철저하게 확인해주지……!"

"무, 무엇을 하시려는 겁니까?!"

안젤린은 사샤의 어깨를 덥석 거머쥐고 얼굴을 들여다봤다. 수

라를 연상케 하는 무서운 낯빛이었다. 사샤는 과한 공포로 인해 「꺅!」 작게 비명 질렀다. S랭크 모험가는 이토록 무시무시한 존재였던가.

안젤린은 천천히 입을 열었다.

"……첫 번째 문제. ……아빠가 좋아하는 음식은?"

"꺅……. 예……? 으, 음식 말씀입니까? 벨그리프 님께서 즐겨 드시는 음식요?"

"맞아……. 빨리 대답해."

"모, 모르겠습니다! 함께 차를 마셨을 뿐 식사 자리를 함께한 경험은 없단 말입니다!"

사샤가 비명 지르듯 대답하자 곧장 안젤린은 훗, 비웃는 표정으로 바뀌었다.

"그런 것도 모르는 거야……? 잘 들어, 아빠는 양고기와 쿠리오 열매를 함께 넣어서 끓인 요리를 좋아하셔. 소금은 살짝 넉넉하게 간하고, 말린 오레가노로 향을 더하고……. 거기에 얇은 빵을 적셔 먹고는 하지……. 나도 무척 좋아해. 그리고."

"안제? 진정해, 이 바보."

아넷사가 머리를 쿡 찔렀다. 안젤린은 눈을 가늘게 뜨며 아넷사를 돌아봤다.

"뭐야? 지금 바쁜데……."

"말 좀 제대로 들어줘라……. 둘이 대화가 어긋났다고."

안젤린은 고개를 갸웃거렸다. 밀리엄은 짐칸에서 쿡쿡 웃고 있었다.

사샤의 간절한 해명 덕분에 오해는 간신히 풀렸다. 지레짐작으로 엉뚱한 사람을 잡은 안젤린은 얼굴을 붉힌 채 토라졌고, 사샤는 떨림이 멎질 않아서 주저앉았다. 그 등을 아넷사가 어루만져줬다.

"괜찮으세요? 저 녀석, 아버지 얘기만 하면 사람이 확 바뀌어서요……."

"네, 넷, 네에. 그럭저럭……."

사샤는 수차례 심호흡을 한 뒤 겨우 침착한 모습을 되찾았다. 밀리엄이 박하수를 마시라고 건넸다. 청량감 있는 물로 가슴을 비워 낸 사샤는 꾸뻑 머리 숙였다.

"감사합니다, 덕분에 조금 진정됐습니다."

"아녜요. 저희야말로 바보 친구가 실례를 저질렀죠. 자, 안제. 뭘 잘했다고 토라져 있는 거야. 빨리 사과드려."

안젤린은 시무룩한 표정 그대로 사샤에게 머리 숙였다.

"미안해요……."

"아, 아닙니다. 어쨌든 오해가 풀려 다행입니다……."

"그나저나 사샤 씨도 모험가였구나. 원래 귀족이었다가 몰락하면서 모험가가 된 사람은 좀 알고 있는데, 귀족 신분을 유지한 채 모험가로 활동하는 사람은 처음 만나봐."

밀리엄의 말에 사샤는 쑥스러워하며 볼을 붉었다.

"네, 평범한 귀족은 천한 직업이라며 모험가를 업신여기니까요……. 저는 아마도 꽤 드문 경우일 겁니다."

"AA랭크랬지? 조금만 더 활약하면 랭크도 올라가겠네."

"저는 아직도 멀었습니다! 하다못해 벨그리프 님의 진짜 실력을 끌어낼 만큼은 성장해야 비로소 어엿한 모험가 행세를 할 수 있겠죠."

"벨그리프……? 앗, 안제의 아버님 성함이잖아요. 사샤 씨는 안제의 아버님에게 검을 배우는 거예요?"

사샤는 눈을 반짝거렸다.

"예! 맞습니다! 안젤린 님의 춘부장이이자 제가 스승으로 모시고 있는 『적귀』 벨그리프 님! 탄복할 만한 검술을 지니고 계십니다! 오른 다리는 의족입니다만, 그 때문에 불편하다는 인상을 받기는커녕 오히려 의족의 특성을 활용하는 변칙적인 움직임을 몸소 고안해 내셨습니다! 휘두르는 검은 팔뿐 아니라 전신의 탄력을 사용하기 때문에 빠르고 무겁기까지! 또한 전술의 식견도 몹시 탁월하시죠! 아까 전 대련을 요청드렸을 때는 일부러 틈을 보여서 제 검에 적중되셨습니다! 그리고 스승님의 검을 날려서 기고만장한 제 손을 비틀어 올리시지 뭡니까! 전투에 임한 이상 승리의 순간에도 결코 방심하지 말 것! 오늘도 멋진 가르침을 전수받았습니다! 다음번에야말로 스승님의 진짜 실력을 이끌어 낼 수 있도록 저 또한 정진하려는 마음입니다!"

열변하는 사샤를 보고 아넷사는 살짝 질겁하는 내색이었다. 밀리엄은 흥미진진한 표정을 지은 채 듣고 있었다.

한편 안젤린은 소리도 내지 않고 사샤에게 쓱 다가붙더니 어깨를 와락 거머쥐었다.

"……사샤!"

"넷, 네엣!"

"내가 오해했어, 용서해줄래……? 너는 동지였구나……!"

그렇게 말한 뒤 안젤린은 감동한 표정으로 사샤를 끌어안았다.

"오…… 오오……! 인정해주시는 겁니까, 안젤린 님……! 저 사샤 보르도, 어서 그대를 따라잡을 수 있도록 노력에 또 노력하겠습니다……!"

사샤는 감격한 나머지 눈물 흘리며 안젤린을 마주 안았다. 그렇게 두 사람은 서로를 부둥켜안은 채 빙글빙글 돌아다녔다.

아넷사가 어이없어하며 중얼거렸다.

"뭐랄까……. 역시 둘이 대화가 어긋났다고 봐."

"후훗, 사샤 씨는 재미있는 사람이야."

일행은 잠시 환담을 나눈 뒤 사샤와 헤어져서 다시 톨네라로 길을 걸었다.

점점 개척된 토지가 모습을 드러냈다. 파릇파릇한 보리의 새잎이 녹기 시작한 눈 아래에서 얼굴을 내밀고 있다. 이제껏 눌려 지냈던 울분을 풀어내려는 듯이 아직은 자그마한 잎을 햇살이 내리비치는 방향으로 힘껏 뻗고 있었다.

이제 조금만 더 가면 톨네라에 도착한다. 거리가 가까워질수록 안젤린은 그리움으로 가슴이 벅차는 기분이었다.

"얼마 안 남았어……."

"오, 밭이 쭉 뻗어 나가네. 예뻐라."

아넷사가 기분 좋게 심호흡한다. 밀리엄은 장난스럽게 웃으며 안젤린에게 말을 건넸다.

"안제, 이제 곧 아버님이랑 만나겠네. 지금 기분은 어떠세요오?"

"정말정말 기뻐요……! 살아 있어서 다행이야……!"

"또 뭐래는 거니…….."

아넷사는 어이없어하면서도 말을 채찍질해서 속도를 살짝 높였다.

짐칸에서 보는 풍경은 이곳을 떠나던 때와 거의 달라진 바가 없는 듯 느껴졌다. 또래 아이들과 놀러 다녔던 평원, 벨그리프와 손 붙잡고 걸었던 샛길, 도토리를 주웠던 숲, 여러 추억이 눈에 뛰어들 때마다 안젤린은 가슴이 꾹 죄어들었다.

오래도록 쓸쓸했었다. 이제 곧 지난 쓸쓸함을 메울 수 있다.

그러나 동시에 묘한 불안감이 머리에 떠올랐다.

풍경은 바뀌지 않았다. 그런데 벨그리프는 어떨까?

안젤린에게는 올펜에서 벨그리프와 대신할 존재가 없었지만, 벨그리프에게는 혹시 있다면?

실제로 사샤라는 새로운 제자를 거두었다지 않은가. 사샤는 연령이 안젤린과 같았다. 쾌활하고 밝고 어여쁘다. 저토록 열렬하게 칭찬할 만큼 벨그리프에게 심취했다. 순수하게 경모해주는데 나쁜 기분이 들 리는 없었다.

또한 어린아이들은 톨네라에도 있지 않은가. 벨그리프의 성품을 감안하면 그 아이들도 자기 자식처럼 귀여워하겠지.

게다가 보르도의 여백작에게 구애를 받았다는 말도 들었다.

셀렌도 사샤도 미인이다. 그 둘의 언니라면 분명 아름다울 것이다.

비록 벨그리프는 거절했다지만, 혹시 그 이유가 자신 탓이었다면?

자신의 존재가 책임감 강한 벨그리프의 발을 족쇄처럼 묶어서 본심을 숨긴 채 자제하게 만들었을 가능성 또한 있었다.

자신이 없었어도 별반 쓸쓸한 시간이 아니었다면?

자신의 귀성을 별로 기대하고 있지 않았다면?

마음속으로 자신을 귀찮아했다면?

안젤린은 휙휙 고개를 흔들었다.

"……아빠는 그런 사람이 아냐……!"

그러나 불안은 멀리 달아나주지 않는다.

점점 마을이 가까워짐에 따라 불안은 커다래졌고, 그토록 돌아오고 싶었던 톨네라에서 불현듯 도망쳐버리고 싶은 마음이 솟구쳤다. 가슴속에 응어리가 차오른다.

마을 안에 들어섰다.

일하던 마을 주민들이 의아해하며 마차를 응시하다가 안젤린을 알아보고는 놀라서 눈이 커졌다. 말을 건네는 사람도 있었다. 그러나 안젤린은 머리를 살짝 수그린 채 그쪽을 보려고도 하지 않았다.

"안제, 어디로 가면 돼?"

아넷사가 물었다. 안젤린은 퍼뜩 놀라서 얼굴을 들어 올렸다. 반가움 가득한 낯익은 풍경이 눈에 들어온다.

"……저쪽."

마차는 안젤린이 가리키는 방향으로 나아갔다.

이윽고 한 채의 집 앞까지 왔다. 안젤린은 흠칫흠칫 집 방향을 바라봤다.

마당에 아이들이 모여 있었다. 손에 든 목검을 휘두른다. 그리고 벨그리프가 다정한 눈빛으로 지켜봐주고 있다.

가슴이 미어졌다. 눈물이 쏟아질 것 같다.

안젤린은 머뭇머뭇하는 발걸음으로 짐칸에서 내렸다.

아이들 중 하나가 안젤린을 알아보고 손가락으로 가리키며 뭐라 말한다. 벨그리프가 이쪽을 돌아봤다. 살짝 주름이 늘어났을까. 머리카락 색깔도 조금 바랜 듯 보였다.

그래도, 똑같았다. 똑같은, 다정함이 가득한 눈빛이다.

"……아빠! 나 있잖아!"

안젤린은 저도 모르게 달음박질쳐서 마당으로 뛰어들었다. 그렇게 벨그리프의 앞에 선 채로 아우성친다.

"나…… 나 말야! 정말 열심히 살았어! S랭크가 됐고! 마수를 잔뜩 해치웠고! 그리고, 또, 곤경에 처한 사람도 구했어! 얼마 전 마왕도 쓰러뜨렸고……. 그러니까, 나……. 열심히……."

건네고 싶은 말이 미처 정리되지 않아서 횡설수설하는 안젤린의 머리에 커다란 손이 사뿐히 내려앉았다. 오래도록 검과 가래를 쥐었던 탓에 울퉁불퉁한 손바닥으로 사랑스럽다는 듯이 천천히 머리카락을 쓰다듬어준다. 문득 몸에서 힘이 빠져나갔다.

"많이 컸구나."

"……응."

"머리카락도 자랐어. 잘 어울린다."

"……응."

"아주 어엿해졌어. 잠깐 누군가 못 알아봤단다."

"……응."

자신은 어째서 이런 사람을 의심해버렸던 걸까. 뚝뚝 눈물이 떨어졌다.

벨그리프는 방긋 웃었다.

"잘 왔다, 안젤린."

"……나 왔어요, 아빠!"

특별 수록
번 외 편

MY DAUGHTER
GREW UP TO
"RANK S"
ADVENTURER.

EX 작은 대모험

 이 이야기는 아직 안젤린이 여덟 살이었던 무렵으로 거슬러 올라간다.

 흙의 검은색과 눈의 하얀색이 얼룩무늬를 만든 밭에서 당나귀가 걷는다. 뒤쪽에 매단 가래를 붙든 농부가 때때로 이랴, 이랴, 당나귀 질타하는 대찬 목소리를 섞어 넣으며 낭랑하게 노동요를 불렀다. 당나귀는 노랫소리와 비슷하게 태평한 발걸음으로 왔다 갔다를 반복하면서 얼룩무늬였던 지면을 점점 검은빛 일색으로 물들여 냈다.

 눈 녹는 계절은 곧 바깥일의 시작이다. 겨울간 몸이 딱딱하게 굳었지만, 찌뿌둥한 몸을 이유로 게으름 부릴 시간은 전혀 없었다. 되도록 빨리 밭을 일구고, 덩이줄기를 심고, 봄 파종 밀을 뿌리고, 눈 아래에서 얼굴을 내민 가을 파종 보리의 싹을 밟아야 한다.

 막 싹튼 어린 풀을 뜯어 먹고자 양과 염소들도 활기가 가득 넘쳤다. 겨울 동안은 먹지 못했던 신선한 초록 풀에 온 정신을 쏟다가 가끔 밭까지 밀고 들어와서 보리의 새잎을 베어 먹는지라 농부가 화나서 고함지른다.

 조금 질척거리는 흙 때문에 악전고투하면서 벨그리프도 밭일

중이었다. 공동 경작하는 밭은 아니고 자기 집의 밭이다. 괭이를 내리칠 때마다 거무튀튀한 흙이 날 끝에 달라붙었다.

마을 공용의 넓은 밭은 당나귀로 경작을 진행하지만 각 가정에 딸린 작은 밭은 사람 손으로 괭이질해야 한다. 한 번 한 번씩 위에서 아래로. 그 움직임은 상단 자세에서 내려치는 검과 비슷하다. 단련도 겸하여 농사일을 하는 셈이었다. 그러나 결국 후려치는 곳은 지면이다. 괭이를 통해 충격이 몸에 돌아오는 터라 거듭거듭 반복하면 물론 허리며 등에 부담이 온다.

벨그리프는 자신의 몸과 상담하는 듯 천천히 일하다가 때때로 허리에 손을 가져다 대고 상체를 뒤로 젖혔다. 흙이 들러붙는 만큼 한 번 한 번의 움직임이 더욱 신중해진다.

이제 곧 봄맞이 축제가 다가온다. 여기저기 밭의 보리밟기는 대강 마쳤고, 봄 파종 밀과 덩이줄기를 위한 밭갈이는 8할쯤 완료되었다.

집 안에서 안젤린이 가벼운 발걸음으로 달려 나왔다. 작은 어깨걸이 가방을 멨고, 허리춤에는 단검도 꽂아 두었다.

"아빠, 다녀올게요~."

"응? 그래, 조심하거라."

마당을 가로질러서 곧장 건너편으로 달려간다.

놀러 가려는가 보군, 벨그리프는 딸아이를 잠시 바라보며 배웅했다. 그리고 다시 괭이를 휘둘렀다.

○

　눈석임물이 여기저기에서 시냇물이 되어 졸졸 흘러내렸다. 손을 넣으면 아리도록 차갑다. 내리비치는 햇빛은 봄기운을 품고 있건만, 살갗에 불어닥치는 바람은 아직껏 겨울의 싸늘함이 가시지 않았다. 숨을 내쉬면 물론 하얀 입김이다.

　안젤린은 마을 바깥의 평원을 걷고 있었다. 언제나 함께 놀러 다니는 또래 아이들은 없다. 혼자 아장아장 걸어간다. 발밑의 축축한 땅바닥에서 때때로 물이 배어 나왔다. 어떤 장소에는 물이 깊숙이 고여 있었던 탓에 안젤린은 그런 곳으로 발을 집어넣었다가 얼굴을 찌푸렸다.

　"쳇…… . 오늘도 푹푹 젖었어."

　이런 식이니까 발걸음도 저절로 신중해진다. 질퍽거릴 만한 장소는 피하고 큰 돌덩이 따위를 보면 골라서 밟아 나아갔다.

　익숙한 장소였다. 매일 아침마다 벨그리프와 걸어 다니는 곳이고, 친구와 자주 놀러 온 곳이기도 했다. 이 시기에만 흐르는 몇몇 냇물이 또 즐거운 놀이터인지라 눈이 녹은 이후는 친구들과 거듭 왔다. 그때마다 발 내딛기가 쉽지 않아서 모험을 하는 기분도 살짝 들고는 했다.

　내내 아래를 보며 걸어가다가 문득 얼굴을 들어 올리자 바위 위쪽에 앉아 있는 염소가 한 마리 보였다. 풀을 되새김질하는가 보다. 주둥이를 쉴 새 없이 우물우물하며 기다란 눈동자로 안젤린을 빤히 보고 있었다. 안젤린은 입을 삐죽거리며 염소를 마주 바라봤다.

"뭐야⋯⋯. 비밀이거든."

안젤린은 「쉿」 둘째 손가락을 입가에 대고 종종걸음으로 전진했다. 염소는 「메에」 울었다.

조금 더 이동하면 갑자기 나무가 빽빽하게 들어찬 숲이 나온다. 잎이 완전히 다 떨어진 나무도 있지만, 상록수도 무척 많아서 잎사귀와 나뭇가지에 막혀 햇살이 잘 닿지 않는 곳에는 아직 눈이 남아 있었다. 그 눈이 낮 동안의 기온으로 조금씩 녹아내리는가 보다. 똑똑 소리를 내며 물방울이 떨어지는지라 숲속은 비가 내리는 분위기였다.

하늘은 이렇게나 밝은데 말야, 안젤린은 쿡쿡 웃었다. 그러나 어깨며 머리에 차갑고 큰 물방울이 뚝 떨어질 때마다 깜짝깜짝 놀랐다.

혼자 숲에 들어오기는 처음이다.

평소에는 벨그리프와 함께 나와서 약초와 나무 열매, 버섯 따위를 채집했다. 다른 많은 아이들과 마찬가지로 안젤린도 숲에 들어오기를 무척 좋아했다. 안쪽으로 갈수록 녹음이 짙어지고, 큰 나무가 쓰러져 있는데 거기에 이끼도 나고 작은 나무가 거듭 자라나는 모습은 어린 나이인데도 안젤린의 마음에 뭔가 깊은 인상을 남겨줬다. 그렇게 쓰러져 있는 나무에 걸터앉아서 먹는 도시락이나 식후에 벨그리프가 들려주는 신기한 옛날이야기도 좋아했다. 정령과 숲속 생물들의 이야기다. 몹시 재미있었고 때때로 무서운 이야기도 있었다.

안젤린은 걸음을 멈춘 뒤 주위를 둘러봤다. 죽고 쓰러져 썩어 가는 나무에서 새로운 나무가 자라고 있다.

이곳에서는 삶과 죽음에 따로 구별이 없었다. 가만히 서 있으면 자신과 숲의 경계선이 애매해지는 기분이 든다. 여기저기에서 신기한 시선이 느껴지는 것 같았다. 벨그리프와 함께 언제나 드나들었던 숲이 혼자 왔을 뿐인데 전혀 다른 장소처럼 여겨졌다.

그렇기에 점점 더 숲속 안쪽으로 갈수록 안젤린은 심장이 고동쳤다. 모험심 덕에 기분이 고양되는 한편으로 왠지 모르게 무서웠고 불안감이 솟았다.

자신이 약하다는 생각은 하지 않는다. 매일같이 벨그리프에게 검술을 배워 익히지 않았던가. 뭔가 튀어나와도 허리의 단검으로 해치울 자신은 있다.

그렇지만 숲의 어둠은 불의의 습격자와는 다른 공포를 불러일으켰다. 만약 숲에서 나가지 못한 채 줄곧 헤매어 다니게 되면…….

안젤린은 불길한 상상을 떨쳐버리고자 머리를 획획 흔들었다.

"무섭지 않아……. 꼭 등화초를 캐서 돌아갈 테야……."

자신을 타이르듯이 중얼거리고 안젤린은 또다시 성큼성큼 걸어나아갔다.

○

　얼마 전 케리의 집에서 작은 연회가 열렸기에 벨그리프와 안젤린도 초대를 받아 갔었다. 허물없이 지내는 농부끼리 몇몇이 모여 농사일을 시작하는 참에 기운을 보충하려는 목적이다. 어른들은 맛보기라는 명목으로 사과주를 홀짝거리며 좋은 기분으로 웃고 떠들었다.

　사과주를 컵에 퍼 담으며 케리가 웃었다.

　"벌써 봄이야! 기쁘기는 한데 시간 참 빠르군!"

　"그러게 말이야……. 또 바빠지겠어."

　벨그리프가 중얼거리자 모여 있었던 농부들도 고개를 끄덕였다.

　"정신을 차리고 보니 봄맞이 축제더라고……. 이봐, 내가 보리의 발아 상태가 좀 나쁜 곳이 있거든."

　"엉? 어느 주변인데?"

　"서쪽 냇가 말이야. 씨앗을 조금 엷게 뿌렸는지도 모르겠어."

　"거 얼른 손을 써야지. 살짝 더 뿌려서 보충하는 게 어때?"

　"아니, 보리밟기를 정성 들여서 하고 비료를 넉넉하게 주세. 뿌리를 살찌우면 어떻게든 될 거야."

　"그런가? 우리 집은 비료가 꽤 넉넉하니까 양이 더 필요하거들랑 말해주게."

　"미안하군, 고마워."

　"벨, 자네 집은 씨감자는 충분한가?"

"그래, 별문제 없어. 우리 집은 밭도 별로 안 넓으니까 말이야."

"그런가……. 하하, 아무래도 올해는 감자가 너무 잘 보존됐단 말이야. 씨감자가 막 남아돌아."

벨그리프에게 말을 건넸던 농부가 멋쩍게 대꾸하며 머리를 긁적거리자 다른 농부가 웃었다.

"풍작이 오려는가 보군. 밭을 넓히지 그러나?"

"흠, 그럴까……. 케리, 이번에 당나귀를 좀 빌릴 수 있겠나?"

"아무렴, 괜찮고말고. 우리 집 밭일이 끝난 다음에 빌려줘야 할 테지만."

"그야 당연하지. 고맙게 신세 좀 지겠네."

안젤린을 무릎에 앉힌 채 벨그리프는 내일 할 작업을 떠올리며 사과주를 마셨다. 안젤린은 케리의 집에서 기르고 있는 고양이를 꼭 껴안고 폭신폭신한 털을 주무르며 몹시도 즐거워했다.

난로에서 타오르는 붉디붉은 불꽃이 냉기가 제법 스며드는 초봄의 밤에 따스한 빛깔을 곁들여줬다.

케리의 집은 부농이면서 가족이 많은 까닭도 있어 공간이 넓은 터라 아이까지 포함하여 열 명 이상이 한자리에 모여도 아직 여유로웠다. 벨그리프가 낮에 잡아서 들고 온 들새를 케리의 부인이 구워줬다. 맛깔나는 고기를 쩝쩝 먹어 치우고 사과주를 홀짝이면 내일 또 농사일할 기력도 솟아나는 법이다.

농부가 모이면 일 얘기 나오는 것이 보통이지만, 다들 기대하고 있는 행사는 일을 얼추 마무리한 다음에 열게 될 봄맞이 축제였다. 매년 달력 날짜로 봄의 첫째 날에 치른다. 대부분은 그보다 먼저 눈이 녹아내리기에 밭일은 이미 시작한 시기이다. 한창 농사일이 바쁠 무렵과 겹치지 않도록 마을 사람들은 겨울이 끝나면 봄맞이 축제 전까지 열심히 땀 흘리면서 한 단계 일을 끝내 놓았다. 그러고 나면 농사일이 일단락된 것을 축하하듯이 달력상의 봄이 찾아온다.

봄맞이 축제 때 내놓는 음식은 겨울 저장품의 재고가 중심이기에 가을 수확제의 진수성찬에는 물론 못 미치지만, 그럼에도 겨울을 나고 맨 처음 일감을 마친 다음의 축제는 각별한 맛이 있었다. 일하는 만큼 즐거움이 기다리고 있기에 농부들도 이마에 땀을 뻘뻘 흐르는 노동을 싫어하지 않는다. 오늘처럼 작은 연회 자리에서는 곤드레만드레 취하도록 마시지 않으나 봄맞이 축제 때는 작정하고 만취하도록 마시는 게 허용된다.

"올해 사과주는 조금 새큼한가?"

"아니, 이 통만 새큼한 게지."

"봄맞이 축제의 술 마시기 시합이 기대되는군. 올해는 어느 집 사과주가 맛있으려나?"

"그건 축제 당일의 즐거움이지."

"벨은 올해도 등화초를 캐러 갈 텐가?"

"그래."

"아주 열심이군. 종이 등롱이면 충분할 텐데."

"하하, 내가 고집을 부리는 거지. 아버지와 어머니가 좋아하셨으니까……."

벨그리프는 그렇게 말한 뒤 웃고는 컵 안의 사과주를 들이켰다.

등화초라는 풀은 초봄에 램프처럼 둥글고 튼튼한 꽃을 피운다. 작은 공만 한 크기의 꽃은 밤이 오면 꽃가루가 희미하게 파르께한 인광을 발하는데, 수술에 증류주를 뿌리면 꽃가루가 알코올에 반응하여 인광이 주홍색으로 바뀐다.

봄맞이 축제는 진혼의 축제이기도 했다. 톨네라의 토착 신앙에서는 가을 수확제 때 주신 뷔에나와 정령을 축복하는 한편 선조의 영을 맞아들인다. 돌아온 선조의 영은 겨울간 집에 머무르면서 무사히 겨울을 날 수 있도록 자손을 지켜준다. 그러다가 무사히 봄이 찾아오면 곧 사자의 세계로 돌아간다, 그런 믿음을 갖고 있었다.

그 때문에 낮 동안은 선조의 영과 부어라 마셔라 하는 연회를 즐긴 뒤 저녁때가 가까워지면 눈석임물이 흐르는 강에 주홍색 등화초를 흘려보내서 선조의 영을 배웅한다. 그다음은 또 밤이 깊어질 때까지 선조를 배웅하는 연회 차례다.

다만 등화초가 사용된 것은 이미 꽤 옛날이야기였다. 현재는 잘 사용되지 않고, 나무로 뼈대를 세워 종이를 바른 등롱에 초를 넣은 물건을 쓴다. 옛날에는 아마 지금처럼 종이를 어렵지 않게 구할 수가 없었기 때문일 것이라고 마을의 노인들은 말했다.

한때는 평원에도 등화초의 군생지가 있었는데 그곳은 조부들의 대에서 보리밭으로 바뀌고 말았다고 한다. 등화초는 햇볕이 잘 드는 비옥한 토지에서만 자란다. 그런 토지는 밭을 일구기에도 좋은 땅인지라 조금씩 개간을 진행한 결과 마을 근처에서는 어쩌다가 우연히 피어나는 경우가 전부였다.

그런 사정으로 지금은 종이 등롱이 주류로 자리 잡았지만, 톨네라에 돌아온 이후 이제껏 쭉 벨그리프는 매년 초봄에 등화초를 채집하러 나갔다. 어릴 적에는 아직 등화초를 쓰는 집도 많았고 부모님이 특유의 주홍색 빛을 좋아했다는 이유가 크게 작용했다.

부모님의 기억은 이미 감감하다. 아버지는 벨그리프가 일곱 살 때, 어머니는 열한 살 때 죽었다. 사랑받았던 기억은 있다. 그러나 아버지의 얼굴은 전혀 떠오르지 않았고, 최근 들어서는 어머니의 얼굴도 잊어버릴 것 같았다. 다만 강을 따라서 흘러가는 등화초의 주홍색 불빛을 애정 어린 시선으로 바라보던 부모님의 옆얼굴은 영상이 아닌 그 광경을 본 순간 자신의 감각이자 기억으로 벨그리프의 마음에 각인됐다.

효도하기도 전에 세상을 떠난 부모에게 바치는 최소한의 성의. 그래서 매년 등화초만큼은 꼬박꼬박 채집하러 다니고 있다. 그 주홍색 빛을 보면 부모님의 기억이 새삼 새겨지는 기분이 들고는 했다.

밤이 깊어지기 이전에 자리를 파한 뒤 벨그리프는 안젤린을 업고 귀로에 올랐다. 안젤린은 꾸벅꾸벅 졸다가 바깥의 차가운 공기에 닿아 눈을 떴는지 꾸물꾸물 벨그리프의 등에서 몸을 움직거리며 말을 건넸다.

"아빠."

"응, 불렀니?"

"또 등화초를 찾으러 갈 거야……?"

"그래, 올해도 가야지. 바빠서 힘은 좀 들겠지만, 할아버지와 할머니가 많이 좋아했거든."

"응……. 그래도, 밭일도 해야 하는데……."

"하하, 그야 어쩔 수 없겠지. 매년 겪는 일이라 이제 익숙하단다."

"그렇구나……."

안젤린은 벨그리프의 등에 얼굴을 파묻으며 눈을 감았다.

○

조금이나마 아빠에게 보탬이 되고 싶다는 마음이었다.

벨그리프는 매일 열심히 땀 흘려 일한다. 밭을 일구다가 시간이 나면 숲이며 산을 드나들었다. 자신의 몫이 아닌 다른 사람의 밭일도 거들었고, 식사를 차리는가 하면 청소도 빨래도 한다. 안젤린이 양껏 도와도 일솜씨는 도저히 당할 수 없었다. 작은 몸으로 밭일에 힘써 봤자 한계는 뻔했다.

안젤린이 가장 잘하면서 도울 수 있는 일은 숲에서 하는 채집이었다.

관찰력에는 자신이 있다. 벨그리프가 발견하기보다 먼저 약초며 나무 열매와 버섯 따위를 찾아낸 적도 많았고, 한쪽 다리가 의족인 터라 벨그리프에게는 꽤나 불편한 나무 타기도 특기였다. 가을이면 스륵스륵 나무를 타고 올라가서 으름덩굴 열매며 머루를 땄다.

그러니까 등화초를 캐내서 갖고 가자는 생각이었다. 초봄은 안 그래도 바쁜 시기다. 숲속 깊은 곳까지 들어갔다가 돌아오려면 무척 고생이다. 조금이나마 벨그리프에게 쉴 시간을 만들어주고 싶었다.

안젤린도 등화초를 함께 채집하러 간 적이 있다. 벨그리프를 따라 숲을 지나서 산기슭과 가까운 트인 장소로 이동했었다.

등화초 군생지는 서쪽 산기슭을 따라서 나아가다가 산을 돌아든 곳에 있었다. 산을 오르는 것은 아니지만, 숲속을 내내 나아가야만 한다. 초봄의 숲은 울창해서 시야가 제한되는 데다가 지면은 철벅철벅 습기가 많았다.

그렇게 숲을 빠져나오면 갑자기 풍경이 탁 트이고, 살짝 경사진 지면에서 무수히 많은 등화초의 둥근 꽃잎이 바람에 흔들거렸던 기억을 떠올렸다. 몹시도 아름다운 광경이었다.

"아빠가 칭찬해줄 거야……. 에헤헤……."

등화초를 갖고 돌아온 자신을 보고 벨그리프가 칭찬해주는 장면을 상상하며 헤실헤실 웃는다. 몰래 나왔던 까닭은 놀래주기 위함이기도 했다. 자신의 쑥쑥 성장한 솜씨를 알면 벨그리프도 기뻐해줄 테지.

안젤린은 큰 바위에 등을 기대고 휴식 시간을 가졌다. 햇볕이 닿아 따끈따끈 포근했다.

마침 해가 서쪽으로 기울어지기 시작한 무렵이다. 배도 고팠다.

안젤린은 가방에서 딱딱하게 구운 빵과 염소젖 치즈를 꺼내 베어 먹었다.

빙 둘러본다. 숲속 깊은 곳이다. 혼자 이런 곳까지 오고 말았다. 벨그리프를 제외하면 마을 어른들도 오지 않는 장소였다. 그런 생각을 떠올리자 안젤린은 살짝 무섭기도 했고, 또한 뿌듯하다는 기분도 들었다. 이번 모험은 쭉 동경했던 모험가가 되기 위한 첫 번째 걸음으로 남을 수도 있겠다.

"후후……. 나는 모험가올시다……!"

안젤린은 일어서서 눈앞에 마수가 나타났다는 기분으로 단검을 뽑아 슉슉 휘둘렀다. 점점 더 신바람이 났는가 보다, 제자리에서 검만 휘두르는 게 아니라 다리까지 움직여 가며 혼자 연무라도 하는 양 모양을 냈다. 머릿속에서는 이야기가 전개되고 있었다.

강력한 마수가 출몰했다고 가정하자. 아빠는 무척 강한 사람이지만, 기습을 당한 바람에 부상을 입고 말았다. 그때 날렵하게 등장하는 나!

안젤린은 누군가를 보호하는 시늉을 하며 매섭게 눈앞을 노려봤다.

"아빠……. 이제 괜찮아! 자, 덤벼라, 마수! 내가 상대하마!"

마수는 분명 용이나 마왕처럼 무척 강한 녀석이다. 아빠가 부상을 당할 정도인걸. 그래도 나는 지지 않는다. 왜냐하면 아빠한테 검을 배웠으니까. 나는 아빠를 빼고 누구에게도 지지 않는다. 절대로.

안젤린은 점점 더 신을 내면서 기합 소리와 대사도 떠들썩하게 섞어 혼자 검을 휘두르고 뛰어다녔다.

"이얏! 얍! 으음, 제법이군······! 틀림없이 전설의····· 드래곤이렷다!"

공상 속 용을 상대로 하는 전투는 더욱 격렬해졌고, 마침내 필살의 일격이 용의 목을 베었을 때 안젤린은 완전히 지쳐버렸다. 열중해서 뛰어다녔던 까닭에 살짝 땀까지 흘렸다.

안젤린은 다시 바위에 등을 기대고 주저앉아서 후유, 숨을 쉬었다. "고된 싸움이었다······."

아직도 안 끝났었나 보다.

점심밥도 먹었겠다, 잔뜩 움직였겠다, 햇볕은 따끈따끈 포근하겠다. 불현듯 수마가 덮쳐들었다. 어느새 잠든 안젤린은 새근새근 숨소리를 내고 있었다.

○

"케리이이이이······."

"으앗?!"

밭에서 돌아오는 도중, 이 세계의 종말을 맞이한 듯한 얼굴로 벨그리프가 나타났기에 케리는 간이 떨어지는 줄 알았다. 태양은 벌써 가라앉은지라 땅거미가 깔렸고, 주위는 온통 어두웠다. 근처에 올 때까지 누구인가 못 알아봤을 정도다. 안 그래도 괴물과 떡 마주칠 만한 시간대였기에 케리는 저도 모르게 비명을 질러버렸다.

"베, 벨이냐! 놀랐잖아, 어이구……."

"안제가…… 안제가 돌아오질 않아……. 이렇게 어두운데……."

"엉? 안제가? 애들끼리 노는 건 아니고?"

"다른 집 아이들은 다 벌써 돌아왔다더라……. 어, 어어, 어떡하냐, 케리……. 설마, 유괴를……. 아니면…… 오오, 안제……."

뭔 상상을 한 것인지 벨그리프는 두 손으로 얼굴을 감싸 쥐고 비통하게 신음했다. 케리는 한숨 쉬고는 벨그리프의 어깨를 두드렸다.

"이봐, 벨. 자네답지 않군. 일단 진정 좀 하게."

"어, 어, 어떻게 진정할 수가 있겠나! 지금까지 이런 일이 없었단 말일세!"

언제나 침착하고 줏대가 흔들리지 않는 벨그리프가 이렇게 혼란에 빠진 모습을 마주하려니까 케리는 불쑥 우스워졌지만, 어쨌든 웃어넘길 만한 상황이 아니었다. 조금 거칠게 벨그리프의 어깨를 붙들어 잡고 흔들었다.

"멍청아, 너부터 이리 당황하면 어쩌자는 거냐! 이런 꼴이면 찾을 아이도 못 찾는다고!"

"으음……. 그, 그렇지……. 미안하네……."

"아무튼 안제를 본 녀석이 없나 물어보세나. 나도 짬 나는 녀석들더러 도와달라고 말할 테니까."

"그래……. 고마워……."

간신히 침착함을 되찾은 벨그리프는 마을 주민들에게 안젤린을 혹시 못 보았느냐고 묻고 다녔다. 대부분의 마을 주민들은 알지 못했을뿐더러 아이들도 오늘은 안젤린과 논 적이 없다고 말하기에 거의 정신을 놓을 뻔했다. 그러다가 마을 바깥에서 양에게 풀을 먹이고 있던 목동으로부터 목격 증언이 나왔다.

"혼자 걸어가던데? 아마 숲 방향으로 갔던 것 같아."

벨그리프는 안색이 핼쑥해졌다. 혼자서 숲에? 무엇을 하러?

"······설마 등화초?"

고민할 틈은 없었다. 벨그리프는 서둘러 집에 들러서 검을 낚아챈 뒤 램프를 내세운 채 숲을 향하여 달렸다. 마주치는 마을 주민이 의아한 표정을 짓고 말을 건넨다.

"이봐, 벨. 무슨 일이야?"

"안제를 찾으러 다녀오겠어!"

대낮에도 어두컴컴한 숲 안쪽은 밤이 오면 더욱더 어둡다. 발 주변이 보이지 않는 데다가 의족인 만큼 발걸음이 느려졌다. 아주 살짝만 걸음을 잘못 디뎌도 몸이 휘청거린다. 좁은 의족만으로 지면을 밟고 버틸 순 없기 때문이었다.

썩은 나무를 밟으면 지팡이처럼 뾰족한 의족은 쑥 박힌다. 젖은 돌을 밟으면 미끄러진다. 날이 밝다면 시야에 들어오기만 해도 무의식중에 그런 위치를 피했으련마는 램프의 불빛만 갖고는 판단이 되지 않았다. 그런 데다가 마음에 여유도 없지 않은가. 어쩔 수 없이 걸음걸이가 거칠어졌다.

벨그리프는 안달복달하며 큰 목소리로 안젤린의 이름을 부르는 한편 빠른 걸음으로 나아갔다. 그 목소리는 나무에 부딪쳐서 되돌아오며 허망하게 메아리칠 따름이었다.

○

불현듯 싸늘한 바람이 부는 바람에 안젤린을 몸을 떨면서 벌떡 일어났다.

"……응? 여기가, 어디였더라…….”

주변은 온통 어둡다. 낮잠을 자는 사이에 어느덧 밤이 되어버렸다.

어째서 자신이 이곳에 있었던가, 안젤린은 고개를 갸웃거리다가 곧 숲에 들어왔었다는 사실을 떠올렸다. 그리고 당황했다.

"어, 어떡하지…….”

어두워지기 전에 숲에서 나가려고 했다. 그리고 벨그리프에게 이번 모험 이야기를 들려주며 함께 저녁밥을 먹을 예정이었을 텐데.

그런데 벌써 밤이었다. 짙은 어둠은 여기저기에 자리를 잡았고, 여러 나무의 윤곽은 그림자의 농담만으로 어렴풋이 알아볼 수 있는 지경이다. 올려다본 하늘에서 깜빡깜빡 빛나는 별이 그나마 위안이었다.

"서쪽은…… 저기야.”

안젤린은 별을 보고 방위를 파악했다. 그 방법은 벨그리프에게 배웠다. 비록 한밤중 숲에 들어오는 경험은 처음이었어도 이야기

273

만큼은 들어 두었다. 시각은 제 구실을 못 하기 때문에 후각 및 청각을 잘 활용할 것. 그리고 무엇보다도 야간 행군은 정말 부득이한 상황을 제외하면 되도록 피할 것.

"그래도……."

이런 곳에서 가만히 있기는 너무 무서웠다. 방금 전까지 몸을 기대고 있었던 큰 바위마저도 싸늘하게 자신을 내려다보는 듯 느껴졌다. 어둠의 저편에서 형체가 없는 무엇인가가 이쪽을 보고 있는 기분이 든다. 검으로 벨 수 있는 상대는 차라리 낫다. 그러나 제 의지와 관계없이 저 어둠 속으로 끌려 들어가서 영원히 헤매야 하는 신세라면 절대 사절이었다.

어쨌든 등화초가 있는 곳을 찾아가보자, 안젤린은 마음을 추슬렀다. 딱히 명확한 이유가 있어서 내린 결정은 아니었다. 그러나 혼란에 빠진 어린아이의 마음에는 당초의 목적을 찾아간다는 단순한 동기가 가장 빠르게 와닿았을 뿐이다.

안젤린의 다리를 움직이고 있는 힘은 공포심과 적막감이 전부였다. 몸을 움직이면 그런 감정을 다소나마 달랠 수 있었다.

처음 잠시는 손으로 더듬질하듯 걸어야 했다. 그러나 어둠에 차츰 눈이 적응되면서 애매했던 한밤의 숲이 으스름하게나마 점점 보이게 됐다. 넘어지지 않고자 필사적이었던 걸음걸이가 점점 더 매끄러워진다. 그에 따라서 마음이 차분해졌고, 또다시 용기가 솟아나는 것 같았다.

불쑥 밤새가 깍깍, 소리를 내며 날아올랐다. 날갯소리와 나뭇가지 흔들리는 소리가 울려 퍼졌다. 안젤린은 놀라서 단검을 뽑아 겨눴다. 얼마간 차분해졌던 마음이 또 술렁였다. 심장이 두근두근 울린다. 자신의 호흡 소리가 몹시도 크게 들려왔다.

"으으……."

울컥 솟아나는 눈물을 손등으로 훔치며 안젤린은 다시 걸음을 뗐다. 한기가 오싹오싹 살갗을 찔렀다. 손과 손을 맞비볐다. 호호, 내뿜는 입김은 새하얗다.

추위와 불안감 때문에 조바심 내며 한동안 다리를 움직이던 안젤린은 문득 주위를 둘러보다가 파랗게 질렸다. 방위는 알겠는데 정작 자신의 위치는 도통 짐작도 가지 않았다. 막연하게 서쪽 방향을 목표로 이동했다만, 무작정 줄곧 걸었던 행동이 잘못이었나 보다.

안젤린은 결국 주저앉아서 무릎을 끌어안고 말았다. 불안감을 못 이기고 눈물이 뚝뚝 쏟아진다. 어째서 자신은 겁 없이 혼자 등화초를 찾겠다고 나왔던 걸까. 후회가 마음을 지배했다.

아빠는 걱정하고 있을까. 지금쯤 나를 찾아다니고 있을까.

벨그리프에게 걱정을 끼쳤다는 것이 한심하기도 했다. 본래는 등화초를 갖고 돌아가서 성장했다고 칭찬을 듣고 싶었으니까. 이 래서는 성장은커녕 민폐만 잔뜩 끼치는 셈이잖은가.

"……나는 바보야. 안젤린 바보."

안젤린은 두 손으로 자신의 뺨을 찰싹찰싹 때렸다. 뺨이 화끈화 끈 뜨거워진다. 이미 손가락은 싸늘하게 식었다.

이러지도 저러지도 못하는 곤경에 처한 안젤린은 한동안 주저 앉은 채 움직이지 않았다. 어깨를 끌어안고 문질렀다. 안 움직이고 가만있었더니 등줄기가 오싹거렸고, 이빨도 자꾸 덜덜 떨렸다. 이를 꾹 악물려고 하면 할수록 더욱 덜덜거리며 소리가 났다.

어서 움직여야 하는데. 그러나 떨림이 더욱 거세지면서 몸이 제대로 움직여지지 않았다. 호흡이 가빠지고 하얀 숨결은 쉴 새 없이 허공을 떠돌았다.

갑자기 지면에서 연두색 빛이 일렁거렸다. 안젤린은 놀라서 얼굴을 들어 올렸다.

"와아……."

저도 모르게 탄성이 새어 나왔다. 마치 반딧불처럼 작은 빛 덩어리가 소리도 없이 명멸하며 여기저기에서 한가득 날아다니고 있었다.

안젤린은 가만히 손을 뻗어서 그 빛을 잡아봤다. 그러나 분명 손안에 쥐었는데도 막상 펼쳐서 보면 빛은 이미 사라졌다. 뜨겁지도 않고 차갑지도 않았다. 인광 같은데도 벌레는 아니다. 애당초 이런 계절에 반딧불이 날아다닐 리 없었다.

빛은 어두웠던 숲속을 다소나마 밝게 비쳐줬다. 나무와 바위가 연두색을 머금고 도드라졌다. 환상적인 광경이었다. 안젤린은 슬픔도 다 잊고 홀린 듯이 시선을 빼앗겼다. 일전에 벨그리프가 들려준 숲 이야기 동화가 떠올랐다. 거기에서도 이런 식으로 녹색 빛에 감싸이는 장면이 있었던 것 같다.

그때 멀리서 목소리가 들렸다. 안젤린은 깜짝 놀라서 주위를 둘러봤다. 분명 자신의 이름을 부르는 목소리다. 잘못 들을 도리가 없을 만큼 몹시도 좋아하는 목소리다.

"아빠~! 여기야~!"

안젤린이 큰 목소리로 외치자 건너편에서 대답이 돌아왔고, 곧 버석버석 덤불을 밀어 헤치는 소리가 들렸다. 잠시 후 램프로 보이는 희미한 황색 불빛과 거기에 비추이는 적발이 보였다.

"안제!"

"아빠!"

솟아나는 안도감 덕에 긴장의 끈이 끊어졌을까, 안젤린은 다시 눈물을 뚝뚝 흘리며 벨그리프에게 달려가서 품속에 뛰어들었다. 벨그리프는 살짝 거칠게 힘 있는 손길로 안젤린을 어루만져줬다.

"어디 안 다쳤니?! 몸은 괜찮고? 아아, 다행이다……. 이 녀석, 이 말썽꾸러기! 얼마나 걱정했다고!"

"잘못했어요……. 잘못했어요오……. 으아아앙!"

○

한바탕 울고 난 안젤린은 벨그리프의 무릎 위에 앉아 있었다. 커다랗고 따뜻해서 무척 안심이 된다.

램프의 불빛에 비추이는 벨그리프의 모습은 엉망이었다. 몇 번을 넘어졌는지 옷은 여기저기 진흙투성이였고, 아마도 나뭇가지가 얼굴을 때렸는지 볼에 찰과상이 나 있었고, 머리카락에는 낙엽과 진흙이 붙어 있었다. 안젤린은 미안한 마음이 가득 들어찼지만, 벨그리프는 전혀 신경 쓰지 않는 기색이었다. 어쨌든 안젤린이 무사하다는 사실에 만족한 듯싶었다.

"잘도 혼자서 이런 곳까지 왔구나……."

"응……."

"그래도 두 번은 안 된다? 아빠가 너무 걱정하다가 큰일 날 뻔했어."

"응……. 잘못했어요……."

풀 죽어 대답하는 안젤린을 벨그리프는 미소 지으며 안아 일으켜줬다.

"자, 가볼까."

"응. 집에 돌아가는 거야?"

"아니? 애써 여기까지 왔잖니. 기왕에 이렇게 된 거 등화초를 캐서 돌아가자꾸나."

안젤린은 눈이 동그래졌다.

"그, 그래도, 한밤중 숲은 위험할 텐데……."

"이 녀석아, 위험한 줄을 알면서 혼자 오면 안 됐잖니."

"으으……."

또 의기소침하는 안젤린을 보고 벨그리프는 쿡쿡 웃다가 안젤린의 머리에 톡 손을 얹었다.

"괜찮아. 아빠랑 같이 다닐 테니까."

죄책감으로 조금 굳었던 몸이 단번에 풀어졌다.

아빠랑 같이! 안젤린에게 이보다 더욱 안도감을 가져다주는 말은 없었다.

나 홀로 모험도 두근두근하고 멋졌지만, 아빠가 함께 다녀준다면 훨씬 멋지다. 안젤린은 기쁨에 차서 벨그리프의 팔을 부둥켜안고 손을 꼭 쥐었다.

"손 붙잡을래!"

"그러자. 떨어지지 않게……. 아이고, 이렇게 차가워지다니……."

벨그리프는 안젤린의 손을 데워주려는 듯이 맞잡아서 느릿느릿한 발걸음으로 걸어 나아갔다. 작은 램프의 불빛이 전부였지만, 조바심 내지 않는다면 걷다가 휘청거릴 일도 없었다.

공포감 없이 바라보면 한밤의 숲도 신비로운 매력이 가득 흘러넘친다, 그렇게 안젤린은 새삼 놀랐다. 무서운 무엇인가가 숨어 있는 것 같았던 어둠은 포근하게 보였고, 높은 위치를 휘돌아 지나가며 나무 잎사귀를 흔드는 바람 소리도 아름다웠다. 가지에 앉아 있는 올빼미를 발견했을 때는 기뻤다. 발치를 쌩하니 지나가는 들쥐도 유쾌하게 느껴졌다.

벨그리프는 이따금 멈춰 서서 쉿, 소리를 낮춰 안젤린에게 어둠 속 저편을 바라보라고 알려줬다. 눈에 힘을 주고 바라봤더니 저 너머에서 조용히 선 채로 이쪽을 살펴보고 있는 동물이 눈에 들어왔다.

"한밤의 숲은 저 녀석들의 세계란다."

벨그리프는 말했다.

"관찰당하는 처지에 있는 건 우리야. 그러니까 온몸의 감각을 예민하게 곤두세워야 하지."

안젤린은 고개를 끄덕거렸다. 여기저기에서 쳐다보는 시선이 느껴졌던 것은 착각이 아니었음을 새삼 알았다.

그때 불현듯 연두색 빛이 떠올랐다. 그게 혹시나 생물이었던 걸까?

그 경험을 설명하고 묻자 벨그리프는 한동안 말없이 걸어 나아가다가 이윽고 입을 열었다.

"어쩌면 정령의 불일지도 모르겠구나."

"정령의 불?"

"전에 얘기해줬지? 미아 이졸데의 이야기."

"아!"

동화 속 이야기였다. 숲에서 길을 헤매고 만 이졸데라는 이름의 소녀가 신비로운 녹색 불빛의 인도를 받아 마을까지 무사히 돌아온다는 줄거리였다. 어쩐지 녹색 빛을 보았을 때 들은 적이 있는 이야기 같다 싶었다. 그 동화였구나.

"숲에는 정령이 살고 있거든. 변덕을 부려 신비로운 현상을 일으킨단다."

"장난꾸러기 요정처럼 똑같은 곳을 빙글빙글 돌게 만든다거나?"

"하하, 맞아. 그 녀석도 정령의 일종이지. 정령은 아이를 좋아하거든. 분명히 안제가 혼자 불안해하니까 곁에 와줬을 거야."

"그랬구나……."

안젤린은 무심코 근방을 둘러봤다. 혹시 동물뿐 아니라 정령도 나를 보고 있었던 걸까? 살짝 부끄러워졌다.

벨그리프는 신중하게 천천히 나아갔다. 문득 본 하늘에는 엷은 구름이 끼어 있었고, 별도 온 하늘에 가득하다기에는 별로 많은 숫자가 보이지는 않는다. 은룡초도 안 보인다. 이래서는 방위를 파악할 수 없었다. 그럼에도 벨그리프는 계속 나아갔다. 안젤린은 살짝 불안해졌다.

"아빠……."

"응?"

"방향을 아는 거야……?"

"후후, 아빠는 벌써 몇 번이나 왔던 곳이잖니?"

안제가 아빠랑 같이 살기 전부터 말이야, 벨그리프는 웃음 지었다. 산기슭을 따라 펼쳐지는 이 숲은 아버지에게 안마당 같은 곳인가 보다.

불현듯 나무가 사라지면서 바람이 불어닥쳤다. 살을 에는 싸늘한 바람 때문에 안젤린은 저도 모르게 눈을 꾹 감고 손으로 얼굴을 감쌌다. 사각사각 풀잎 스치는 소리가 났다.

"자, 보거라. 안제."

벨그리프가 다정하게 말했다. 안젤린은 살며시 눈을 떴다.

등화초가 한곳에서 가득 흔들거리고 있었다. 공처럼 둥근 꽃잎이 파르께한 빛을 띠고 바람에 흔들흔들 움직인다. 흔들릴 때마다 꽃가루가 명멸해서일까, 빛까지 이리저리 움직이는 것 같았다. 옆쪽에 서 있는 벨그리프의 얼굴도 아래쪽에서 푸른빛으로 비추이

는지라 왠지 모르게 다른 사람처럼 보였다.

마치 이 세상이 아닌 다른 세계의 광경 같았기에 안젤린은 한동안 말을 잃었다. 작년에 벨그리프와 왔을 때는 낮이었다. 등화초가 지면을 가득 덮어서 자라났어도 이런 식으로 빛나지는 않았다. 안젤린은 무의식중에 달려 나아가서 아련하게 빛나는 등화초 속으로 비집고 들어갔다. 가까이에서 보니 몹시도 눈이 부셨지만, 신기하게도 기분 좋았다.

고개 돌려서 손을 흔들었다. 벨그리프가 웃으며 손을 마주 흔들어줬다.

○

저물어 가는 하늘이 서쪽 산의 능선을 따라 보랏빛으로 물든다. 별이 몇몇은 반짝거리지만, 반달이 떠오르고 있기 때문인지 숫자가 별로 많지는 않았다.

강으로 향하는 샛길을 몇몇 횃불들이 열을 이루어 나아간다.

대낮부터 시작된 연회의 분위기가 조금 가라앉았을 무렵, 횃불을 손에 든 마을 주민들이 각각 종이 등롱을 갖고 근처의 강에 모였다. 눈석임물이 흘러들어 수위가 불어난 강은 쏴아쏴아, 소리를 내며 흘렀다. 강가에는 아직 얼음이 남아 있었다.

"주신 뷔에나와 선조의 영께 바칩니다!"

신부가 축문을 읊고 횃불을 치켜들었다. 마을 주민들은 종이 등롱의 초에 불을 붙여서 살며시 강물에 얹어 놓았다.

벨그리프는 파르께하게 빛나는 등화초의 수술에 증류주를 끼얹었다. 그 순간 불이 피어나는 것처럼 파르께한 빛이 주홍색으로 번쩍 바뀐다. 마을 주민들도 그 광경을 보고 환성을 질렀다. 벨그리프는 등화초를 안젤린에게 건네줬다.

"자, 이제 흘려보낼까?"

안젤린은 고개를 끄덕거리고 살짝 긴장해서 등화초를 강물에 올려놓았다. 그러자 종이 등롱에 섞여 흔들흔들 불안하게 일렁거리면서 흘러가다가 이윽고 강바닥으로 쑥 가라앉고 말았다.

그러나 곧장 꺼지는 종이 등롱의 초와 달리 등화초의 불빛은 물속에서도 한동안 남아 있었다.

주홍색의 아련한 불빛이 강물 속에서 점점 저 멀리 흘러가는 모습을 안젤린은 물끄러미 바라봤다.

"……예쁘다, 아빠."

"그래."

마을 주민들이 영을 전송하는 연회에 다시 참가하고자 광장으로 하나둘 돌아가는 가운데, 안젤린은 벨그리프의 옆에 서서 강의 하류를 바라보고 있었다. 달빛이 지상에 내리쏟아지면서 어느덧 맺혀 있었던 이슬도 반짝반짝 빛났다.

갑자기 찬바람이 불어닥쳤다. 안젤린은 벨그리프의 손을 쥐었다.

커다랗고 울퉁불퉁한 손의 감촉에 안심하면서 또 내년에도 아빠와 함께 밤중의 등화초를 보러 가야겠다고 안젤린은 다짐했다.

■ 작가 후기

《모험가가 되고 싶다며 도시로 떠났던 딸이 S랭크가 되었다》

새삼 들여다봐도 정말이지 지독한 제목이다. 문법에 엄격한 분은 '되고– 되어–'에서 이미 혐오감을 느낀 뒤 본문은 굳이 살펴볼 필요도 없이 별 대단한 소설은 아니리라고 판단을 마치셨을 것이다. 딱히 틀린 판단도 아닐뿐더러 읽는다고 한들 인생에 아무 영향도 끼치지 않을 테니까 상관없다고 본다. 그럼에도 굳이 구입하여 읽어주시는 분들께 진심으로 감사 인사를 전합니다.

자, 이 이야기는 판타지이고, 요컨대 현실에서는 일어날 수 없는 공상의 세계에 빠져들기를 즐기는 매체이니까 독서 후의 여운도 다소 있을 것이다. 거기에 작가인지 뭔지, 웬 엉뚱한 사람이 불쑥 튀어나와서 이래저래 쓸데없는 소리를 늘어놓아도 되는지 잘 모르겠다. 그러나 써달라고 요청을 받은 이상 안 쓸 수는 없는 노릇이겠다.

다만 이 이야기에는 제작 비화라든가 사람들은 모르는 비밀이라든가 딱히 흥미진진한 사연이 전혀 없는 관계로 쓸 내용이 마땅치 않다. 없는 사실을 있는 사실처럼 쓰는 작업이 판타지의 묘미일 터이나 그것은 물론 이야기 속의 작업이다 뿐이지 현실 속 비밀을 날조한들 무슨 소용이 있으랴.

또한 세상의 어느 독자는 후기부터 먼저 읽는 독특한 분도 일정 수 있다 들었다. 따라서 섣불리 본편의 내용을 언급하는 데도 경계가 필요한지라 결국 아무것도 쓸 수가 없다.

그렇다면 이제부터 대략 1천 글자의 원고를 어찌 메워야 하나 고심하면서 무작정 생각나는 대로 써보고자 한다.

그러나 애당초 후기를 쓰고 있는 시점에서는 책이 완성되지 않은 까닭에 실물의 책을 두고 어쩌고저쩌고하는 글도 쓰지 못한다. 혹여나 벌써 완성됐다면 이 후기는 어디에 실어야 한단 말인가.

어찌 되었든 제작은 아직일지언정 toi8씨의 표지 일러스트는 나와 있다. 캐릭터의 러프 스케치도 대부분 마무리됐다. 벨그리프는 젊은 청년에게 주름을 덧그린 것이 전부인 가짜가 아니라 제대로 된 아저씨이고, 안젤린은 정말이지 사랑스럽다. 이토록 예쁘장한 아가씨가 친애해 마지않는 벨그리프에게 질투의 불꽃이 불타올라서, 갑자기 미치광이 악당을 등장시켜서 놈의 배를 찔러버릴까 상상할 정도이다.

그러나 덕분에 글이 술술 써졌느냐고 묻는다면 딱히 그렇지도 않다. toi8씨의 멋진 표지 삽화와 캐릭터 러프가 되레 송구스러워서 이토록 미려한 그림을 이런 소설에 덧붙여도 되는가 이불 속에서 몸부림치다가 일어난 다음에는 또 컴퓨터를 조작하여 그림을 보며 싱글벙글 웃는다. 정신을 차리고 보면 시간만 흘러갔다. 그렇게 수면 부족이 되어 문장에 지장이 발생한다. toi8씨, 당신은

죄 많은 사람입니다. 감사합니다.

　지금 문장을 읽고 있을 독자분들께서 이 책을 구입하게 된 계기는 아마도 8할이 toi8씨의 삽화에서 기인했을 테고 나머지 2할은 어스 스타 노벨의 관계자, 특히 담당 편집자 M씨와 M씨(오자 아님)의 노력 덕분이리라. 깊은 감사의 뜻을 주체할 수 없는 한편으로, 나는 무엇을 했나 의문이 든다.

　이 소설은 본래 인터넷상의 소설 투고 사이트에 공개했던 글이다. 특별히 공모전에 응모하는 부류의 소설이 아니었다. 그런데 어떤 인연이 닿아 출간 제의를 받았고, 곧 책으로 출간된다. 정말 꿈 같은 일이다. 실제로 책을 손에 쥔 순간의 나는 마침내 정신을 차리고 바뀌지 않는 일상에 탄식하는 것이 아닐까 아직껏 걱정하고 있다.

　태생이 인터넷인지라 리얼 타임으로 감상이 올라오거나 포인트가 증감되고는 한다. 그런 부분이 하나하나 신경 쓰이는 성격인 탓에 인터넷에 연결되면 원고는 내팽개치고 소설 페이지 갱신을 자꾸 되풀이하니까 도통 진척을 보지 못한다.

　따라서 진지하게 원고 작성을 진행하고자 할 때는 근처의 음식점으로 외출해서 작업했다. 이 후기도 그렇게 쓰고 있다. 무슨 일이 있을 때마다 곧잘 머릿속이 흐트러져서 집중력이 달아나니까 곤란하다.

　오늘도 주위에서는 다른 손님들이 시끌시끌 식사를 하거나 술을 마시고 있다. 이 정도 잡음이 들리면 오히려 집필도 수월해진다.

키보드를 두드리고 있을 때 옆자리의 2인조 손님이 소곤거렸다.

"그러고 보니 『흑발의 여검사』는 어떻게 된 거야? 요즘 안 보이던데."

"아, 뭐라더라. 고향에 다녀온다던가? 북방의 변경이라더군."

뭐야, 오랜만에 일부러 들렀는데 오늘은 부재중인가. 그래도 있는 사실 없는 사실을 다 써 놓았으니까 차라리 못 만나서 다행이라는 생각도 살짝 들기는 드는군.

마스터가 와서 무뚝뚝한 얼굴로 나를 내려다봤다.

"주문하시죠."

일도 일단락됐겠다, 핫 와인이나 한잔 주시오, 라고 말했다.

칼집에서 빼낸 나이프 같다는 말을 듣던 시기도 있었겠죠!!
(망상)
아빠 벨그리프의 젊은 시절을 그리게 될 날도
언젠가 올까요?

2018. 5月
길일

+018

모험가가 되고 싶다며 도시로 떠났던 딸이 S랭크가 되었다 1

1판 1쇄 발행 2019년 1월 20일
1판 3쇄 발행 2020년 3월 31일

지은이_ MOJIKAKIYA
일러스트_ toi8
옮긴이_ 김성래

발행인_ 신현호
편집부장_ 윤영천
편집진행_ 김기준 · 김승신 · 원현선 · 권세라 · 유재슬
편집디자인_ 양우연
국제업무_ 정아라 · 전은지
관리 · 영업_ 김민원 · 조은걸 · 조인희

펴낸곳_ (주)디앤씨미디어
등록_ 2002년 4월 25일 제20-260호
주소_ 서울시 구로구 디지털로 26길 111 JnK디지털타워 503호
전화_ 02-333-2513(대표)
팩시밀리_ 02-333-2514
이메일_ lnovelpiya@naver.com
ㄴ노벨 공식 카페_ http://cafe.naver.com/lnovel11

Bokenshani naritaito miyakoni deteitta musumega srankni natteta Vol.1
By MOJIKAKIYA, toi8
ⓒ 2018 by MOJIKAKIYA, toi8
First published in Japan in 2018 by EARTH STAR Entertainment Co., Ltd
Korean translation rights arranged with EARTH STAR Entertainment Co., Ltd
through Shinwon Agency Co.

ISBN 979-11-278-4830-9 04830
ISBN 979-11-278-4829-3 (세트)

값 9,800원

치유마법의 잘못된 사용법 1~5권

쿠로카타 지음 | KeG 일러스트 | 송재희 옮김

평범한 고등학생 우사토는 귀갓길에 우연히 만난 학생회장 스즈네,
같은 반 친구인 카즈키와 함께 갑자기 나타난 마법진에 삼켜져
이세계로 전이하게 된다.
세 사람은 마왕군으로부터 왕국을 구하기 위한 『용사』로서 소환된 것이지만
용사 적성을 가진 이는 스즈네와 카즈키뿐, 우사토는 그저 휘말린 것이었다!
하지만 우사토에게 희귀한 속성인 『치유마법사』의 능력이 있다고 밝혀지며
사태는 180도 바뀌게 되고, 우사토는 구명단 단장이라는 여성, 로즈에게 납치되어
강제로 구명단에 가입하게 된다.
그곳에서 우사토를 기다리고 있던 것은 험악한 얼굴의 동료들,
그리고 『치유마법의 잘못된 사용법』을 구사하는
지옥훈련으로 채워진 나날이었다―.

**상식 파괴 「회복 요원」이 펼치는
개그&배틀 우당탕 이세계 판타지, 당당히 개막!!**

BOOKS

라이트노벨의 새로운 빛! L북스의 신간은 매월 20일에 발매됩니다. http://cafe.naver.com/lnovel11

고블린 슬레이어 1~8권

카규 쿠모 지음 | 칸나츠키 노보루 일러스트 | 박경용 옮김

"나는 세상을 구하지 않아. 고블린을 죽일 뿐이다."
그 변경의 길드에는 고블린 토벌만 해서
은 등급까지 올라간 희귀한 모험가가 있다…….
모험가가 되어 처음 짠 파티가 괴멸하고 위기에 빠진 여신관.
그때 그녀를 구해준 자가 바로 고블린 슬레이어라 불리는 남자였다.
그는 수단을 가리지 않고, 수고도 마다치 않으며 고블린만을 퇴치한다.
그런 그에게 여신관은 휘둘려 다니고, 접수원 아가씨는 감사하며,
소꿉친구인 소치기 소녀는 기다린다.
그런 가운데 그의 소문을 듣고서 엘프 소녀가 의뢰를 하러 나타났다―.

압도적 인기의 Web 작품이 드디어 서적화!
카규 쿠모 × 칸나츠키 노보루가 선물하는 다크 판타지, 개막!
TV 애니메이션 방영작!

L BOOKS

라이트노벨의 새로운 빛! L북스의 신간은 매월 20일에 발매됩니다. http://cafe.naver.com/lnovel11